THE SIGMA FORCE SERIES ⑯

ラッフルズの秘録

［上］

ジェームズ・ロリンズ

桑田 健［訳］

Tides of Fire

James Rollins

シグマフォース シリーズ⑯
竹書房文庫

THE SIGMA FORCE SERIES
Tides of Fire
by James Rollins

Published in agreement with the author,
c/o BAROR INTERNATIONAL, INC., Armonk, New York, U.S.A.,
in association with the Scovil, Galen, Ghosh Literary Agency, New York,
through Tuttle-Mori Agency, Inc., Tokyo

目次

上巻

主な登場人物

グレイソン（グレイ）・ピアース……米国国防総省の秘密特殊部隊シグマの隊員
ペインター・クロウ……シグマの司令官
モンク・コッカリス……シグマの隊員
キャスリン（キャット）・ブライアント……シグマの隊員。モンクの妻
ジョー・コワルスキ……シグマの隊員
セイチャン……ギルドの元工作員。グレイの恋人
フィービー・リード……米国の海洋生物学者
ジャスリーン（ジャズ）・パテル……米国の大学院生。フィービーの助手
ウィリアム・バード……オーストラリアの実業家
金子アダム……日本の地震学者
金子春夫……日本の火山学者。アダムのおじ
ダトゥク・リー……マレーシアの生化学者
ブライアン・フィンチ……オーストラリアの潜水艇操縦士
ダレン・クォン……シンガポールのリー・コンチェン自然史博物館の館長
謝黛玉（シェ・ダイユ）……中国人民解放軍の上校
羅恒（ルオ・ヘン）……中国の医師
祭学（ツァイ・シュエ）……中国人民解放軍の小校
グアン・イン……ドゥアン・ジー三合会の龍頭《りゅうとう》。セイチャンの母
ジュワン……ドゥアン・ジー三合会の副龍頭
ヴァーリャ・ミハイロフ……ギルドの元工作員

ラッフルズの秘録　上

シグマフォース シリーズ ⑯

台湾
香港
リアム
海軍基地
(カンボジア)
フィリピン
太平洋
シンガポール
ジャカルタ
スラバヤ
インドネシア
パプア
ニュー
ギニア
タンボラ山
トレス海峡
ソロモン
諸島
ケアンズ
フィジー
珊瑚海
ニュー
カレドニア
オーストラリア
ノーフォーク島
タイタン
ステーション
ブリスベーン
ラウル島
シドニー
オークランド
タスマン海
タスマニア
ニュージーランド

タイタンステーション

タイタンステーション・アップ
タイタンX

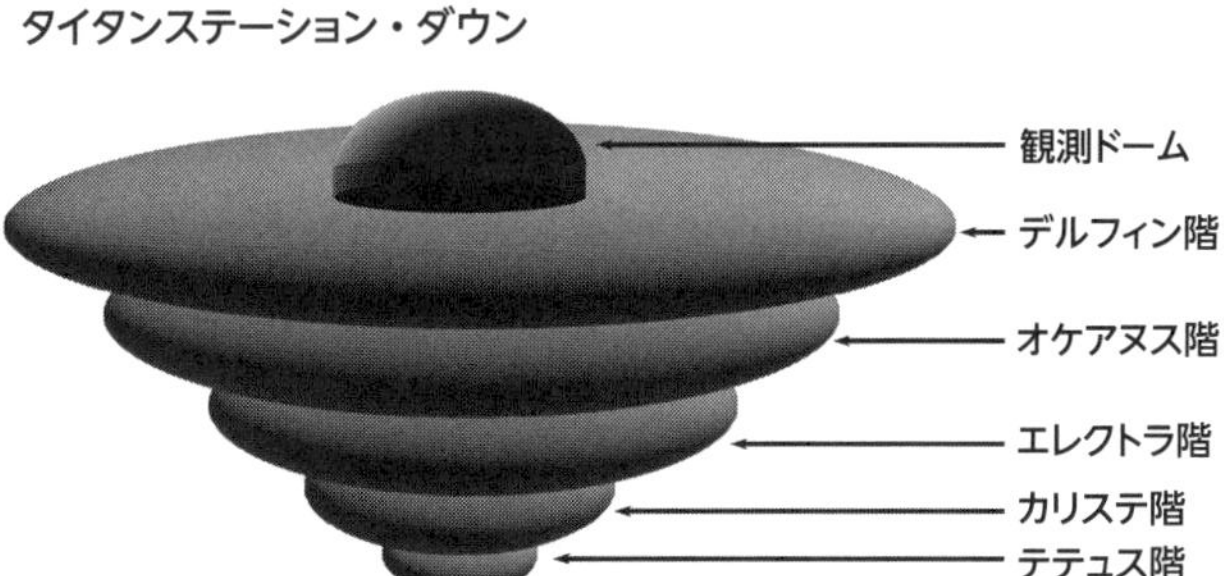
タイタンステーション・ダウン
観測ドーム
デルフィン階
オケアヌス階
エレクトラ階
カリステ階
テテュス階

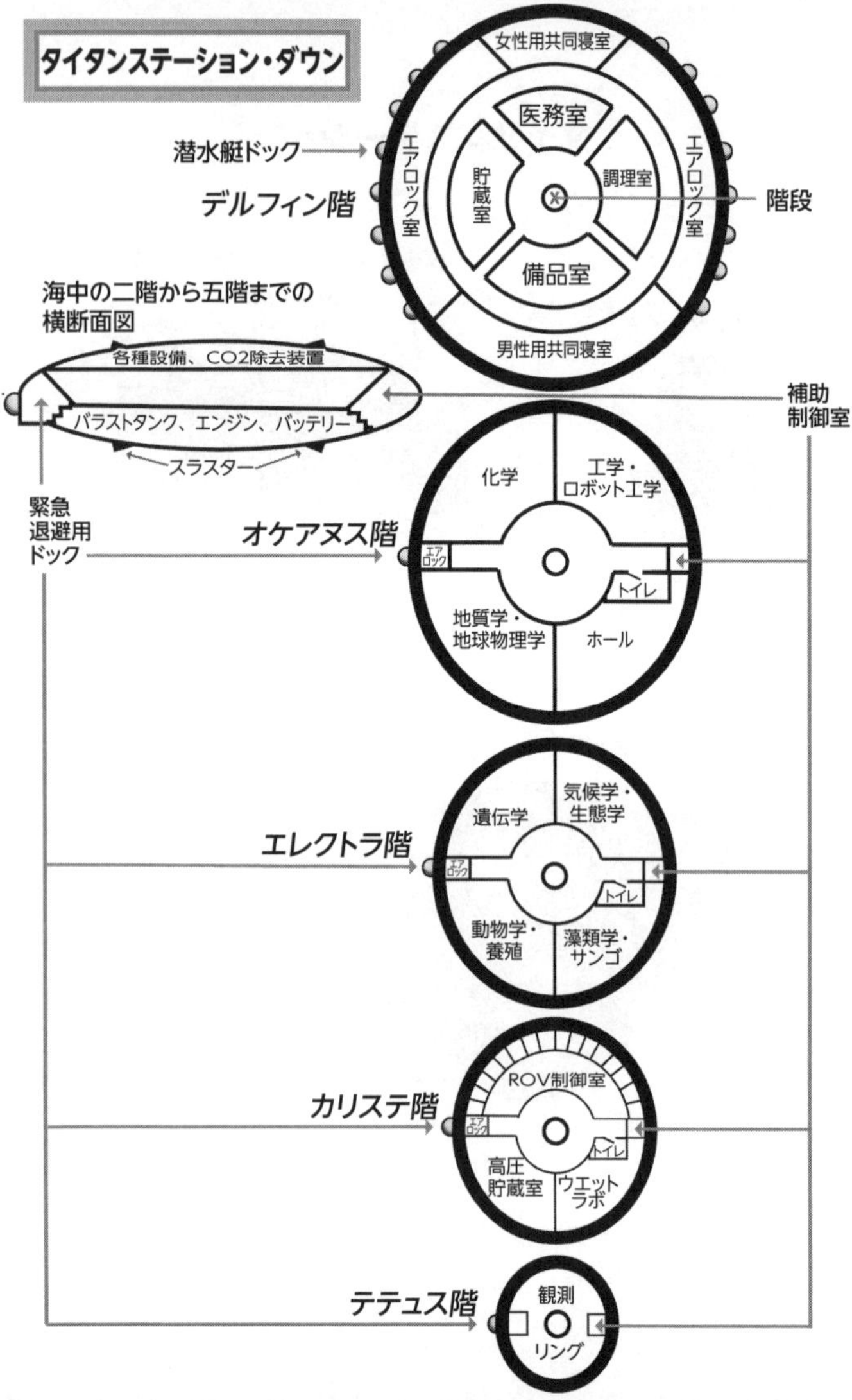

タイタンステーション・ダウン
女性用共同寝室
医務室
潜水艇ドック
エアロック室
エアロック室
貯蔵室
調理室
デルフィン階
階段
備品室
男性用共同寝室
海中の二階から五階までの
横断面図
各種設備、CO2除去装置
バラストタンク、エンジン、バッテリー
スラスター
補助
制御室
緊急
退避用
ドック
化学
工学・
ロボット工学
オケアヌス階
エアロック
トイレ
地質学・
地球物理学
ホール
遺伝学
気候学・
生態学
エレクトラ階
エアロック
トイレ
動物学・
養殖
藻類学・
サンゴ
ROV制御室
カリステ階
エアロック
トイレ
高圧
貯蔵室
ウエット
ラボ
観測
テテュス階
リング

作家が望みうる最高の友人、スティーヴ・ベリーへ

塹壕《ざんごう》の中で出会った君と、今もともに戦い続けていられることをうれしく思う。もちろん、ほめすぎるのはよくないので悪口の一つでも添えておくべきだが、今回だけはやめておこう。今回だけだからな。

科学的事実から

「宇宙には我々しかいないのか？」

これは初めて夜空の星を見上げ、そこにも誰かがいるのだろうか、いるとすれば誰なのだろうかと思って以来ずっと、人類を悩ませ、そして人類が挑んできた疑問だ。

二〇二一年十月、ＮＡＳＡの研究者グループがこの疑問を評価するための枠組みを提示し、地球外生命体を示す可能性のある「バイオシグネチャー（生命存在指標）[註1]」の存在を確かめるために必要な七つの厳密な手順を取りまとめた。彼らはこのリストを「生命体検出の信頼性」の尺度と命名した[註2]。

それらの段階を簡単にまとめると以下のようになる。

1　生物学的生命体のシグネチャーの探知
2　汚染の可能性の除外
3　非生物学的な発生源の可能性の除外
4　シグネチャーがそのような環境に由来していることの証明

5　追加の観測データの入手
6　そのほかのあらゆる仮説の排除
7　別の独立した機関による追跡観測

地球外生命体が宇宙の星やほかの場所で発見もしくは検出された時のために、ＮＡＳＡがすでに手順を作成していることは間違いない。

これと似た動きとして、二〇二一年一月にＣＩＡは、ＵＦＯやＵＡＰ（Unidentified Aerial Phenomenon：未確認空中現象）に関連した「ブラックボールト」として知られる三十万ページ近くの文書の機密扱いを解除した。米国国防総省も同様にその年の七月、二〇〇四年から二〇二一年にかけて軍の操縦士が証言したＵＡＰの事案百四十四件に関する非機密報告書を作成した。それらの事案のうち、原因が説明可能なものはわずか一件だった（正体は空気の抜けた気球）。おそらくそのことがきっかけとなり、国防総省は二〇二一年十一月、飛行制限空域における未知の異常を「検知・識別」するための新たな部署を設立し、「飛行物体識別管理同期グループ」と命名した。

このところの相次ぐ機密解除、緩やかに続いているデータの漏洩《ろうえい》、国防総省の高官を招いた二〇二二年の議会での聴聞会が、いずれも地球外生命体に関するものであることから、ある疑問が浮かんでくる。

「政府はすでに何を知っているのか?」

そしてこれらの情報公開の急増からもう一つの疑問が生じる。「政府は我々を何に備えさせようとしているのか?」

その答えがこれから明らかになる。

註1:バイオシグネチャーの概説:「細胞内および細胞外の形態、岩石中の生物起源の成分、生物有機の分子構造、キラリティー(三次元の物体が鏡像と重ね合わせられないこと)、生物起源の鉱物、鉱物や有機化合物中に見られる生物起源の安定した同位体パターン、大気気体、遠隔から検知可能な惑星表面の特徴、惑星特性の一時的な変化」二〇一九年の全米科学・技術・医学アカデミーズによる *An Astrobiology Strategy for the Search for Life in the Universe*(宇宙での生命体捜索のための宇宙生物学戦略、ワシントンDC、全米アカデミーズ出版)より。

註2:J・グリーン、T・ヘーラー、M・ネヴェウほか〝Call for a framework for reporting evidence for life beyond Earth(地球外生命体の証拠を報告するための枠組みの要請)〟二〇二一年十月二十八日号の『ネイチャー』誌に収録。

歴史的事実から

我々はすぐに熱くなる惑星に暮らしている。「地質学的な火薬庫」とも言うべき地球は、その歴史を通じて幾度となくこの星の生命の存続を脅かしてきた。

二億五千万年以上前、地球の歴史上で最大規模とされるペルム紀末の絶滅が起こり、陸上生物の七十パーセント、海洋生物の九十パーセントが滅んだ。この大量死は「Great Dying（大絶滅）」とも呼ばれる。何がその原因だったのか？　シベリア地方での広範囲に及ぶ火山噴火によってマグマが地表に上昇し、溶岩が岩盤の間を押し上げられ、地中に埋蔵されていた天然ガスや石油に引火した。その面積はアメリカ合衆国の半分にも及んだとされる。放出されたガスに覆われたことで、地表の気温は現在の平均より十八度も高くなった。海は酸性となり、サンゴや海洋生物の殻は溶けた。[註1]地球上の各地で、陸でも海でも、生物が死んでいった。

しかも、その地質学的な事象は全生物を脅かした最後の出来事ではなかった。七万四千年前、インドネシアのトバ山が大噴火した。二千メガトンの亜硫酸ガスを噴出させ、長さ九十キロ以上、幅三十キロ以上のクレーターが形成された。噴火後に訪れた

「火山の冬」は何年も続き、オゾン層に開いた大きな穴からの紫外線を浴びて生物が滅んでいった。[註2] 人類は約一万人から三万人の間という数まで追いやられ、危うくこの星から消滅するところだった。

それ以降も、地球は我々を排除しようという試みをやめていない。世界を滅亡させかねなかった火山噴火はそれ以降も七十回近く発生していて、その最後に当たるのが一八一五年のインドネシアのタンボラ山の噴火だ。記録として残っている中では最大規模の噴火で、何十万人もが目撃し、南太平洋を航行していたイギリスの船舶によって世界に伝えられた。噴火の爆発音は千二百キロ以上離れた地点でも聞こえ、当初は大砲の発射音だと勘違いされたという。山の高さにして千メートル分が吹き飛び、噴煙は上空四十キロまで到達した。噴火による直接の死者とその後に訪れた飢《き》饉《きん》による死者を合わせると、インドネシアだけで十万人が亡くなったほか、噴煙や火山灰が地球を取り巻いて場所によっては気温が二十度も下がったため、世界各地で百万人を超える犠牲者が出た。この噴火によって発生したのが有名な「夏のない年」[註3]だ。

けれども、その噴煙の下には別の物語が埋もれていた。その話はすぐに熱くなるこの惑星の地質学的な不安定性に関係している——そしてこの世界における我々の居場所について自分たちが知るすべてを覆しかねない、今もそこに向かって歩みつつある未来にも関係している。

本書を読んでいけば、これまで我々から隠されていた真実が見えてくるだろう。今、それが明らかになる。

註1：ジェフ・ベラルデリ、キャサリン・ニムチェク〝The Great Dying: Earth's largest-ever mass extinction is a warning for humanity（大絶滅：地球最大の大量絶滅は人類への警告）〟二〇二二年三月四日のCBSニュースより。

註2：アイザック・シュルツ〝An Ancient Supervolcano May Have Zapped the Ozone Layer, Exposing Early Humans to Intense Sunburns（古代の超巨大噴火がオゾン層を消し去ったため、大昔の人類はひどい日焼けになったかもしれない）〟二〇二一年六月二日にウェブサイト*Gizmode*に掲載。

註3：ウィリアム・K・クリンガマン&ニコラス・P・クリンガマン著*The Year Without Summer: 1816 and the Volcano That Darkened the World and Changed History*（夏のない年：一八一六年と、世界を暗くして歴史を変えた火山）（St. Martin's Press, 2013）

中国は眠らせておけ。目覚めれば世界を揺るがすことになる。

——ナポレオン・ボナパルトのものとされる言葉。

兵は詭道《きどう》なり。

——『孫子』より

地球は用心しなければならない！

——ミール宇宙ステーションと国際宇宙ステーションに何週間も滞在した
フランスの有名な宇宙飛行士のクローディ・エニュレが、
二〇〇八年に自殺未遂を起こした時に叫んだ言葉。

プロローグ

一八一五年四月十一日
オランダ領東インド諸島スンバワ島沖合

レランド・マックリン艦長はイギリス海軍の貨物船テネブレの船上から赤々と燃える地獄の入口を見つめていた。

すでに真昼の時間にもかかわらず、太陽の姿はない。灰と煙が低く垂れこめ、空をすっぽりと覆っていた。硫黄を含んだ強いにおいで目はひりひりするし、肺は焼けるように熱い。唯一の光は燃え盛るスンバワ島が発していた。島までは五百メートルほどの距離だが、いまだに海岸を目視できず、噴火したタンボラ山の山腹を流れ落ちる幾筋もの溶岩が確認できるだけだ。

墓場を思わせるような静寂が周囲の海域を支配していた――その海ですらも、ほんのわずかしか見ることができない。船のまわりの波の上には厚さ数十センチの灰がびっしりと降り積もっていて、波間に浮かぶ軽石はあたかも岩礁のようだ。それすらも死を覆い隠すことはできなかった。体のふくれ上がった魚の群れが高熱の灰の間に漂い、さらには数え切れないほどの人間の死体もあった。何百人という犠牲者が出ていた。そのほとんどは周囲の暗い海とほとんど見分けがつかないほど真っ黒に焼け焦げていた。

「引き返すべきではないでしょうか、艦長殿」ヘンプル大尉が恐怖をはっきりとにじませた声で進言した。

七歳年下の大尉は十年以上にわたってマックリンの副官を務めていた。彼は不愛想で頑固な男で、髪は濃いブロンド、同じ色のひげを蓄え、芝居がかった振る舞いを見せることはまずない。今は息苦しいまでの暑さのため、軍服の上着を脱いでいた。白のシャツにベスト、青のズボンという身なりだ。ほかの乗組員たちと同じように、鼻と口は湿らせた布に覆われて見えない。

「すでに大量の灰が船に降り積もっています」ヘンプルが警告した。「その中にはかなりの高温になっているものも」

「そのようだな」

マックリンは濡れた布で汗が吹き出た額をぬぐった。大尉と同じ服装だが、ささやかな金の縁取りと真鍮《しんちゅう》のメッキのボタンが付いた青の上着は身に着けたままだ。マックリンは黒の帽子に積もった灰を落としてから、白髪交じりの頭にかぶり直した。

テネブレの状態を確かめるために船上を見回す。船は周囲の海と同じくすっかり灰に覆われていて、この呪《のろ》われた海から突き出た黒い岩のように見える。火山灰が甲板と索具に降り積もり、三本のマストにかかる帆は真っ黒になっていた。鼻と口を覆った乗組員たちがブラシやシャベルで熱い灰を取り除こうと試みているものの、粉末や薄片状の灰が容赦なく降り続けるので、作業は一向にはかどらなかった。

「艦長殿？」ヘンプルが答えを求めた。

「方向転換せよ」マックリンは指示を出した。「ジャワ島に戻る。ラッフルズ副総督が我々の判断を心待ちにしているはずだ。ただし、この危険な海域では半帆で航行するように」

「はい、艦長殿」

ヘンプルは命令を操舵《そうだ》室に伝えるためその場を離れた。数分もしないうちに、船は燃える島から徐々に向きを変え始めた。その動きの途中で海面に浮かぶかたい軽石が船体をこする音は、死者たちが船に乗り込もうとして爪を立てているかのように思えた。遠くからは「シュー」という低い音も聞こえる。静まり返った海を伝って薄気味の悪いささやき声が届いてくるかのようだ。火山からの溶岩が海に流れ込む時に立てる音だった。

マックリンはタンボラ山の燃える輝きがゆっくりと後方に遠ざかる光景に安堵《あんど》した。最初の噴火が発生したのは六日前のことだった。爆発音は千四百キロ離れたジャワ島まで届き、遠くで大砲を撃ったような音に聞こえた。多くの人は海賊が商船に激しい攻撃を加えたのだろうと思ったが、やがて真っ黒な積乱雲のような火山灰が島に吹き寄せ、それに続いて大波が襲ってきたことで、誰もがその発生源を理解した。とてつもない規模の火山噴火が起きたのだった。

噴火が起きた時、テネブレはジャワ島にあるオランダ領東インド諸島の首都バタヴィアに停泊していた。噴火から二日後、船は副総督の依頼を受け、噴火の場所の特定と周辺の被害状況を調べるために港を離れた。

テネブレがそのような任務に選ばれたのはもっともなことだった。貨物輸送に使用される給炭艦は、船尾が四角で船首は幅広く、船底が平らなために浅い海域の航行に適している。船首楼《せんしゅろう》から後部甲板まで通じる広い主甲板の長さは三十メートル、幅は九メートルある。しかも、この海域には海賊が跋扈《ばっこ》しているため、甲板上には六門の24ポンドカロネード砲を、船首楼には二挺《ちょう》の6ポンド銃を備えていた。

マックリンは6ポンド銃の一方に手のひらを置き、鉄の冷たさとその存在を心強く思った。港に戻れるかと思うとほっとする。言いようのない恐怖がずっと付きまとっていて、周辺の海の静けさとひっきりなしに船体をこする軽石の耳障りな音が余計に不安を高めていた。

足音を耳にして顔を向けると、痩《や》せこけた人物が近づいてきた。顔は濡れた布で覆われているものの、相手がバタヴィア協会の博物学者ヨハネス・ストゥプカーだということはすぐにわかった。上着もベストも脱ぎ、黒のズボンと白のシャツという姿だが、そのシャツも今ではズボンと同じような色になっていた。博物学者はラッフルズ副総督から船に乗り込むようにと任命された。副総督は東インド諸島の歴史的および科学的な意義への関心の調査・保存・育成を目的とするバタヴィア協会の会長も務めている。そのため、同協会は今回の調査に際して会員の一人をテネブレに乗船させたいと希望したのだった。

ストゥプカーのすぐ後ろには給仕係のマシューもいた。十二歳のアボリジナルの少年は濃い色の髪と肌をしており、とても仕事熱心で、船の大砲を使用する際には爆薬を運ぶ係も担当しているが、この数日は博物学者の助手としての務めを果たしている。どうやらその仕事を任せられたのがうれしいようで、マシューは満面の笑みを浮かべ、乗組員が海から網ですくった軽石の詰まった重い革製のかばんを肩に掛けていた。

「何か用件がおありですか、ストゥプカーさん？」

博物学者が口元を覆っていた布を外すと、ひげを蓄えた顎《あご》があらわになった。「艦長、方向転換して引き返す間に海から死体を回収することは可能だろうか？　ジャワ島には協会所属の解剖学者と外科医がいて、きっと死体の状態に興味を持っているはずだ」

マックリンはそのような提案に顔をしかめた。「私の船に死体を乗せるつもりはありませんよ、ミスター・ストゥプカー。そんなことをすれば悪運を招くとして乗組員たちが反乱を起こしかねませんからね」

ストゥプカーが眉をひそめると眉間《みけん》に深いしわができた。考え込む様子で金の指輪を回しているが、おそらく無意識の仕草なのだろう。ザクロ石の付いた指輪にはＢＧの文字がくっきりと彫られている。オランダ語でバタヴィア協会を表すBataviaasch Genootschapの略だ。

ストゥプカーは考えがまとまったようで、咳払《せき》いをした。「マックリン艦長、テネブレには岩場や岩礁の間を進む時に使用する鉄製の艦載艇がある。それを海面に下ろし、死体を回収して乗せ、君の船にジャワ島まで曳航《えいこう》してもらうのはどうかな？」

マックリンはその要請を考慮し、賢明な提案だと判断した。「理にかなった方法ですね。認めるとしましょう」マックリンはマシューの方を見た。「坊や、新入りのペリーを呼んできて、艦載艇を下ろす作業に取りかかってくれ」

少年はうなずくと、かばんを甲板に置いて走り去った。

待っている間にストゥプカーも手すりのところにやってきて、船尾側で次第に小さくなっていく島の赤い輝きに視線を向けた。「ここでの犯人がタンボラ山だとはまったく予想していなかった。ムラピ山かケルート山かもしれないと思っていた。私は賭け事をするような人間ではないが、そうだったら定期的に噴煙を吐いているブロモ山に賭けていたことだろう」

マックリンは神妙な面持ちでうなずいた。「誰もがタンボラ山は休火山だと思っていましたから」

「正しくは死火山だ」ストゥプカーが訂正した。「少なくとも、今まではそうだというこ とで見解の一致を得ていた。ただし、スンバワ島の住民たちが時折揺れを感じたり、地鳴りのような音を聞いたりしたという噂は耳にしていた。そのような話を気のせいだとして片付けるべきではなかったのかもしれない」

「確かにそうですね」

「そして昨晩の……タンボラ山の二度目の噴火は最初のものよりもさらに激しかったのではないかと思う。あるいは、かなり近い距離だったために、そんな気がしただけなのかもしれないが」

「いいえ、もっとひどい噴火だったに違いありません」マックリンは主張した。「すさまじい爆発音は地球が半分に裂けてしまったのではないかと思ったほどでしたから」

「まったくだ。しかも、その後に襲ってきた波もとてつもなく巨大だった。この一帯の島々の沿岸部もより広い範囲が流されてしまったことだろう」

マックリンは最初の噴火後にジャワ島に押し寄せた大波を思い浮かべた。テネブレは水深の深いところに停泊していたおかげで被害を免れた。だが、沿岸部の港はその大波にのみ込まれ、船舶や瓦礫《がれき》が陸地の奥深くにまで持っていかれた。

「我々の帰る港が無事なことを祈るとしましょう」マックリンはつぶやいた。

ヘンプル大尉が船首楼に戻ってきた。甲板を急いで横切るその足取りは、あわてた様子でどこかぎこちない。「艦長殿、見張り台から前方に新たな火が見えるとの報告が入りました」

「周辺の島の一つが燃えているのか？」

「いいえ、火は海から出ています。右舷《うげん》側、約八百メートルの地点です」大尉は真鍮製の小型望遠鏡を見せた。「私もこの目で確認しました」

マックリンは手を差し出した。「見せてくれ」

ヘンプルが望遠鏡を手渡した。マックリンはそれを手に船首の右舷側に向かった。その途中で煙幕を通してかすかな光が見えることに気づく。マックリンは片目で望遠鏡をのぞき、何度か深呼吸をして気持ちを落ち着かせてから焦点を合わせた。たっぷり一分間をかけて前方の状況を確認する。テネブレがその地点に向かって航行するにつれて、様子がはっきりと見て取れるようになった。

「どうやら船のようだ」マックリンは目にしたものを伝えた。「炎に包まれ、傾いている」

「イギリス海軍の船でしょうか？」ヘンプルが訊ねた。「それとも、このあたりの住民の？」

マックリンは望遠鏡を下ろし、首を横に振った。「まだ距離があるので色や旗までは確認できなかった。だが、どこの船であろうと、我々はそちらを目指す」

ヘンプルはしっかりとうなずき、操舵手に指示を伝えるため戻っていった。

「この海域は今もかなりの高温だ」ストゥプカーが注意を促した。「たまたま飛び込んできた火山灰の火の粉が木造の船に引火するであろうことは想像に難くない」

「テネブレではそのようなことは起こりません。私の部下たちは何に注意を払うべきなのか心得ていますから。うっかり見逃すようなことはありませんよ」

「おそらくあの船にはそのような注意深い乗組員がいなかったということだな」

「もうすぐわかるでしょう」

半帆での航行ではあったが、今にも沈みそうな船のもとまで到達するのに長い時間はからなかった。その頃にはマックリンとストゥプカーもヘンプル大尉とともに操舵室に移動していた。船を操縦するのはウェルチ操舵手だ。誰もが慎重に行動していた。遭難寸前の船がこの地域でオランダを悩ませるブギス族の海賊のものだと判明したからなおさらだった。船のマストは松明《たいまつ》のように燃えていて、水面から斜めに突き出ているかのような角度になっている。船体が濃い煙に包まれているせいで炎はほとんど見えない。

何艘《そう》かの小船が厚く降り積もった灰の間を縫って難破船から離れつつあった。その小船も燃えていたり、くすぶっていたり、炎にあぶられたりしている。そのうちの二艘が向きを変え、オールを懸命に漕ぎながらテネブレの方に近づいてきた。

海賊たちがイギリスの旗を掲げた船に救いを求めるとは、マックリンには不思議でならなかった。たとえ無事にたどり着いたとしても、結局は絞首刑になることくらい承知しているはずだ。それなのに、どちらの小船も必死でテネブレを目指している。

　そのうちの一艘に火がついた。あまりにも突然に燃え上がった炎を見て、ストゥプカーの口から「あっ」という驚きの声が漏れる。海賊たちは小船の中央に身を寄せていて、その様子は炎よりも海を恐れているかのようだ。だが、どちらからも逃げようがない。瞬く間に服に引火し、小船も炎に包まれる。海に転がり落ちた海賊たちは、厚く降り積もった火山灰の下に姿を消した。火がついたままの腕が一本、海面から突き出ていたものの、やがてそれも見えなくなった。

「何が起きているのでしょうか？」ヘンプルが目を丸くして訊ねた。

　ストゥプカーが後ずさりした。「この海域から離れなければならない。ここではとてつもなく異常な事態が起きている」

　博物学者の警告を裏付けるかのように、すさまじい爆音が鳴り響いて海面を震わせた。後方の輝きが炎でいちだんと明るくなる。タンボラ山がまたしても噴火したのだ。

　船がこの日にふさわしい名前だということに気づき、マックリンは顔をしかめた。最初の所有者は船を囚人の輸送に使用し、カトリックの処罰の儀式にちなんで命名した。テネブレの礼拝は聖週間の最後の三日間に行なわれ、十字架に向かうキリストの辛苦を示す多《た》枝燭台《ししょくだい》の十五本のろうそくが一本ずつ消されていき、最後は暗闇に包まれる。礼拝は暗い中で大きな音が鳴り響いて終わるが、それはイエスの墓のふたが閉じられる音を表しているとされる。

マックリンは爆発音がこだまするなか、太陽の見えない空を見つめた。

〈我々も同じように埋葬されようとしているのか〉

次の瞬間、後方の海面が大きく盛り上がった。それはあたかも巨大な海の怪物が浮上して船に迫りつつあるかのようだった。

「しっかりつかまれ！」ヘンプルが乗組員たちに向かって叫んだ。

海面の上昇で船尾が高く持ち上がり、波が真下に来ると船体は水平に戻ったが、大波が通り過ぎた後はその後方の海面に叩きつけられた。その後もマストを揺らして帆を激しくはためかせながら、テネブレは大きく揺れ続けた。

マックリンはまだ残っていた手漕ぎの小船に注意を戻した。海賊たちは大きく揺れるマストの上に高く掲げられた旗にようやく気づいたのか、今では向きを変えてテネブレから離れようとしている。

だが、それが理由ではなかった。

ヘンプルが駆け寄ってきた。「煙です、艦長殿。船のまわりのあちこちから上がっています」

マックリンも少し前から煙が濃くなったことに気づいていたが、燃える海賊船のせいだろうと思っていた。

甲板長とその部下が後部甲板から飛び出し、全員に向かってわめいた。「ビルジで火災が発生！」

ヘンプルが数人の乗組員に指示を出した。「砂と水の入ったバケツを！　行け！」

マックリンは海を、さらには燃える海賊船を見て眉をひそめた。

ストゥプカーが手すりから身を乗り出して下を見た。「あれは何だろうか？」

マックリンは博物学者の視線の先に目を向けた。枝のような形をした黒い石が船体の下部に貼《は》り付いている。船が揺れるたびにさらに多くの数が現れる。その周囲からは煙が出ていて、それは鉄製の高熱の枝が木造の船体に焼き印を押しているかのような光景だった。

その下に目を向けると、海面に降り積もった灰の隙間から見通せる真っ暗な深みで何かが閃光《せんこう》を発し、点滅していた。輝く光の筋がテネブレの船体の下や周囲を通過しているかのように見える。

マックリンはこの世のものとは思えない光景に身震いした。

「ただちに総帆を張れ！」マックリンは命じた。「この海域から離れろ！」

叫ぶ間も下の光景からは目を離さなかった。燃える枝は広がり続け、高くよじ登りつつあり、海の怪物の燃える鉤爪《かぎづめ》がテネブレを捕獲しようとしているかのように見える。

ここに至ってマックリンは、海賊たちが何にあわてていたのかを理解した。

テネブレが速度を上げるよりも先に、船体に炎が引火し、例の枝に沿って燃え広がりながら船を取り囲んだ。船が揺れて灰に覆われた海水に浸かっても、火は一向に消えない。背後でヘンプルが叫び、艦長の命令を伝達した。あちこちから叫び声と罵《ののし》り声が響き、絶望と恐怖が船内を支配した。

マックリンは濃くなる一方の煙幕の先にあるブギス族の船を探した。海賊船は火山灰に覆われた海にゆっくりと沈みつつあった。おそらくテネブレにも同じ運命が待っていることだろう。その時、マックリンは隣にいたはずのストゥプカーの姿が見当たらないことに気づいた。給仕係の少年も戻ってきていない。しかし、マックリンには二人の行方を考えている余裕はなかった。

煙が船を包み込み、炎が手すりの高さにまで達するなかで、マックリンの心臓は口から飛び出しそうになっていた。バタヴィアの教会で聖週間のミサに出席した時のことを思い返す。キリストの苦しみの最後の三日間を表すテネブレの礼拝では、グレゴリオ・アレグリによって何世紀も前に書かれた曲が歌われた。

マックリンはその曲名を口にした。「ミゼレーレ・メイ、デウス」

船名と同じく、この場にふさわしい曲名だった。

〈神よ、我を哀れみたまえ〉

一八一五年四月二十三日
ジャワ島　バタヴィア

　オランダ領東インド諸島のスタンフォード・ラッフルズ副総督は、東インド諸島の貿易船アポロンの船長の後を追って、復旧の途上にある町の港の残骸《ざんがい》を抜けていた。ハース船長には船医のスワンも同行していた。

　二人は緊急の用件で総督邸を訪れ、スタンフォードが信頼する人物からの手紙も携えていた。そのため、すでに太陽が地平線の近くに傾いた遅い時間にもかかわらず、彼は二人とともに馬車に乗って港へと向かったのだった。三人が今、足早に歩いているのは長い石造りの桟橋で、この二週間ほどの被害を経ても無傷で残っている数少ないものの一つだ。

　金槌《かなづち》とのこぎりの音、さらには叫び声が港の至るところで響きわたっていた。ようやく空から火山灰はほとんど消えたものの、依然として濃いもやがかかったままで、くすんだ空に浮かぶ太陽が怒れる赤い球体と化しているせいで常に薄暮のような状態が続いている。夕方の空気はまだむせ返るような暑さで、風が硫黄のにおいを運んでくる。

　スタンフォードは悪臭を防ごうと、香水を含ませた布で鼻を押さえた。暑さのせいで彼の機嫌はいっそう悪くなっていた。黒の上着にきつめのベストという正装で総督邸を出なければならなかったのは、タンボラ山の噴火による被害を調査するためにイギリス領マラヤから訪れたお偉方との遅い夕食会に出席する予定が入っていたからだ。

ハース船長がスタンフォードの隣に並んだ。薄茶色の髪をしたオランダ人は灰色の上着にズボンというういくらかラフな格好だが、それでも身なりに気を配っていて、仕事のできる人物という雰囲気を漂わせていた。

ハースが湾内に停泊した自らの船を指し示した。「ニューギニアを出港したアポロンがジャワ海を航行中に小型の船を発見したのです。どこに向かうでもなく、今にも沈みそうな状態でした。元の船から離れて漂っていただけだろうと思いました」

船医のスワンがうなずいた。小柄な年配の男性で、瞳は黒く、見た目からはいかめしさが感じられる。「すると、船の中にあるものが見えました。そこで私はハース船長に小船をここまで運ぶべきだと進言したのです」

「私たちは何一つとして手を触れていません」船長は付け加え、銀の十字架を口元に持っていってから再び下ろした。「誰一人として、触れようという気にはなれませんでした」

二人はスタンフォードを桟橋の先端まで案内した。そこには小型の艦載艇がつながれていた。船体は防水布で覆われている。その手前には船長に手紙を託した男性が立っていた。スタンフォードの補佐官であると同時に信頼できる友人でもあるトーマス・オト・トラヴァースだ。黒髪のアイルランド人は元兵士で、今も維持している引き締まった体型をぴったりのサイズの上着としわ一つないズボンが際立たせている。彼と一緒にいる同年代のスコットランド人もスタンフォードがよく知る人物で、バタヴィア協会の一員でもある高名な医師のドクター・ジョン・クローファードだった。

二人とも沈痛な表情を浮かべている。

スタンフォードはハース船長を追い越し、二人のもとに歩み寄った。「何事だ？　これほどまでに急がなければならない用件とは？」

トラヴァースが鉄製の船体を持つ船の方を向いた。船体には傷やへこみがあるようだ。

「これはテネブレの艦載艇です」

「何だって？　なぜ断言できるのだ？」

スタンフォードは十六日前に貨物船テネブレを派遣したが、それ以降は一切の連絡がなかった。誰もが船は海賊に襲われたのだろうと思っていた。噴火の後、周囲の海域に出没するブギス族の船は死体をついばむハゲタカのようにその数を増していたからだ。

「間違いありません」トラヴァースは答え、医師の方を見た。「ドクター・クローファード、あなたが見せてあげてください。私も手伝いますから」

若い医師は白い襟の付いた黒い服を着ていて、聖職者のように見える。医師はトラヴァースとともに小船まで近づき、防水布をめくっておぞましい光景をあらわにした。

スタンフォードは後ずさりしたかった。明らかになったものを拒みたかった。しかし、ハースと外科医がすぐ後ろにいたので下がることができなかった。

船底には死体が二つ、横たわっていた。一方の背丈はもう片方の二倍くらいある。二人とも真っ黒に焦げ、特徴が失われてしまっていた。一方でその表面には薄気味悪い艶《つや》があり、どちらも黒い大理石を削ってできているかのようで、皮膚は小さなとげ状のもので覆われている。まだ子供だと思われる小さい方の死体は、もう一人の腕に抱かれる格好で体を丸めていた。まったく動かないにもかかわらず、首と背中をねじった姿がその少年の死の苦しみを物語っている。少年は相手の腕から安らぎを得ることはできなかった。それでもなお、もう一人は自らも同じ苦しみにあえいで死を迎えながらも、何とかして少年を力づけようとしたのだ。

さらに不思議なことに、大人の方の体は全身がやられてしまったわけではなかった。少年の側ではない方の体の四分の一ほどは、水ぶくれができて火傷《やけど》のような状態になっているところを境にしてほとんど無傷のままだ。片方の耳と頰《ほお》は生気が失われて青白い。焼け残ったシャツが上半身の一部を隠していて、黒のズボンとふくらはぎ丈のブーツに包まれたままの片脚も特に変化はないように見える。

何もかも説明がつかなかった。

スタンフォードは最初に浮かんだ質問を投げかけた。「彼らは誰なのだ?」

ドクター・クローファードがおそるおそる艦載艇に足を踏み入れ、背の高い方の死体に覆いかぶさるような体勢になった。少年の体に巻き付けた腕を、続いて黒焦げになった手を指し示す。死体の指には指輪がはまっていた。「ＢＧの文字が刻まれています」

スタンフォードは香水を含ませた布を握り締めた。誰がテネブレに乗り込んでいたのかは知っている。「ヨハネス・ストゥプカー。博物学者だ」

「私たちもそのように考えています」トラヴァースが認めた。「少年は船の給仕係ではないかと」

「彼らの身に何が起きたのだ？　人間の体をこのように変えてしまう火など存在しない。まるで石になってしまったみたいではないか」

クローファードが体を起こすとボートが揺れたため、トラヴァースは手を差し出して支えてやらなければならなかった。「それに関してはわかりません」医師が認めた。「ですが、手短な検査はすませました。二人を苦しめた正体が何であれ、皮膚を化石化させたのです。石のようにかたく変えてしまっています。しかし、どのようにして、なぜそうなったのかは推測すらできません。死体を町の薬局の裏手にある私の部屋まで運び、もっときちんとした検査を行なわないことには」

「けれども、まず見ていただくべきものがほかにあるのです」トラヴァースが注意を促した。

補佐官も艦載艇に乗り込むと、ストゥプカーのもう片方の腕のそばにひざまずいた。腕は胸にしっかりと押さえつけてある。石と化した指は小さな鋼鉄製の箱を握り締めていた。

「彼が少年だけでなくこれも守ろうとしていたことは確かです」トラヴァースが言った。「私たちとしてはあなたがいらっしゃるまで、それ以上の調べを控えておく方がいいと思ったもので」

「箱を取り出すことはできるか?」スタンフォードは訊ねた。「中身を確認できるだろうか?」

「やってみます」

トラヴァースは手をハンカチでくるんでから箱をつかんだ。化石化した皮膚に直接手を触れたくないと思っているのは明らかだった。箱を引き抜こうとするが、うまくいかない。死んでもなお、ストゥプカーは秘密を手放そうとしなかった。

「もっと力を入れたまえ、ミスター・トラヴァース」

「わかりました」

トラヴァースが両足を開いて踏ん張り、箱を揺らしながら引き抜く作業に取りかかった。しばらくするとパキッという大きな音がして、尻もちを突いたトラヴァースの体が船《ふな》縁《べり》にぶつかった。そのはずみで艦載艇が危うく転覆しそうになったが、クローファードが反対側に体重をかけたおかげで船はひっくり返らずにすんだ。

船尾の近くからの水音で、スタンフォードはそちらに視線を移した。最悪の事態を覚悟する。「箱を失ってしまったのか?」

「いいえ」トラヴァースは鋼鉄の容器を掲げた。「ちゃんとここにあります」

スタンフォードの視線は海面に釘付《くぎ》けになった。真っ黒になった手が海面に浮かんでいて、指が二本ほど失われている。石のような見た目にもかかわらず、手は沈むことなく浮かんだままだ。

〈これはいったいどんな悪魔の仕業なのだ？〉

トラヴァースがボートを降り、箱をスタンフォードのところまで持ってきた。

スタンフォードは腕組みをしたままだった。忌まわしい物体に手を触れようとは思わない。「開けてくれ」

トラヴァースは留め金を外し、きしむ音とともにふたを開いた。中から折りたたまれた紙が飛び出し、桟橋にひらひらと落下する。おそらくヨハネス・ストゥプカーからの最後のメッセージだろう。

スタンフォードはそれを無視すると、身を乗り出して箱をのぞき込んだ。中に入っていたのは一つだけ。枝分かれした岩の塊で、黒い石炭のかけらのように見える。

「どういうことなのでしょうか？」トラヴァースが小声で訊ねた。

中身の意味を計り知ることができず、スタンフォードは首を横に振った。

〈どうしてストゥプカーはこんなものをわざわざ大切に保管したのか？〉

そう思いつつも、スタンフォードは箱の中のかけらの色と表面の艶が、艦載艇に横たわる黒焦げの死体と同じだということに気づいた。同時に、サンゴに特有のある特徴も思い出す。折れて乾燥したサンゴのかけらは水に浮くのだ。

海面で上下するストゥプカーの手を見つめるうちに、スタンフォードはぞっとするような確信を抱いた。

ボートの死体は石になったわけではない。

サンゴと化してしまったのだ。

第一部

1

一月十八日　ニューカレドニア時間午前十時四分
オーストラリア領ノーフォーク島の沖合五百キロ

フィービー・リードは水中に沈んだエデンの園を畏敬《いけい》の念とともに見つめていた。厚さ二十三センチのアクリルガラスの向こう側では、施設のライトが永遠の暗闇を照らしている。特有の色調を持つ赤い光は、周囲の海洋生物の生態をほとんど妨げない。窓の前に立つ彼女は光の波長に合わせた画像処理ゴーグルを着用していて、外の光景を拡大して見ることができる。

水深三千メートルというこの深海でも、めくるめく色の多種多様な生き物が存在していた。深紅の脚を持つ巨大なカニがサンゴ礁をよじ登り、隙間にはさみを突っ込んで餌をついばむ。青白い色のクサウオが開けた砂地の上を這《は》うように移動する。円筒形の胴体を持つダルマザメが輝きを発しながら窓の前を横切る――その背中側は暗いが、腹側は生物発光で明るい。大型のカグラザメが光の届くぎりぎりのところを警戒しながら泳いでいる。すぐ隣で指差す手も、カグラザメの方を示していた。「この深さでカグラザメの存在が確認されたことは一度もないんですよ」

「それは本当なの、ジャズ？」フィービーは助手の大学院生を横目で見ながら問いただした。

ジャズことジャスリーン・パテルが、知識に疑問を呈されてにらみ返した。ジャズは二年前に海洋生物学の修士号を取得し、現在はフィービーの指導のもとで博士論文の執筆中だ。大学生の時からフィービーの教え子で、後にカリフォルニア工科大学の海洋研究所でフィービーのティーチング・アシスタントの一人になった。それ以来、二人は共同で研究に取り組んでいて、すでに五年以上になる。そのため、同僚たちの多くからは名前のフィービー（Phoebe）とジャズ（Jazz）をもじってＰＢ＆Ｊのコンビとして知られている。

ほとんどの人たちは二人がともに女性で、肌の色も同じだから強い絆で結ばれているのだと思っている。フィービーはバルバドスの生まれで、八歳の時にアメリカに移住してから は中南部で母に育てられた。八歳年下のジャズはカリフォルニア生まれだが、インド人の血が流れている。一家はムンバイからアメリカにやってきて、今はベイエリアでドライクリーニングのチェーン店を経営していた。

だが、二人を引き寄せたのは肌の色でも性別でもなかった。それがまったく関係ないとは言えない。しかし、深海の謎に対して二人が共有する興味の影響の方がはるかに上回っていた。そのことと、相手に対する尊敬の気持ちだ。

「太陽の光が届かないこんな漸深層で生きていけるなんて、とても信じられない」ジャズが手のひらをガラスに押し当てて言った。「外の水圧は二千ｐｓｉ以上だというのに」

「すごいと思わない？　生命がここに拠点を築いただけでなく、こんなにも豊かに繁栄しているなんて」

二人はガラスの向こう側の驚異の世界に見とれた。

二匹のアンコウが頭から伸びた長いアンテナ状の突起を揺らし、先端の発光体でほかの魚を誘う。イカムシの一団がライトの明かりの中を横切り、太陽の光が届く層からこの常に真夜中の深さまで落ちてくる栄養分のマリンスノーを食べる。視線を動かすたびに新しい発見がある。ホウライエソの群れ、コウモリダコが二匹、ジュウモンジダコが一匹。遠くに目を向けると、イソギンチャクの真っ赤な触手が揺れる間をアルビノロブスターが何匹もうごめいていた。

「最初のサンプルを採取するサンゴの群生地は選んだんですか？」ジャズがダイバーズウォッチに目を落として訊ねた。「私たちに割り当てられた一回目のＲＯＶの時間は九十分後ですよ」

「いくつかの候補地は選んだけれど、この深さの窓をもう一回りしておきたいの。あと、できればすぐ上の階も」

「のんびりしていたらだめですよ」ジャズが注意した。「ROVの時間を喉《のど》から手が出るほど欲しがっているのは私たちだけじゃないので。ここには競争相手が大勢いますからね」

「そして上にも」

何千人もの研究者、教員、科学者たちがこの一大海洋事業への参加を希望した。しかし、タイタンプロジェクトの立ち上げに招かれたのは三百人だけだった。その三百人が、今は三つの区域に分かれていた。

半数は海上に浮かぶタイタンXに乗り込んでいる。全長三百メートルのスーパーヨットで、船尾には十三階建てのガラスの球体がそびえ、その中には二十二の最新鋭の研究室がある。船は海中にあるこの施設を支援しているが、溶融塩原子炉を推進力として海を高速で航行することも可能で、世界各地での研究に携わることができる。

もう一つ、海上にあるのがタイタンステーション・アップで、石油掘削装置のFPSO（浮体式生産貯蔵積出設備）を参考に設計された浮かぶプラットフォームだ。準備拠点、作業拠点、恒久的な支援施設としての役割を果たす。二十隻の潜水艇――HOV（有人潜水艇）とROV（遠隔操作型無人潜水機）――も、そこに収容されている。

この二週間、特別仕様のＨＯＶが研究者やスタッフを海中三千メートルのタイタンステーション・ダウンにピストン輸送してきた。ピラミッドを逆さまにしたような形の海中施設を「世界で最も高価なこま」と呼ぶ人もいる。

つい二日前にＨＯＶで下りてきたフィービーにとって、それは世界で最も信じがたい光景だった。大きなガラスの観測ドームを備えた最上階は直径が百メートルあり、巨大なＵＦＯのように見える。その下に続く四つの階も最上階と同じ円形だが、下に行くにしたがって直径が短くなっているため、「こま」を連想させる形状になっている。フィービーが今いる最下部は直径が二十メートルしかない。研究室はなく、黒い偏光ガラスが環状に張り巡らされているだけなので、最上階のドームと同じく観測のために使用される。

海上のプラットフォームや船と同じように、このステーションも海中に浮遊していて、海底には接していない。位置はバラストタンクによって維持され、各階に備わるスラスターの力で安定が保たれている。海中の繊細な生態系との唯一の接点はケーブルでつながれた数本のアンカーだけだ。

研究者や作業者たちが三つの区域を行き来しやすいように、タイタンステーション・ダウンの内部は常に一気圧に保たれているので、ここを訪れたり離れたりする際に順応や減圧の手間は必要ない。乗客が乗り降りする潜水艇用のドッキングシステムには、国際宇宙ステーションと似たものが採用されている――周囲の世界は真空の宇宙空間と同じように厳しく、そして危険なことを考えると、その方式は妥当だと言える。

けれども、そのような不安はすぐに忘れてしまう。ほかのほとんどの研究者たちと同じように、フィービーとジャズは明るい青色の通路を驚きと緊張と興奮の入り混じった思いを抱きながら歩き続けた。何カ月もの準備をし、数週間の講習を受け、数日間にわたって安全対策を教わった。ただし、どれだけのことをしようとも、この世界に足を踏み入れるための心の準備はできない。

「フィービー、あなたはここでの調査を終わらせてください」ジャズが言った。「私は上に行って、私たちに割り当てられたROVの端末を見てきます。MITからやってきた二人組が私たちの時間を奪わないように目を光らせておかないと」

「お願い。必要とあればうるさく催促してもかまわないから」

「任せてください。ぐずぐずしているようなら相手が誰だろうと容赦しませんから」

上に通じる螺旋《らせん》階段に向かうジャズを見つめながら、フィービーは笑みを浮かべた。ジャズは身長が百五十センチあるかないかで、黒い髪をピクシーカットにしているため子供っぽく見られる。けれども、自分たちの作業場所や予定の時間を譲るまいとする時には、ピットブルのような気性の激しさを見せる。

予定通りに行動しないと自分もジャズから責められると思い、フィービーは改めてテュス階の外周に沿って歩き始めた。今度はサンゴ礁の上を泳いだり這ったり、あるいは勢いよく突き進んだりしている豊かな海洋生物の驚異ではなく、自らの専門領域により注意を向ける。

彼女の博士論文の題材は深海サンゴの独特の生態に関してだった。浅瀬のサンゴはシュノーケリングで見られることもあり、ほとんどの人にとって馴染《なじ》みのある存在だろう。それらのサンゴのポリプは共生する褐虫藻《かっちゅうそう》の光合成からエネルギーをもらっている。しかし、彼女の関心の対象は太陽の光が届かない深さに生息するサンゴだった。そうした深海に見られるサンゴはいまだに謎が多く、理解もほとんど進んでいない。そのような低温かつ高圧の水中で緩やかに成長するサンゴは信じられないような長寿で知られており、最長で五千年は生きるのではないかとも推測されている。

太陽の光が届かない中で暮らすサンゴの種は、動物性プランクトンや植物性プランクトンなどの微生物のほか、腐敗した動植物の死骸から出る微粒子状の有機物を食べる。そんな豊富な餌を手に入れるために、深海サンゴは葉状体や細い枝から成る美しくも繊細な構造を形成し、それを使って海中の食べ物や酸素を探す。そのため、深海のサンゴ礁は羽が生えているかのようだったり扇形に広がったりしていて、見た目は森を思わせる。

〈ここはまさにそんなところ〉

窓の向こう側に見えるサンゴの数には圧倒されてしまう。森というよりも発光性のジャングルと形容するのがふさわしい。色鮮やかなウミトサカが見上げるような高さにまで伸びて枝を張っていて、その中には十メートルから十五メートルに達するものもあり、黄色やピンク、青、薄い紫色に光り輝いている。ムチサンゴやウミウチワの姿もある。高さのある漆黒の樹木状のサンゴは太い枝を幾重にも伸ばしていて、一メートルほどに成長したマツの木を炭化させたかのようだ。それとは対照的に、象牙《ぞうげ》色のイシサンゴが海底の浅い溝や半球状の丘の上にびっしりと密生している。

フィービーはほんの一瞬、目の前に広がる大量のサンゴを調査して分類するという途方もない作業にひるんだものの、大きく深呼吸をすると、母がいつも口にしていた中国の諺を思い出した。アメリカに移住した当初、慣れないことばかりでフィービーが参ってしまった時によく聞かされた言葉だ。

〈千里の道も一歩から〉

フィービーはもう一度、深呼吸をしてから、ゆっくりと息を吐いた。

〈私ならできる〉

午前十一時八分

四十分後、フィービーはテテュス階の窓からの二周目の観察を終わらせた。一回りする間に、小声で話をしている仲間の研究者たちを何度もよけながら通らなければならなかった。会話からは世界のあちこちの言語が聞こえてきた。彼女が手に持つタブレット端末には周辺のサンゴ礁の地図が表示されている。フィービーは十五カ所の候補地に印を付けていた——一回目に割り当てられたROVの時間内で見て回れそうな数の三倍に当たる。

〈ここから五カ所か六カ所に絞り込まないと〉

フィービーはタブレット端末をきつく握り締めた。いらだちが募るものの、追加のサンプルを採取する時間ならばこの先も十分にあるはずだと思い直す。これから数カ月をかけて、フィービーは捜索範囲を外側に拡大させるつもりでいた。一週目の目的は順応することで、採取の手法に慣れ、ステーション内の研究室を最大限に活用するための方法を学ぶことにある。研究を広げていくのはそれからの話だ。フィービーはすでに次の火曜日のHOVを予約済みで、その時にはもっと遠い場所も探索できるはずだった。

そんな思いが呼びよせたかのように、船首部分が大きな球体のガラスになっている明るい黄色の潜水艇が前を通り過ぎた。高感度のゴーグルを通すと目に突き刺さるようなまぶしさに思える明るいライトの向こうでは、HOVの曲面ガラスの奥で動くいくつもの影が見える。

フィービーは窓に手のひらを当て、その姿が暗闇の中に消えるまで目で追った。星がゆっくりと消えていくかのようだった。うらやましい気持ちが胸に広がっていく。

不意に男性の声が聞こえ、フィービーはびくっとした。「感想を聞かせてもらえないかな？」

景色に意識を集中させていたため、フィービーは人が近づいてきたことにまったく気づいていなかった。振り返ると驚きのあまり動きが止まる。すぐ後ろにいたのはＥＳＫＹのＣＥＯで、このタイタンプロジェクトの主要出資者でもあるウィリアム・バードだった。五十歳になるこのオーストラリア人は造船業で財を築いた――コンテナ船や貨物船がほとんどだったが、オーストラリア海軍の船舶も手がけた。会社は現在、国際貿易のかなりの部分を取り扱っている。彼の純資産は七百億ドルを上回ると言われる。だが、今は質素なネイビーブルーのジャンプスーツに三つ又の矛の記号が入った帽子という、このステーションの制服姿だ。豊かな資産を示す唯一の印は胸の前にチェーンで吊るされている大きな金の懐中時計だけだ。

フィービーはゴーグルを取り外し、答えを返そうとしたが、なかなか言葉が出てこなかった。外の光景に対する自らの第一印象を思い出し、どうにか手を振ってガラスの向こう側を指し示す。「ミスター・バード……あなたの……この海を『失われたエデンの園』と形容したあなたの言葉は間違っていませんでした。驚きとしか言いようがありません」

「なるほど、つまり君は先週の私の記者会見を聞いてくれたのだね？」

その顔に得意げな笑みが浮かぶと、いっそう若々しく見える。バードの顔は濃い茶色に焼けているが、日焼けサロンに通っているわけではない。海での生活が長い無骨な船乗りの肌の色で、濃いブロンドの髪がそれをいっそう際立たせている。髪に白いものが交じっているのは年齢のせいなのか、それとも太陽の光を浴びて色があせてしまったのか。おそらく両方だろう。

「聞かなかった人なんて、いないと思いますよ」フィービーは答えた。「でも、ベゾスとブランソンとマスクは気分を害したかもしれませんけれど」

バードは肩をすくめた。「かまうものか。この地球上にはまだ探検されていない謎が数多くあるというのに、宇宙へロケットを送り込むために何十億ドルも使う連中の気が知れない。特に海中の場合は、これまでに海底のわずか二十パーセントしか地図が作成されていない。しかも、そうした地図の解像度はお粗末な状態だ。墜落した飛行機ほどの大きな物体を検知できるくらい詳細にわかっている部分に限ると、その割合はたった〇・〇五パーセントに下がる――つまり、ほぼすべての海底が未踏の地ということになる」

「数字がそこまで低いとは思ってもいませんでした」フィービーは言った。

バードが悲しげにうなずいた。「そのことが我々にとっての最大の難関だ。人類の未来は火星の表面ではなく、いまだに謎である地球の海の九十九・九パーセントにかかっている。しかも、我々は危険から目をそむけてもいる。海は我々の食料源であり、遊び場でもあり、さらには薬局でもある。それよりも重要なのは、海はこの惑星にとって真の意味での肺とでも言うべき存在で、世界の酸素の八十パーセントを作り出し、二酸化炭素の二十五パーセントを吸収している。海の四分の一でも死滅したら、地球上の生物のほとんども死滅してしまう」

フィービーはバードの言葉に合わせてうなずきながら、タイタンプロジェクトが持つ重要性を改めて心に刻んだ。非営利団体の共同グループや、研究助成金、企業のスポンサーなどからも資金の提供を受けているが、総額のかなりの割合を出資したのは目の前にいるこの男性だった。それが世界の海を行き来する何千隻もの貨物船から莫大《ばくだい》な富を築いたことに対する、この男性ならではのお返しの方法なのかどうかはわからない。けれども、彼が実際にお返しをしていることは確かだった。タイタンステーションの建設の大部分を統括し、そのための資金を提供したのは彼の会社で、百億ドルを投じて驚くほどの短時間で実現にこぎつけた。

〈そして私はその一員として参加している〉

だが、目の前にいるこの億万長者でさえも、フィービーの視線を独り占めにはできなかった。ふと気づくと相手の肩越しに見えるリング状の窓の向こうに目が向いてしまう。サンゴの群生地の上を悠然と泳ぐアカボウクジラの動きを目で追う。自分たちと同じように、向こうもこちらのことに興味津々《しんしん》なのだろう。アカボウクジラはクジラ目の中でも最も深くまで潜る種の一つで、何時間も呼吸を止めて潜水することで知られている。

バードはフィービーが気もそぞろなことに気づいた様子で、口元の自然な笑みがいっそう大きくなった。億万長者も窓の外の驚異の世界に視線を移した。

「ここが本当に失われたエデンの園だとしたら」バードが言った。「我々が禁断の知識を求めてエデンから追放されたイブのようにならないことを願おうじゃないか。ここで学ぶべきことはいくらでもある。しかも、この先には多くの仕事が控えている」

「仕事じゃありません。これは本心からの言葉ですが、私にとっては名誉です。珊瑚《さんご》海の外れのこの場所にいられることそのものが。いくつもの新しい発見が私たちを待っているかと思うと、今すぐにでも作業に取りかかりたい気持ちです」

その頃にはこの階にいたほかの人たちも、外の光景を無視して二人の方に注目していた。ウィリアム・バードが研究者たちの領域に足を踏み入れることはめったになかった。フィービーがタイタンXの船上で訓練を受けていた数週間で、億万長者の姿を見かけたのは数回しかなく、それもスーパーヨットの甲板上に立っているか、研究室がある球体の中を側近に囲まれて歩いている時くらいだった。今の彼に付き添っているのは険しい顔つきのボディーガード一人だけで、その長身のアボリジナルの男性は腰に留めた警棒の持ち手にずっと手のひらを添えていた。

「君の熱意には頭が下がる思いだ、ドクター・リード」バードが外に広がる海を眺めたまま言った。

「あ、ありがとうございます」相手が自分の名前を知っていることに驚き、フィービーは口ごもりながら返した。

もっとも、フィービーはタイタンステーション内にいる数少ない黒人の一人で、彼女の知る限りでは唯一の黒人女性だった。フィービーはバードの記憶に残った理由がそれではないことを願った――あと、身長が一メートル八十六センチあり、ほとんどのスタッフよりも背が高いという理由からでもないことを。

タイタンプロジェクトは国際的な事業だが、参加者のほとんどは白人男性だった。アジア各地からもそれなりの人数が参加していて、さらにはトルコ、パキスタン、中東の研究者もいる。しかし、男女比は二十対一という数字だった。ただし、それは偏見のせいというよりも、そもそも科学の世界で活動する女性の人数が少ないことを物語る数字でもある。

〈本当にそうだといいんだけれど〉

バードが窓から顔をそむけ、フィービーの方を見た。「ここのサンゴ礁の状態に関する君の見解を楽しみに待っているよ、ドクター・リード。この海の名前の由来となったサンゴの群生地の破壊を食い止める方法が見つかるように願っている」

フィービーは自分がプロジェクトの参加者として選ばれた理由はそこにあるのだろうと思っていた。高温が原因のサンゴの白化はグレート・バリア・リーフ全域を脅かす問題だが、深海サンゴはどうやらそれに対してかなりの耐性があるらしい。深いところに生息するサンゴは汚染に対してもはるかに強い。しかし、その具体的な理由は判明していない。それが発見できれば、世界中のサンゴ礁を救うための解決策が提供できるかもしれない。

「モントレーベイ水族館研究所での調査を記した君の論文を読ませてもらった」バードの話は続いている。「カリフォルニア湾沖合のサー・リッジにおける生態系の回復力に関連するものだ。だから君のここでの仕事には大いに期待している」

フィービーは驚きが顔に出るのを何とかして隠そうとした。〈彼が私の論文を読んでくれていた〉もしかすると、肌の色や高い身長とは関係なく、名前を覚えてくれていたのかもしれない。

フィービーは胸を張った。「最善を尽くします」

「そうだと信じているよ」

バードが大きなため息をついた。「あまり君の作業を邪魔するわけにもいかないな、ドクター・リード。だが、またこうして話ができるのを楽しみにしている」

バードが中央にある階段に向かって足を踏み出そうとした時、低いうなり声のような音が施設内にこだました。外ではアンカーとつながったケーブルが揺れたものの、五層構造のタイタンステーション・ダウンはコンピューター制御されたスラスターが揺れを相殺《そうさい》したため、ほとんど動かなかった。

それでも、ほかの科学者たちは窓から離れて身を寄せた。

バードのボディーガードも保護対象に向かって手を差し出した。

しかし、オーストラリア人の億万長者は脇にどくと片手を上げ、声を張り上げた。「ただの小さな海震ですよ、皆さん。何の心配にも及びません。我々は地殻の動きが活発な地域にいます。今のはこのプロジェクトを開始してから記録された十六回目の――いや、十七回目の揺れになります。こうした震動は想定の範囲内で、タイタンの設計チームもそれを考慮に入れたうえで作業を行なってきました」

揺れが収まった後、窓の近くに戻ったのはフィービーだけだった。外の光景を見つめる。ガラスの向こう側の海洋生物たちはバードと同じく、揺れにはまったく動じていない様子だ。舞い上がった砂もすでに元通りになっている。

ガラスに手のひらを当てると、スラスターからのかすかな振動が伝わってくるものの、ほかの揺れは感じられない。フィービーは赤い光が届かない暗闇の先を見つめた。このところの揺れの震源はおそらくあの奥のどこかだろう。フィービーはこのあたりの海底が急角度で落ち込んだ先にあるいくつもの深い海溝を思い浮かべた。ソロモン海溝、ニューヘブリデス海溝、さらに向こうにはトンガ・ケルマデック海溝。それらは太平洋プレートがインド・オーストラリアプレートの下に潜り込む地殻上の境界線に当たる。

北にあるマリアナ海溝は世界最深ということもあってより知名度があり、注目もされているが、このあたりの海溝の連なりよりも千メートルほど深いにすぎない。だが、深さが二番目なために、こちら側の海溝群が科学的な注目を集めることはなかった。

〈これからはそれも変わるはず〉フィービーはそう願った。

タイタンプロジェクトに加わりたいと思った理由の一つが、これらの海溝からの距離の近さと、彼女の最新の研究との関係にあった。水深三千メートルの海底での深海サンゴに関しては多くの研究がある。しかし、それよりも深いところでもサンゴが生息しているのかどうか、もし生息しているのであればどのような形状をしていて、どのように生き延びているのかということについては、まったくわかっていない。こうした謎への答えが近隣にある入り組んだ海溝内で見つかるかもしれない。

フィービーが振り返ると、立ち去ろうとしていたバードは三人の研究者に呼び止められていた。どうやら相手を安心させようとしているらしく、トラブルシューティングやステーションが行なってきた慣らし運転について、あれこれと説明している。

フィービーはその話をうわの空で聞きながら、ついさっきの彼の言葉を思い返した。海の九十九・九パーセントは未踏の地だという。そのどこかに、もっと深いところで生息するサンゴがきっとあるはずだ。

フィービーは窓の方に向き直った。

〈そして私がそれを見つけ出す〉

ガラスに手のひらを当てたままでいたフィービーは、指先から始まった震動が腕に伝わっていくのを感じた。外では海底が震え、砂を噴き上げ、サンゴの広大な森を揺らしている。それまでゆったりと動いていた海の生き物たちが、ひれや尾を振って瞬く間に姿を消す。カニの群れも餌をあさるのをやめ、サンゴ礁から離れていく。タコやイカが暗闇に逃げ込み、あわてて吐き出した大量の墨だけがあとに残った。

フィービーは目を丸くしたが、息が詰まって警告の言葉を発することができなかった。その息を吐き出すよりも早く、ステーションの直下の海底が大きく揺れ動いた。アンカーとつながるケーブルが激しく振られる。そのうちの二本が引きちぎられた。頭上ではそれぞれのフロア間の防火扉が閉まり、各階が封鎖された。なおもステーションが揺れてねじれるなかで、残ったケーブルも大量の気泡とともに接地点から外れ、浮遊する構造物の方に吹き飛ばされた。

支えを失ったタイタンステーション・ダウンはまさしくこまのようにゆっくりと回転した——やがてスラスターが動きを相殺し、施設は水中で安定を取り戻した。

フィービーはほかの人たちの方に視線を動かした。ステーションが激しく揺れたせいで、数人の研究者が床に倒れていた。ウィリアム・バードはしっかりと立っていたが、ボディーガードが支えていてくれたおかげだろう。

オーストラリア人は笑い声をあげようとしたが、無理をしているのがはっきりと感じ取れた。「今のは皆さんに経験してもらいたいと思っていた慣らし運転の域を超えていたようですね。でも、見ておわかりのように、あのような激しい揺れであっても何も問題はありません」

頭上の防火扉が静かな音とともに開き、各階の間の移動が可能になった。ステーション内に異常なしを伝えるサイレンが鳴り響く。

「私の言った通りでしょう」バードが満面の笑みで安心させた。「何も心配には及びません」

それでも、彼の笑顔はさっきと比べると心からのものではないように思えた。

フィービーは窓の外に視線を戻した。揺れが収まるのに合わせて海底も落ち着きを取り戻した。舞い上がった砂が元に戻ると、再びサンゴの姿が見えてくる。ほとんど影響はなかったようだ。高さのある樹木状のサンゴが二本、根元から折れて砂の上に倒れていた。だが、大きな被害はそれくらいだった。

それでも、フィービーはじっと待機して観察を続けた。

五分が経過した後、彼女の全身を冷たい恐怖が包み込んだ。

さっきまで気ままに泳いでいた海洋生物が一匹も戻ってきていない。それはまるで今もなお、このあたりを避けているかのようだった。

急に不安を覚え、フィービーは顔をしかめた。

〈私たちもそうするべきなのでは?〉

2

一月二十二日　香港時間午後六時二分
中国　香港

グレイソン・ピアース隊長は二歳になる息子のジャックの前で両膝を突き、我が子が自らの運命に関わる選択を下すのを待っていた。

ところが、ジャックの注意はバルコニーの扉のそばの止まり木で体を揺すっている黄色いとさかのキバタンから動かない。外を見ると太陽は地平線近くの低い位置にあり、木々に覆われたヴィクトリア・ピークの山腹から香港の高層ビルと港まで一望できる景色を照らしている。

いらだちもあらわなため息が聞こえ、グレイはそちらに視線を向けた。

「ほら、ジャック、どれか選んで」ハリエットが男の子に声をかけた。七歳の女の子は我慢の限界に達してしまったらしい。キッチンにスヌーピーをかたどった四段のケーキがあることを知っているのだ。

「せかしちゃだめ」ペニーが妹を叱った。二歳だけながらもお姉さんとしての忍耐強さがうかがえる。

二人の女の子はグレイの親友でシグマフォースの同僚でもあるモンク・コッカリスとキャスリン・ブライアントの娘で、両親はキッチンでこの儀式の後に開かれるささやかなパーティーの準備中だ。グレイの耳にも二人が交わす自然な会話が聞こえてくる。その合間には小さな笑い声が入り混じり、モンクが楽しそうに鼻を鳴らす音は繁殖期のガチョウの鳴き声に似ていなくもない。

グレイたち一行は先週末、ジャックの二歳の誕生日を母方の祖母のグアン・インと祝うためにワシントンDCを発ち、香港を訪れた。グアン・インはジャックを囲んで床に座った人たちのまわりを歩き続けていた。その名前は「慈悲の女神」を意味する。しかし、彼女がドゥアン・ジー三合会の龍頭《りゅうとう》だということを考えると、ふさわしいと言うよりも皮肉に聞こえる名前だ。グレイとセイチャンがジャックとともに香港を訪れなかったら、一切の慈悲が与えられなかったことだろう。孫にとって大切な一歳の誕生日を一緒に迎えられなかったことで、グアン・インは激怒したらしい。

祖母としてその時にできなかったことを今度こそはしたいと考えているのは明らかだった。

瘦身《そうしん》の女性が着ているのはフード付きのローブだが、フードをかぶっていないので長い黒髪が垂れていて、顔の片側にかかるあたりには一筋の白髪が交じっている。顔の同じ側には濃い紫色の傷跡があった。傷は頰から左の眉へと弧を描いているが、ぎりぎりのところで目を失わずにすんだ。グアン・インは人前では顔の傷を隠す――恥ずかしさからではなく、一目で正体がわかってしまうからだ。三合会の龍頭およびマカオのボスとしての彼女の身分は、敬意と敵意の両方の対象になる。しかし、ヴィクトリア・ピークの山頂にあるこの別荘にいる時には警戒を緩めることができる。もっとも、彼女には用心する必要もなかった。敷地は三合会の中でも精鋭の構成員たちによって厳重な監視下にある。それに六十代前半という年齢ながらも、ローブの下に隠し持ったナイフと短剣の扱いに関して、彼女の腕はまったく衰えていない。

グアン・インは紙幣の入った赤い封筒の束を、サイドテーブルの上にすでに積まれている多くの封筒の上に置いた。テーブルには包装されたプレゼントもたくさん並んでいる。龍頭の孫にプレゼントなど不要だと考える組織の人間はほとんどいないということだ。

封筒やプレゼントの山を守っているのはグアン・インにいつも影のように付き添っている人物だった。副龍頭のジュワンはグレイよりも頭半分ほど背が高い。雪のように白くなった髪をなでつけ、後ろに長く垂らして結んでいる。顔にはしわがまったくなく、肌もきめが細かい。その動きの一つ一つから内に秘めた力が感じられる。

封筒の一つが山から滑り落ちると、ジュワンはそちらに目を動かすことなくさっと受け止め、元の場所に戻した。彼が背中側に留めているのは十八世紀に製造されたという中国の苗刀《みょうとう》を収めた鞘《さや》だ。そのいわれに関しては、製造された年代のほかは一切聞いたことがない。だが、過去にジュワンがその刀を扱う場面に遭遇したグレイは、二百年以上も前の武器の切れ味がまったく衰えていないことを知っていた。

グアン・インは封筒を取ってくれたことに対して無言で感謝の意を示し、指先でジュワンの上腕部にそっと触れた。集まった人たちのもとに戻るグアン・インをジュワンの視線が心なしか長く見つめていたことに気づき、グレイはこの男性が個人的なボディーガードとしての役割以上の思いを抱いているのではないかという気がした。

相手のことを思う気持ちの穏やかさがうらやましく感じられる。

グレイはジャックの左側に目を向けた。そこには息子の母親がひざまずいていた。

〈同じことが俺たちの関係にも当てはまればいいんだが〉

セイチャンは一見したところは落ち着いている様子で、息子の決断をじっと待っている。黒のスラックスに同じ色の上着という服装で、上着には少しだけ色合いの薄い黒の糸で花模様の刺繡《ししゅう》が施されている。三つ編みにして垂らした艶のある黒髪は肩の下にまで届く長さがある。表情から辛抱強く待っていることがうかがえるものの、相手をよく知るグレイは彼女のエメラルド色の瞳が緊張からややこわばっていて、背中の筋肉が張り詰めているせいで肩に力が入っていることに気づいていた。

セイチャンはきつく巻いたばねのような状態にある。

それはジャックの将来の運命が理由ではなかった。

グレイも自分のスポーツジャケットの胸ポケットの重さを意識し続けていた。

〈俺は何を考えていたんだ？〉

グアン・インが前かがみの姿勢になり、セイチャンの頰にキスした。「チュック・ムン・シン・ニャット、コン・ガイ」生まれ故郷のベトナムの言葉で娘に「誕生日おめでとう」と伝える。

セイチャンは母親の手を取り、同じ祝いの言葉を返した。「チュック・ムン・シン・ニャット、メ」

グアン・インはジャックの右側にすっとひざまずき、頭の上に手のひらを置いて孫の注意を外のキバタンから引き戻した。「チュック・ムン・シン・ニャット、ジャック」

セイチャンからはベトナムでの誕生日を祝う風習について事前に説明を受けていた。ベトナムでは実際に生まれた日が意識されることはほとんどない。何月何日に生まれようとも、ベトナムの旧正月のテト・グエン・ダンに誕生日を祝う。毎年一月二十日の次の新月の日がその祝日に当たる。中国の旧正月の春節も同じ日で、その前日だった昨夜はかなり盛大に、同時に騒々しく祝われた。

ジャックの本当の誕生日は二日後だが、グアン・インはベトナムと中国とアメリカのそれぞれの伝統にのっとって孫の誕生日を祝うべきだと言い張った。スヌーピーのケーキの上ではろうそくが吹き消されるのを待っている——だが、まずは「抓周《ジュアジョウ》」という中国のしきたりを終わらせなければならない。

誕生日のケーキを二日早くもらえる一方で、ジャックがこの儀式を経験するのは一年遅い。中国では子供の二歳の誕生日に抓周を行なうが、生まれた翌月を一歳の誕生日として数える。子宮で過ごした期間も子供の一年目に含まれると考えるためだ。

しかし、グアン・インは孫の場合は細かいことを気にしないでいいと主張した。そのため、選び取りの儀式の抓周も今日になったというわけだ。ジャックの前の床には将来の運命を示す象徴的な品物が並んでいた。ヒスイのそろばんは実業家や金融関係の職業を表す。ニワトリの脚はシェフとしての道を歩むことになる。小さなマイクを選べばエンターテイナーとして人々を楽しませるかもしれない。全部で十六の運命を示す十六の品物が置かれている。

ジャックがどの品物を選ぶのか、全員がじっと待っていた。

グレイはセイチャンが小さな剣をジャックの左膝のいちばん近くに置いたのを見逃さなかった。それが表す運命については説明するまでもないだろう。一方、祖母のグアン・インはおもちゃの聴診器をジャックの右膝にそっと近づけた。祖父母というのは身内に医者がいてほしいと思うものだ。

グレイはこんな馬鹿馬鹿しいしきたりなど、どうでもいいと思っていた。

〈人の運命がこれで決まるなんてありえない〉

そう思いながらも、ジャックが体を動かすとグレイは身構えた。ジャックが立ち上がり、未来への第一歩を踏み出す。誰もが固唾《かたず》をのみ、室内は静まり返った。モンクとキャットもキッチンの入口に立ってこちらの様子をうかがっている。ジュワンまでもが張り詰めた雰囲気に引き寄せられ、持ち場から離れてジャックの動きを見守った。

ジャックはあたかも地雷原を進むかのように、いくつもの品物の間を通り抜けていく。ようやく両膝を突き、続いて四つん這《ば》いになった。彼が手を伸ばしたのはいちばん端にあった品物で、ビロードの掛け布に半ば隠れた状態でソファーの肘掛けの横に置かれていた。

品物をつかむと、ジャックは床にぺたんと座った姿勢になり、キャッキャッと喜びながら新しい宝物を自慢げに持ち上げて全員に見せた。

グレイはあわてて駆け寄り、それをひったくった。「ここに手榴弾《しゅりゅう》を置いたのは誰だ？」

答えは背後の廊下から聞こえた。「将来が楽しみな息子だな」

グレイは声の方を振り返り、コワルスキをにらみつけた。

ゴリラを思わせる大男はボクサーパンツとTシャツにビーチサンダルという格好だ。目が真っ赤に充血していて唇もつらそうに歪《ゆが》んでいるので、日付が変わってからも続いた新年を祝うパーティーの酔いがまだ抜けていないのだろう。

「心配するなよ」コワルスキは全員に向かってぼそぼそとつぶやいた。「そいつは不発弾だ。朝鮮戦争で使われたもので、二日前に夜市で買ったんだ。ジャックが気に入るんじゃないかと思って。将来は爆発物の専門家になるって顔にはっきり書いてあるぞ。俺と同じだな」

グレイはうめき声をあげた。「やり直す方がいいかもしれないな」

セイチャンがうなずいた。近頃では珍しく、二人の意見が一致した。「絶対にやり直すべきだと思う」

午後十時十八分

セイチャンは暗いバルコニーの手すりの前に立ち、壁に囲まれた眼下の庭園を見下ろしていた。小さな提灯《ちょうちん》が点々と設置され、暗い池、アーチ状の橋、水が流れ落ちる木製の装飾物を照らしている。冬に花を咲かせるバウヒニアが穏やかな夜風に甘い香りを添えていた。

背後にある別荘も徐々に夜を迎えつつある。グレイはジャックを寝かしつけ、シャワーを浴びているところだ。モンクとキャット、それに二人の子供たちは、壁に囲まれた敷地内にある離れに引き上げた。コワルスキは夜の街に繰り出し、三合会の構成員が二人、護衛として付き添っている——ただし、その二人の役目は大男の身を守るというより、彼が国際問題を引き起こさないように見張るという意味合いの方が大きい。

一行は偽名と偽造パスポートを使ってアメリカから入国した。目立たないようにするためだ。公式にはここに存在しないことになっているので、慎重な行動が求められる。香港は表向きには中国の特別行政区で、本土とは異なる行政制度と経済制度を維持している。だが、近頃は「一国二制度」の原則が非常に曖昧《あいまい》になっていて、特に二〇一九年の抗議運動に対する厳しい取り締まりとCOVIDのパンデミック中の厳格な検疫後は、行政面に関してはほとんど区別ができなくなりつつある。

こうした変化にもかかわらず、セイチャンたちの香港への入国には二つの要因が味方した。

一つはシグマフォースが軍組織とは一線を画すところで活動する極秘の機関だという点だ。隊員は特殊部隊を中心とした米軍の元兵士たちで、国防総省の研究・開発部門に当たるDARPA（国防高等研究計画局）によって密かに集められた。隊員たちは様々な科学分野の再訓練を受け、世界規模の脅威が発生した場合にはすぐに急行する実戦部隊および調査チームとして活動する。そのような位置づけにあるシグマの任務は一切の記録に残らず、情報機関、軍事作戦、科学調査の境界線にまたがる影の領域で遂行される。

もう一つは、いくら策を弄《ろう》したところで、香港での行動は間違いなく監視下に置かれていて、きっと正体も割れているはずだということだった。これは諜報の世界における駆け引きのようなもので、ほかの機関の侵入に気づいていないふりをしながらも、実は厳しく目を光らせているのだ。中国の安全保障に差し迫った脅威をもたらさない限り、セイチャンたちの存在は黙認される。あからさまな挑発がない状況で彼女たちを攻撃しようとは考えない。

少なくとも、今のところは。

だが、バルコニーの手すりの前に立つセイチャンは警戒を緩めなかった。それは彼女にとっていつもと同じ状態でもあった。庭園内の小さな提灯を除くと、明かりは夜空の星の冷たい輝きと香港の高層ビル群の遠いネオンの光だけだ。月はすでに沈んでいるが、出ていたとしても月明かりは期待できない。今夜は新月に当たるため、月の姿はきらめく星の間を移動する暗い影にしか見えない。

これまでの人生に対するセイチャンの気持ちもそれと同じだった。

世界の明るさの間を移動する黒い影。

後ろのカーテンが動き、隙間からランプの光がバルコニーに差し込んだ。引き戸が開き、シルクのローブ姿の人物がバルコニーに出てくる。歩み寄る母が伴っているのは二人の間で決して消え去ることのない気まずさだった。

数年前に再会を果たした母と娘だったが、すっきりしない思いは今も残っている。離れ離れになっていた年月――しかも、互いに相手が死んだものと思っていた二十年間という溝を埋めることは容易ではない。再び巡り会えた後、セイチャンは多くの時間を母と過ごしてきたが、この二年ほどは母のもとを訪れる頻度が少なくなっていた。前回ジャックを連れて母に会ったのは十カ月前のことだ。

バルコニーの手すりのところまでやってきても、口を開く前に様子をうかがっているかのように、母は黙ったままだった。そしてローブの中にあったセロハン包装のつぶれかけた箱を手に取り、指先で軽く叩いてタバコを一本取り出した。それを口にくわえると、手のひらでローブに触れながらライターを探し始めた。

セイチャンはため息をつくと、ポケットの中からアンティークのダンヒルのライターを出した。真鍮に銀のメッキを施したものだ。セイチャンはキャップを開くとローラーを回して点火し、母に差し出した。

グアン・インは前かがみの姿勢になり、タバコに火をつけた。ライターの炎が母の顔の傷跡を照らし出す。二十六年前、ベトナムの秘密警察による尋問の際に頰に刻まれた傷だ。母はそれを複雑なタトゥーの一部に取り入れ、頰から額にかけて彫られた竜の尾にすることで、傷跡を名誉の勲章に変えた。母の首にも同じく竜を模した銀のペンダントが掛かっている。セイチャンもそれと似た竜のペンダントを身に着けているが、子供の頃の記憶を頼りに母と同じものを作ろうとしたために微妙な違いがある。

母が背筋を伸ばして口から煙を吐き出すと、セイチャンの手が自然と自分のペンダントの竜に動いた。小さかった頃の自分に思いを巡らせる。腹這いになってのぞき込んでいた庭の池は、下の庭園にある池と似ていなくもなかった。水面に指先を走らせて金色のコイを呼び寄せようとしていると——波紋が広がる水面に反射する母の顔が現れる。傷のない美しい顔の下では、喉元の銀の竜が太陽の光を受けて輝いていた。

まるで他人の人生をのぞき見ているような気がする。

セイチャンは今でも過去と現在をうまくつなぎ合わせることができずにいた。〈これから先もできるかどうか〉母と娘の二つのペンダントと同じく、二人がそれぞれ築いてきた人生はどちらも強靱《きょうじん》な鋼《はがね》のように固まっていて、似ているようでありながらも決して同じではない。

「ジャックはずいぶん大きくなったのね」グアン・インがようやく沈黙を破り、夜の暗がりに向かって小声で語りかけた。

セイチャンにはその短い言葉が自分を責めているように聞こえた。前回の訪問から間が空いてしまったことを叱っているのだ。「なかなか時間が取れなくて」

それに対する母の反応は煙を吐き出しただけだった。まわりには煙だけでなく、娘に対する非難も依然として漂っている。

セイチャンは手で煙を振り払い、同時に会話の方向も変えた。「タバコを吸うなんて、知らなかった」

「ジュワンもよく思っていないみたい。いつも私のタバコを隠すから」

「つまり、あなたの身を守るという役割をかなり真面目に努めているということね。彼の言うことを聞いた方がいいんじゃない？」

「体のことは自分がいちばんわかっているわ、チー」

セイチャンは子供の頃の名前で呼ばれたことで気分を害した。ベトナム語で「チー」は「小枝」を意味する。母が自らの三合会を「ドゥアン・ジー」――「折れた小枝」――と命名したのは、死んだものと思っていた娘を忍んでのことだった。実際のところ、多くの点であの時の少女は死んだようなものだった。

「セイチャンという名前の方を好んでいるのは知っているでしょ。それとも、私も古い名前で呼んであげる方がいいの、マイ・フォン・リー」

母が体をこわばらせた。二人とも過去の自分とは別人だ。それに二人とも、自分たちが経験した喪失とそれに伴う悲劇を振り返りたくないと思っている。

人生の最初の九年間、セイチャンはベトナムの小さな村で母に育てられた。明るくて幸せだったあの年月は、ある恐ろしい夜に終わりを迎えた。軍服姿の男たちが家に押し入り、血まみれの顔で悲鳴をあげる母を無理やり連れ去ったのだ。

セイチャンが真実を知ったのは二十年近くたってからだった。ベトナムの秘密警察がセイチャンの父親でもあるアメリカの外交官と母の情事、およびそこから育まれた愛に気づいた。政府は母からアメリカの秘密を聞き出そうと目論《もくろ》み、ホーチミン・シティ郊外の刑務所に母を監禁して拷問にかけたのだ。一年後、母は刑務所の暴動に乗じて脱獄し、書類上の誤りから暴動の際に死んだと見なされ、短期間ではあったが死亡が宣告された。その幸運なミスにつけ込んで母はベトナムを逃れ、より広い世界に姿を消した。

一方、母を失って一人きりになったセイチャンは、東南アジア各地の薄汚れた孤児院を転々とした。腹を空かせて死にかけているか、ひどい扱いを受けているかのどちらかだった。そしてストリートチルドレンとなり、ソウルのスラム街に行き着いた。そこで「ギルド」と呼ばれる闇のテロ組織の目に留まり、仲間に加わることになった。訓練を通じてその後の子供時代を奪われたばかりか、人間性までも徐々に蝕《むしば》まれていき、やがて一人の暗殺者が完成した。

シグマフォースの助けを借りて、セイチャンはギルドを壊滅させることができた。その後は再び拠《よ》り所を失ってさまよう日々が訪れたが、やがてシグマで新しい目的を見つけ出した——そしてグレイとともに新たな居場所と家族を築くこともできた。

母が再びタバコを深く吸った。

セイチャンの歩んできた道のりと同じように、母も怒りと悲しみを目的に変えて香港でドゥアン・ジー三合会を設立し、この厳しい世界に自らの居場所を作り上げた。

「ドゥイウンジュ」母が広東語で謝った。

セイチャンはうなずいて謝罪を受け入れた。「もう時間も遅いし、そろそろ寝るから」

その場を離れようとした時、母が腕に触れた。「あなたが昨夜、グレイからのプロポーズを断ったと聞いた。だからあなたと話をしたくてここに来たの」

セイチャンは両目を閉じた。「それは私たち二人の間の問題」

「彼からあなたと結婚したいという話があった。二日前のこと。私は彼を祝福した。あなたにもそのことを知ってもらいたくて。それで何かが変わるのかはわからないけれど」

「変わらない」

母がうつむいたが、目に浮かんだつらそうな表情は隠し切れなかった。

「私は結婚したくないの」セイチャンは言った。「これから先もずっと」

「その気持ちは私も理解できる。あなたが断ったのはよかったと思っている」

セイチャンは驚いて母の方を見た。「でも、グレイを祝福したんじゃなかったの？」

「祝福したからといって賛成だとは限らない。彼はいい人。そしていい父親でもある。私にもそのことはわかる。あなたが結婚の申し出を受け入れたとしても、私は反対しなかったでしょうね。でも、あなたは私の娘。私にはわかるの。生き延びるためにこれまで経験してきたことすべてのせいで、あなたの心は頑《かたく》なになってしまった。私の心も同じ。それは決して恥ずべきことじゃない。私たちは人を愛することができる――男性のことも、その人との間に生まれた子供のことも。でも、私たちに夫は必要ない。私たちは島と同じように孤立した存在のままで、ほかの人が立ち入ることを許さず、浅瀬で常に守られている。それが私たち。母も、そして娘も」

グアン・インは決して曲げることのできない銀のペンダントに指で触れた。

セイチャンははっとして息をのんだ。今の言葉を聞いて動揺している自分と安堵している自分がいる。数呼吸する間じっと黙っていた後、この冷徹な考え方に疑問を投げかけた。「父のことはどうだったの？」セイチャンは訊ねた。「彼から申し出があったら結婚していたの？」

「あなたは絶対に起こりえなかったことへの質問に答えるよう求めている。それはわかっているはずでしょ。そのような結婚は不可能だった」

「でも、彼が自らの家族を顧みずに結婚を求めたら、何て返事をしていたの？」

グアン・インは手すりの方を向き、はるか遠くを見つめるような目をした。「私は……私にはわからない。まだ若かったし」母が肩を落としたのは、かつての記憶がよみがえったからだろうか。「求められなかったのはよかったということ」

過去を振り返る母をそっとしておこうと思い、セイチャンはバルコニーの扉の方を向いた。

「でも、あなたは求められた」グアン・インが背中越しに続けた。「誇り高き心を持つ素敵な男性に。そして断ったことで、あなたは彼を失うリスクを冒したのよ」

セイチャンは意識して胸を張りながら扉の方に歩き続けた。「指輪がなければ彼をつなぎ止められないのなら、いなくなってくれた方がまし」

バルコニーの扉までたどり着いたセイチャンの頭に、香港の夜空を花火が彩る中で片膝を突くグレイの姿がよみがえった。それは二人だけの夕食だった——船上から新年の祝賀を見物するため、母がジャックやほかの人たちをヴィクトリア湾に連れていってくれたのだ。グレイは濃い灰色のスーツに糊《のり》付けされたしわ一つないシャツを着て、ネクタイは瞳と同じ銀色がかった青色だった。濃い色の髪はしっかりと整えていて、がっしりとした筋肉と俊敏な反射神経からうかがえる危険なにおいとは裏腹に少年の面影を残す逆毛までも、きちんとなでつけてあった。ウェールズ系の血筋をうかがわせる左右の頰のひげの剃《そ》り跡だけが、いつもと変わらなかった。

それに続いて、グレイは指輪の入った箱を取り出した。

〈その瞬間が訪れる前に予期しているべきだった〉

けれども、セイチャンは予期していなかった。以前にも結婚について話をしたことはあった。冗談半分のこともあれば、多少は本気で相談したこともあり、ジャックが生まれてからは真剣に話し合う機会が増えた。ただ、セイチャンとしては結婚したいという願望はなく、今の状態に満足していた。その件は話が終わったものだと思っていた。

だが、今になって考えると、突然のプロポーズには理由があったようにも思える。

近頃は二人の間に摩擦の生じることが多くなり、口論になったりしばらく口をきかなくなったりしたことがあった。ジャックがもっと幼かった頃は、息子への意識が高まりつつある相手への不満を包み隠していた。グレイはセイチャンをもっと求めていて、二人目の子供が欲しいという話もしていた。しかし、セイチャンは閉じ込められているという感覚を振り払うことができずにいた。大人になってからずっと、セイチャンはギルドの支配下にあり、行動はすべて指示され、事前に決められていた。ジャックのことは時におかしくなってしまうのではないかと思うほどの強い気持ちで愛している一方で、彼女はもっと多くを望んでいた。息子が成長して手がかからなくなるにつれて、その思いはますます強まるだろう。セイチャンは自分が二つの異なる方向に引っ張られているような気がしていて、その力は時がたつにつれて大きくなるばかりだった。

そのため、グレイが別荘のダイニングルームで床に片膝を突いて差し出した指輪が、セイチャンには手枷《てかせ》のように思えた。彼女は自分の感じている気持ちを、自分が信じていることを説明しようと試みた。グレイはうなずき、彼女の言葉を受け入れてくれたが、彼の目から傷ついた表情が消えることは決してなかった。その夜、二人はゆっくりと、そして情熱的に愛し合った。どちらも相手を、そして自分自身を、安心させようとするかのように愛し合った。

ところが、今朝になっても張り詰めた空気は残っていた。ジャックの誕生日を祝う様々な催しのおかげで、いくらかはこの問題から距離を置くことができたものの、セイチャンにはそれで十分なのかどうか――この先もそれで十分なのかどうか、自信がなかった。

セイチャンが引き戸に手をかけた時、小さな震動が戸枠の中の扉を揺らした。はっとして動きを止めるとバルコニーが激しく揺れ始め、庭園のチャイムが甲高い音で警報を鳴らした。

セイチャンはバルコニーの方を振り返り、母に手すりから離れるように合図した。「こっちに戻って！」

遠くでは香港の高層ビル群のネオンがゆらゆらと動いていた。市街地の一部が暗くなる。最初は港の対岸の九龍《カオルーン》地区で、そしてそれがこちら側の島にも広がっていく。真っ黒な月が空から下りてきて、明かりをのみ込んでいるかのような光景だった。

母が扉まで戻ってくると、二人は急いで室内に入って窓から離れた。奥の部屋からジュワンが音もなく近づいてくる。

「みんなに庭園に出るよう伝えて」グアン・インがてきぱきと指示を出した。「その方が安全だろうから」

「ジャックとグレイを連れてくる」セイチャンは言った。

しかし、三歩も進まないうちに外からこもった銃声が聞こえた。セイチャンは母の方を見た。甲高いグレネードランチャーの発砲音が庭園内に鳴り響き、まばゆい閃光が走ったかと思うと、衝撃波がバルコニーの窓を震わせた。

母の表情は不思議なまでに落ち着き払っていた。「行き先をガレージに変更」グアン・インがジュワンとセイチャンに指示した。「そこで合流するように」

三人はそれぞれの方角に逃げた。

セイチャンが走る間も、揺れは激しくなる一方だった。

3

一月二十三日　ニューカレドニア時間午前一時十八分
珊瑚海の水深三千メートル地点

　フィービーはあくびを噛み殺した――退屈しているわけではない。日付が変わってからかなり時間がたっていて、しかもくたくたに疲れていた。彼女とジャズは深夜のＲＯＶの割り当て時間を確保することができた。サンプルを採取したいと考えている地点は、あと三カ所も残っている。

「次はどこにします？」ブースの制御装置の前に座るジャズが訊ねた。

　タイタンステーション・ダウンの上から四つ目に当たるカリステ階の半分は、同じ造りをした十五の作業スペースが半円状に連なっている。各ブースは床から天井まで壁で区切られ、入口はアコーディオン式の扉で閉じることができる。プライバシーを守るためでもあり、同時にＲＯＶのカメラからの映像を見る時に周囲の光が入るのを防ぐためでもある。

フィービーはジャズの肩から身を乗り出すようにして、四十五インチのモニターを凝視した。画面には移動中のＲＯＶがとらえた美しいサンゴ礁の高画質映像が表示されている。モニターの片隅のウィンドウが記録しているのは光に照らされた海中を移動するＲＯＶの位置だ。同じウィンドウ内には三つの座標が濃い赤で示してあった。

フィービーは画面のいちばん端を指差した。ステーションのライトの光がぎりぎり届くあたりだ。「Ａ17に向かって」

「了解」

ジャズが制御装置のトグルスイッチを操作し、ＲＯＶをステーションからさらに遠くへと移動させた。彼女の座席の前に設置された半円状の操作盤にはそのほかにも、アーム、カリパス、カッター、サンプル採取用の容器など、ＲＯＶに備わっている器具を動かすためのつまみやスイッチが数多くある。ただし、ＲＯＶの移動範囲は光ファイバーケーブルの長さの五百メートルが限界だった。

ジャズがＡ17地点を目指している間、フィービーはステーションの明かりの向こう側に広がる暗闇に目を凝らした。ＲＯＶはその奥までは進めない。

タイタンプロジェクトは太陽の光が届かない深海のさらに先に四十二台のＡＵＶ（自律型無人潜水機）を送り込んでいた。ＡＵＶは事前に設定されたプログラムに従って移動し、周囲の地形の地図を作成する。バッテリーは再充電が必要になるまで一週間は持つ。

あいにく、ＡＵＶはサンプルの採取には適していない。その代わりに高解像度の地図を作成するために使用され、これまで六カ月間にわたって作業を続けており、周辺の地形の調査は東に連なる深い海溝の縁にまで及んでいる。

この数週間、フィービーはＡＵＶのカメラとソナーのログを見直し、二十数カ所のサンゴの群生地を突き止めた。どれもステーションの下にあるものほどは大きくないものの、もっと深い地点に位置するものが複数あった。フィービーはそこからもサンプルを採取したいと考えていたが、そのためにはより遠距離での調査が可能なＨＯＶに乗り込む予定の三日後まで待たなければならなかった。

けれども、それまでの間に……

「すぐそばまで来ました」そう言うと、ジャズは感心するように口笛を吹いた。「これはまた、素晴らしいものを選んだみたいですね」

フィービーはより間近なところのサンゴに注意を戻した。画面上に映っているのは高さ六メートルまで成長したサンゴで、深海の海流でゆらゆらと揺れている。枝にはエメラルドグリーンのポリプがびっしりと連なっていた。

「この孤独な巨人を最初の日に発見したの」フィービーは説明した。「クロサンゴの一種みたいね」

「本当にそうなら記録破りの大きさですよ。私がこれまでに見た最大のものと比べても優に二倍はあります」

もっと調べたいという思いで気持ちが高ぶり、フィービーは画面に顔を近づけた。クロサンゴには何百もの種類があり、ポリプの色も鮮やかな黄色、光り輝く白、さらには濃い青や紫まで様々だ。だが、いずれの種にも共通の特徴が漆黒の石灰質の枝で、その表面には小さな鋭いとげが連なる。一部のクロサンゴが「トゲサンゴ」とも言われるのはそのためだ。また、このような緑色のポリプを持つ種は、その鮮やかな色と密生した枝から「クリスマスツリーサンゴ」と呼ばれることもある。

これまでにフィービーはこのサンゴ礁に生息するクロサンゴのうちの十四種類を特定していたが、目の前の種に対する興味はそのとてつもない大きさにとどまらなかった。「これほどまでに大きく成長するからには」フィービーは言った。「かなり古いものに違いないはず」

ジャズがうなずいた。「クロサンゴ版のセコイアということですね」

「そういうこと」

クロサンゴの種は海洋生物の中で最も長寿だと考えられている。ハワイ近海の種は四千二百七十歳と推定され、今も成長を続けている。

ジャズがＲＯＶを操作して高さのある種のまわりを一周させた。あらゆる角度からサンゴを映像で記録する。「このサンゴの群生地の年代に関して、上の研究者たちの見解は一致していたんですか？　つまり、このオアシスは今までどれだけ長い間ここに隠れていて、私たちが来るのを待っていたのかに関して」

「まだはっきりとした答えは出ていない。タイタンXの球体研究室にいる海洋考古学者が準備段階の検査を繰り返し行なっているところ。サンゴ礁の最も厚みがあるところからコアサンプルを取り出し、レーザー切断で年代を特定しようとしている。同じ技法は地中海のサンゴの群生地での年代測定にも使用された。そちらの調査ではサンゴ礁は四十万年以上も成長を続けているとの結果が出ているの」

ジャズがフィービーの方を振り返った。「ちょっと待ってください。考古学者は検査を繰り返しているという話でした。つまり、ダブルチェックの必要がある何かをダブルチェックしているわけですよね」ジャズはフィービーの表情から何かを察したに違いない。「あなたはすでに話を聞いているんですね！　しかも、それを私に教えてくれなかったんですか？」

「さっきも言ったように、まだ準備段階だから」

「教えてくださいよ。教えてくれないなら、このROVを海底の砂に突っ込ませますよ」

フィービーは笑みを浮かべた。「最初の調査結果から、海洋考古学者の推測ではこのあたりのサンゴの群生地が一千万年前からここに存在しているということだった。もしかするともっと昔からかも」

「一千万年……」ジャズの小声には畏怖《いふ》の念が込められていた。

「あるいは、もっと昔から」フィービーは繰り返した。「このサンゴがはるか遠い過去について、何を明らかにしてくれるのか想像もつかない」

彼女が深海サンゴに最も興味をひかれ、主な研究対象にし続けている理由がそこにあった。このようなかなり深い地点ではサンゴはとても緩やかに成長するため、石灰化した骨格には海の成分が取り込まれ、人類の誕生以前の海の状態が記録される。そのようにして保存された情報を研究すれば、海の変化がサンゴの生育にどのような影響を与えるのかについて価値のある見解が得られる。過去に関しても、そして未来に関しても。

フィービーは数日前のウィリアム・バードとの会話と、世界のサンゴ礁の現状に関する彼の懸念を思い出した。

〈だから私はここにいる〉

フィービーはバードを落胆させたくなかった。ただし、本音を言えば、そのことは彼女の動機のほんの一部でしかなかった。フィービーはこれまでずっと、海を愛し、海に魅力を感じていた。海は彼女にとっての隠れ家でもあり、遊び場でもあった。

バルバドスで暮らしていた頃、プエルトリコ人の父は癇癪《かんしゃく》持ちで、不意に怒りを爆発させることがあり、鬱憤《うっぷん》を晴らすために言葉だけでなく拳も使った。母は何とかして娘を守ろうと、怒りの嵐が激しくなるたびに彼女を外に逃がした。フィービーは海中に慰めと安らぎを見出した。そこまでは世の中の怒りが届かない。フィービーは肺いっぱいに空気を吸い込むと息を止め、できるだけ長く海中にとどまり、できるだけ深いところまで潜ろうとした。それを「フリーダイビング」と呼ぶことは後になって知った。

母と一緒に虐待から逃れ、カリフォルニア州南部で暮らすようになった後も、フィービーは常に海とともにあり、フリーダイビングをスポーツとしてより真剣に取り組み始めた——ついには学費の助けとして奨学金をもらえるまでに上達した。

その後もフリーダイビングを続けていて、今でも海中に一人きりでいると喜びを感じる。

フィービーは施設の外の暗い深海を見つめた。

〈ただし、今ははるかに深いところまで潜っているけれど〉

「フィービー？」ジャズが顔を向けた。「私は何をすれば？」

フィービーは我に返った。ぼんやりしていたのは疲れのせいだろう。フィービーは画面に映し出された特別な種を指差した。その秘密を学びたくてたまらない。

「ジャズ、もっと近づけて。サンプルとして最適な枝を選びたいの」

「お安いご用ですよ、ボス」

ジャズはROVの速度を落とし、巧みな操作でサンゴの枝が密集した方に向きを変えると、水中で静止させた——正確には、静止させようと試みた。「かなり流れが強いですね。私がROVの位置を安定させておきますから、その間にサンプルの採取をしては？」

「そうね」フィービーは助手の隣に移動した。ROVのアーム、カッター、採取用の器具を動かす装置が並んだ前に体を割り込ませる。そしてモニターに指先を近づけ、画面上に映るサンゴの数本の枝のところで円を描いた。「このあたりを拡大させて」

ジャズがレンズ用のトグルを操作した。エメラルドグリーンのポリプの群生が画面上に大きく表示される。

何度か微調整をした後、ジャズがはっとして体をこわばらせた。「ボス、これがクロサ

ンゴの一種だという意見は間違っていたかもしれませんよ」

フィービーは顔をしかめた。間違いを指摘されたくはないが、おそらくジャズの言う通りだということに気づく。「遠くから見た時は絶対にそうだと思ったんだけれど」フィービーはつぶやいた。「このサンゴの骨格は真っ黒だし、近づくとこの種に典型的な表面のとげ状の突起も見える」

「でも、ポリプそのものに目をつぶることはできません」ジャズが注意した。「触手を数えてみてください。八本ありますよ。小さなタコみたいに」

「でも、クロサンゴのポリプの触手は六本しかない」フィービーはため息をつき、自分の間違いを認めた。「でも、興味深いことに変わりはない。サンプルを採取したらもっと多くのことがわかるかも」

「新種の可能性もありますね」ジャズが言った。

「そう願いたいところね」

フィービーはポリプが密生した枝に向かってアームを動かした。先端の爪の部分が近づくと、数十本のポリプが細長い糸状のものを伸ばす。その長さは数十センチにも達し、接近する鋼鉄製の爪を打ちつけた。

「スイーパー触手」ジャズの声からは驚きがはっきりとうかがえた。

フィービーも同じように驚愕《きょうがく》しつつ、画面に身を乗り出した。

多くのサンゴの種はそのような武器を備えている。しかし、それらの触手はこれほどまで長くはない。このようなスイーパー触手はポリプの環状に並んだ小さな触手では届かない獲物を捕食するために使用される。その先端の刺胞《しほう》は獲物を麻痺《まひ》させる強力な毒針に相当する。また、スイーパー触手はほかのサンゴの侵入を防いで縄張りを守るための手段としても使われる。

「これがどんな種なのかはともかく」ジャズが言った。「私たちにサンプルを採取させたくないと思っているのは明らかですね」

フィービーは爪をなおも近づけた。「この枝の先端部分を切り取りたいだけ。そのくらいなら恨まれることもないはず」

アームの爪のカッターがサンゴに触れると、目まぐるしい動きが発生して二人の女性ははっと息をのんだ。驚いた鳥の群れが巣から逃げるかのように、石灰化した枝からポリプが飛び出した。体を小さく震わせたり触手を回転させたりして水中を移動する。爪を攻撃して絡みついたり、しがみついたりするポリプもいた。

「どういうこと?」ジャズが問いかけた。「こんなことをするサンゴは初めて見ました」

目を凝らしたフィービーは数体のポリプがまだサンゴから離れていないことに気づいた。それらが逃げ出さないうちに手早く枝を切断し、残っていたポリプもろとも容器に吸い込む。容器が自動的に密閉された。

作業が終わると、フィービーは制御装置の前で姿勢を正した。「確かに奇妙だったわね」

通常、ポリプは固着性で、サンゴにくっついた状態のまま成長して死を迎える。その一生の間に卵や幼生を放出することはあっても、本体がサンゴを離れることは決してない。

「あんなのは見たことがない」フィービーは言った。

「誰も見たことはないはずです」ジャズは目を丸くしてフィービーを見つめた。「これはサンゴの新たな種というだけじゃなくて、刺胞動物のまったく新しい亜門という可能性もあります」

刺胞動物には数多くの亜門や綱が属していて、クラゲやイソギンチャクからあらゆる種類のサンゴ、さらには寄生虫までもが含まれる。ジャズの言う通りだとすると、自分たちはたった今、驚くべき大発見をしたことになる。

そう思いながらも、フィービーは胸の高鳴りを抑えつけた。

「あまり先走りしないこと」フィービーは自らを戒め、腕時計を確認した。「割り当てられた時間がそろそろ終わりに近づいている。いったい何を発見したのかについては私たちの研究室に持ち帰ってからの話ね」

ジャズがうなずき、ＲＯＶを後退させ始めた。

ＲＯＶがサンゴから離れる間も、フィービーは画面を凝視していた。さっきは物思いにふけっていたため、樹木状の巨大サンゴのもう一つの奇妙な特徴を見落としていたことに気づく。その周辺の海底の砂にはほかの生き物がまったく存在していなかった。エメラルドグリーンの巨人の周囲数メートル以内にはほかのサンゴが成長していない。表面をつつく魚もいなければ、その枝の下を横切るカニの姿もない。

フィービーは水中に飛び出すポリプと、鞭《むち》のようにしなるスイーパー触手を思い返した。この種に関しては多くのことがわからないままだが、ある一つの側面だけは明らかだった。

その正体が何であれ、かなり攻撃的な生き物なのだ。

4

一月二十二日　香港時間午後十時四十四分
中国　香港

グレイは息子を両腕に抱えたまま、揺れるコンクリート製の階段を駆け下り、別荘の一階にあるガレージに向かっていた。地震の激しい揺れで建物が歪み、頭上から細かい塵《ちり》が降ってくる。

裸足のままで、身に着けているのはスウェットパンツだけだ。ちょうどシャワーを浴びている最中に揺れが始まった。タオルで体をふく間もなく、セイチャンが寝室に飛び込んできた。彼女はジャックの安全を確保すると同時に、別荘が襲撃されたことを知らせるためにやってきたのだった。その警告を聞いてようやく、グレイはこもった自動小銃の銃声と、数発のより大きな発砲音に気づいた。セイチャンの指示でグレイたちは急いで階下に向かうことになった。

最後の数段を飛び下りて八台の車を収納できる広々としたガレージに入ると、右手側の壁からグアン・インが手を振って合図した。彼女を守っているのは中国製の95式自動小銃を手にした四人の男性で、どの武器も銃身の短いカービン銃タイプだ。

「こっちに来て！」グアン・インがグレイたちに叫んだ。

セイチャンがグレイを後ろから押した。「急いで！」

グレイはアウディ、ポルシェ、アストンマーティンの横をすり抜け、グアン・インの方に走った。百万ドルはするはずのブガッティ・シロンが回転台の上に停めてある。マカオのボスが儲かる仕事なのは間違いなさそうだ。

グレイがグアン・インのもとまでたどり着くと、手下のうちの一人が壁の羽目板にカムフラージュした秘密の扉を開けた。グアン・インはその奥にある傾斜路の先を指差した。

「掩蔽壕《えんぺいごう》に入って」

グレイは躊躇《ちゅうちょ》した——地震で揺れている時に地下へと避難したくないという理由からだけではない。グレイは両腕に抱えたジャックを揺すった。大地の揺れは続いていて胃がむかむかするほどだというのに、息子は半ば眠ったままだ。楽しいことばかりだった長い一日で疲れ切った二歳の子供にとって、まわりの状況はまったく気にならないのだろう。頬をグレイの肩に押しつけている。しかし、危険にさらされている子供はジャックだけではなかった。

「モンクとキャット、それに女の子たちは?」グレイは訊ねた。

ジャックをセイチャンに預け、四人を探しにいくつもりだった。モンクたちは壁に囲まれた庭園内の客用の離れに部屋を取った。子供たちがコイのいる池と、水面を泳いだりそのまわりをうろついたりするたくさんのアヒルの近くがいいと言って譲らなかったからだ。

「ジュワンが迎えにいったから」グアン・インが答えた。「彼が無事にここまで連れてきてくれる」

そんな彼女の信頼が正しかったことは、ガレージの向かい側の小さな扉が勢いよく開いたことで証明された。扉の向こうには庭園とつながる屋根付きの通路がある。ジュワンともう一人の三合会の構成員がモンクとキャットを連れてガレージ内に走り込んできた。並んだ車の後ろ側を走ってこちらに向かってくる。モンクとキャットは娘を一人ずつ抱きかかえていた。

開け放たれた扉を通して銃撃戦の音がひときわ大きく聞こえてきた。庭園では戦闘が展開中だった。上から大きな爆発音がとどろいたかと思うと、ガラスの砕け散る甲高い音が続く。何者かが別荘の建物に向かって擲弾《てきだん》を発射したようだ。襲撃者たちは地震による混乱に乗じて大規模な攻撃を仕掛けていた。

市内の好戦的な三合会の間でたまに小競り合いが起きていることはグレイも知っていた。そうした衝突が市街戦のような激しさにまで発展することもあった。しかし、香港とマカオを強権的な手法で支配し、東南アジア各地で敬われると同時に恐れられているこの三合会を襲撃するような大胆不敵な連中がいようとは思ってもいなかった。龍頭の私邸を堂々と襲うとは驚き以外の何物でもない。三合会の掟《おきて》によれば、そのような行為は不名誉と見なされ、血をもって償うべき罪として、しばしば何世代にもわたって続く復讐《ふくしゅう》の対象となる。はるかに些細《ささい》な出来事をきっかけとして、何百年にも及ぶ確執や抗争も起きている。

グアン・インの表情に浮かぶ激しい怒りは、彼女が持てる力を総動員して復讐するであろうことを物語っていた。彼女は十以上のほかの三合会と協定や誓約を交わしている。別荘を襲撃した何者かは、影響が香港とその外にまで波及する導火線に火をつけてしまったも同然だった。

モンクは細長いガレージ内をキャットとともに走っている。ボクサーパンツにTシャツという格好で、その前面にプリントされているジョージア大学アメフトチームのブルドッグがうなっている顔は今の彼の表情と同じだ。キャットはローブの腰のまわりを紐で留め、鳶《とび》色の髪を振り乱している。明るい色のパジャマを着た二人の娘は、混乱と騒ぎに対してジャックのように大人しく対応できていない。二人とも泣きじゃくっていて、鼻をすすりながら両親にしっかりとしがみついていた。

モンクの目には激しい怒りが燃えていた。顔面は紅潮し、スキンヘッドの頭頂部まで真っ赤だ。ペニーを守ろうと抱える腕は筋肉が盛り上がっている。キャットの顔にも同じような怒りの表情が見られるが、そこには不安の色もうかがうことができた。

モンクたちがガレージを半分も横切らないうちに、すさまじい爆発音とともにガレージの扉のうちの三枚が吹き飛び、大きな破片が建物内に飛び散った。モンクはグリーンベレー時代の訓練を通じて培った反射神経でキャットとハリエットをもう片方の腕で抱きかかえると、全員でアウディのＳＵＶの陰に隠れた。瓦礫がフロントガラスを砕き、ボンネットや屋根にも激突する。大量の煙がガレージ内に流れ込んだ。

ジュワンも両手にシグ・ザウエルＰ２２６を握ってモンクたちの横に飛び込んだ。もう一人の三合会の構成員は反応が一歩遅れ、回転しながら飛んできたパネルの直撃を受けて首がほとんど切断されてしまった。

銃弾がガレージ内に降り注いだ。襲撃者たちが外から煙幕を通して乱射している。グアン・インの部下たちもアサルトライフルの発砲音を響かせて応戦する。こちら側も闇雲に撃ちまくるしかできなかったが、敵がガレージ内に侵入するのをひとまずは防ぐことができた。

グレイはモンクとキャットを助けにいこうと思い、ジャックをセイチャンに手渡そうとした。だが、セイチャンは仲間が持っていた銃を奪い取ったかと思うと、片手を前に伸ばして発砲しながらガレージを走り出した。グレイはセイチャンの身のこなしが、それもアドレナリンと怒りに後押しされている時にはどれほど速いかを失念していた。ジャックを守るため傾斜路の方に何歩か後ずさりするよりほかなかったが、ガレージ内が見渡せる位置にとどまった。

セイチャンがモンクたちのところまでたどり着き、みんなに声をかけると、低い姿勢になって走るよう促した。並んだ車の陰を利用しながらこちらに戻ってくる。

あと少しというところまで来た時、人影がガレージ内に駆け込んできた。姿勢を落としたその人物はＦＮ《エフエヌ》 ＳＣＡＲ《スカー》を構えている。戦闘用アサルトライフルの銃身の下部にはグレネードランチャーが備え付けてある。グアン・インの部下が相手に向かって発砲したが、襲撃者はアストンマーティンとブガッティの間に身を隠し、武器の狙いをセイチャンたちに定めた。

セイチャンでさえも不意の攻撃にはとっさに対応できなかった。

しかし、彼女の母親は違った。

グアン・インがすぐそばの壁にある大きなボタンに拳を叩きつけた。ブガッティの下の回転台が作動してがくんと揺れ、そのはずみで襲撃者がバランスを崩す。その隙を突いてジュワンがシグ・ザウエルの銃口を向け、立て続けに三発、発砲した。二発が胸に、もう一発が頭に命中する。

襲撃者が倒れ、ジュワンたちは無事にガレージを横切ってこちら側までたどり着くことができた。

「下に行って」グアン・インが指示した。

グレイたちはコンクリート製の傾斜路を下った。後方で秘密の扉が閉まる。翼を持つ竜の形の燭台が壁に沿って連なっていた。通路の先にあったのは天井の低い空間で、広さは上のガレージの四分の一ほどだろうか。グレイは掩蔽壕が要塞《ようさい》化された隠し部屋のようなところではないかと予想していたが、実際はもう一つのガレージだった。

ただし、ここに停められているのは高級なスポーツカーや値段の張るセダンではない。並んでいるのは装甲車だった。三台のアルファ・タイタン――メルセデスG550 4×4スクエアードの外側はマットグレーの装甲板で覆われている。タイヤは高さがあり、窓は間違いなく防弾仕様で、かなりの衝撃にも耐えられるはずだ。

「車に分乗して」グアン・インが指示した。「この山から離れる」

「ここにとどまることはできないの?」ハリエットをしっかりと抱き締めたままキャットが言った。女の子の大泣きは肩を震わせてしゃくりあげる程度にまで静かになっている。

「地震も収まったし、外には敵が大勢いるじゃない」

モンクもペニーを抱え直しながらうなずいた。

混乱した状況のなかで、グレイは大地の揺れがようやく収まったことに気づいていなかった。怯《おび》えた娘たちを心配するモンクとキャットの気持ちは理解できる。ジャックもようやく目を覚まして表情を歪めていて、今にも大声で泣き出しそうだった。

そう思いながらも、グレイはコンクリート製の天井に入った亀裂を見上げた。隙間から塵と砂がこぼれ出ている。「いいや、グアン・インの言う通りだ」グレイは警告した。「余震があるかもしれない。再び強い揺れが襲ってきた時にはここにいたくない」

セイチャンがライフルを肩に担いだ。「それに敵がこの場所を発見しないとは言い切れない。相手は明らかに母の別荘の構造を理解している。待ち伏せをしていた一階のガレージまで、私たちを意図的に誘導したくらいだから。きっとスタッフを拷問にかけて情報を聞き出したに違いない」

「今朝はメイドが二人、時間になっても姿を見せなかった」グアン・インが認めた。「前の晩に新年の祝いで羽目を外したせいだと思っていたけれど」

セイチャンが母親の方を見た。「その二人のどちらかがこの掩蔽壕の存在を知っていた可能性は？」

「ありえない。知っているのはジュワンとほんの一握りの側近だけ。ただし、スタッフの中に噂を耳にした人はいたかもしれない」

グレイはタイタンを指し示した。「そういうことなら、やはりここにとどまってはいられない。敵がこの掩蔽壕を見落としたのは行動を急いだからだろう。十分な事前の偵察が終わるのを待たずに、地震に乗じて攻撃する方を選んだということだ」

「だったら再攻撃のチャンスを与えないようにしようぜ」モンクが言った。

全員が移動を開始した。GPSが備わっているとはいえ、ヴィクトリア・ピークの道は迷路のように入り組んでいる。地元の人間の正確な案内が必要なため、グレイたちは二手に分かれなければならなかった。タイタンのうちの一台にはモンクとキャット、それに女の子二人が乗り、ジュワンが案内役を務める。グレイはもう一台のタイタンの運転席に座り、グアン・インが助手席に、ジャックを抱いたセイチャンと三合会のもう一人の構成員が後部座席に乗り込む。三台目のタイタンには残った三合会のメンバーが乗車した。

グアン・インの合図とともに掩蔽壕の巻き上げ式の扉が開いた。その先にあるのは加列山道の外れに当たる地点で、草が生い茂っている。巨大なゴムの木の絡み合った根がカムフラージュされた出口を隠していた。武装した三合会の男たちを乗せたタイタンが先頭に立つ。グレイが続き、ジュワンたちの車が最後尾に就いた。

周囲は真っ暗だった。停電の影響で街灯が消えてしまっている。一行はヘッドライトを消したまま走った。明かりはタイタンのブレーキランプだけだ。ただし、車のV8エンジンが発するしわがれ声のような音を隠すことはできない。

グレイたちは危険を顧みずに曲がりくねった道を高速で飛ばした。道の片側には岩の壁が立ちはだかり、もう一方は急峻《きゅうしゅん》な断崖が落ち込んでいる。

バックミラーには発電機を使用した別荘の明かりが映っていたが、それが煙に覆われ、真っ赤な炎に包まれた。

これまでのところ、敵は獲物が脱出したことに気づいていない。

〈もうしばらく気づかないでいてくれればいいんだが〉

ダッシュボード上の無線機が耳障りな音を発し、続いてモンクの声が聞こえてきた。「コワルスキはどうする？」その問いかけは仲間の一人の消息がまだ不明だということを伝えていた。

午後十一時七分

〈俺は癌で死ぬんだろうなと思っていたんだが〉

コワルスキは逃げ惑う人々の間を突き進んでいた。割れたガラスの破片で頬を切ってしまったので、顔のそちら側にはナプキンを押し当てている。

地震の発生前、コワルスキはソーホー地区の「オールドマン」というバーの中にいた。店を選んだ理由はその名前だった。癌の治療を受けて以降、自分も年をとったなと感じていたからだ。それに狭くて薄暗いバーは彼の気分にもぴったりだった。朝の二時まで営業しているとのことなので、閉店まで居座るつもりだった。一杯目は「メン・ウィズアウト・ウィメン」という名前の飲み物にした。アイリッシュウイスキーとクリームスタウトに塩漬けのアラビカ豆を混ぜたカクテルで、コーヒーの風味がした。

ガールフレンドを同伴せずに旅行しているので、カクテルの名前もまたコワルスキにぴったりだった。マリアは姉のレナとともにドイツのシュトゥットガルト郊外で開催されている六週間に及ぶ人類学プロジェクトに参加していて、今はその二週目を迎えているところだ。彼女がドイツに向けて出発する前、コワルスキはワシントンDCで一緒に新年を祝った。その後、香港を訪れれば二度目の新年を祝えることに気づいたのだ。

コワルスキがその誘惑に耐えられるはずはなかった。

しかも、彼には祝う理由がたくさんあった。

前回の生検では再発の兆候が見られなかった。十カ月前のこと、コワルスキはステージ3の多発性骨髄腫《こつずいしゅ》——形質細胞の癌——の治療として骨髄移植を受けた。免疫抑制薬による治療計画を終えたのは三週間前のことだ。これから先は体力を取り戻すこと、よく食べること、アルコールの摂取を控えることが肝心になる。コワルスキはそれらの指示をきちんと守っていた——少なくとも、三つのうちの最初の二つは。人生には少しばかりの楽しみが必要で、それがなければ生きている価値などない。

ラムとレモンソーダを混ぜた二杯目のカクテルの「ソルジャーズ・ホーム」を飲んでいた時、バー全体が揺れ始めた。瓶が棚から転がり落ち、鏡が割れた。コワルスキはグラスを手に持ったまましゃがみ、五分間に及んだ揺れをしのいだ。ひとたび揺れが収まると、コワルスキだけでなく街のほとんどの人たちが、余震を警戒して高い建物や高層ビルから外に出た。

頬の痛みをこらえつつ、コワルスキは割れたガラスを踏みつけながら店のすぐ前の通りを横切った。「光漢台花園」の看板の下をくぐり、階段を上っていく。高台にある公園は隣接する建物と離れていて、上から被害状況を確認することができる。階段を上り切ったコワルスキは、この公園を選んだのが自分一人ではなかったことに気づいた。

大勢の人たちが芝生と子供の遊び場の中にひしめいていた。しかし、二メートルの身長があればほとんどの人よりも頭一つ分だけ高い。筋肉質の巨体と顔に刻まれたしかめっ面を見て、前にいる人たちがすぐに道を空ける。コワルスキは低い側の通りと明かりの消えた市街地を見渡せる手すりの方に向かった。発電機を利用した光で輝いている一角がある。炎がちらちらと揺れている地域もあった。あちこちでサイレンが鳴り響いていて、クラクションや叫び声、さらには時折の銃声という騒がしさに拍車をかけていた。

コワルスキはシグマフォースのペインター・クロウ司令官が以前に警告していた言葉を思い出した。〈そうは見えないかもしれないが、一つ災いが起きれば世界は野蛮な状態に陥る〉災いを作り出す側にいることの多いコワルスキは、その時は司令官の言葉を当てつけとは考えないようにした。

公園の手すりまでたどり着くと、コワルスキは地震直後の状況を見回した。明かりの消えた市内の各所では、すべての高層ビルがまだ問題なくそびえているようだが、近くの建物の一角が通りに崩落していた。街灯が道をふさぐように倒れている。窓ガラスの多くが窓枠から吹き飛んでいた。

手すりのところに立っていたコワルスキの肘を誰かの手がつかみ、強く引っ張った。コワルスキは振り返り、拳を突き上げた。それを振り下ろす前に、相手が山頂の別荘から付き添っていた三合会の構成員の一人だということに気づく。細面で筋肉質の締まった体つきの男だ。

「すぐに行かないと」男はコワルスキに促した。

「どこへ？」

「マウンテンとほかの人たちのところに」

コワルスキはグアン・インが「マウンテンマスター」と呼ばれることもあるのを知っていた。三合会の龍頭としての地位に対する敬称のようなものだ。護衛は踵《きびす》を返すと、コワルスキを先導して公園の入口へと引き返した。集まった人たちを肘で押しのけながら歩いていく。かなり急いでいる様子なのを見て、コワルスキは何か問題が起きたのだろうと察した。ただし、それが地震のせいなのか、それとももっと深刻な事態のせいなのかはわからない。コワルスキは護衛の後を追ったが、背の低い相手の姿は集まった群衆の中に半ば埋もれてしまっている。危うく何度か見失いかけた。すると護衛がコワルスキの方に向き直った。かなりいらいらしている様子だ。コワルスキを叱りつけるかのように男が片腕を上げたが、その口から出てきたのは言葉ではなく血だった。

喉を貫いたナイフの持ち手部分をつかんだ護衛が数歩よろめいた。すると後方から一本の手が伸び、ぐいっとひねりながらナイフを引き抜く。護衛は膝から崩れ落ちた。黒い覆面をかぶった襲撃者は護衛を突き飛ばし、大股でコワルスキの方に向かってくる。

ほかにも四人の覆面姿の人物が別々の方角から距離を詰めつつあった。コワルスキは後ずさりしながら体をすくめ、長身の大きな体をひしめく群衆の中に潜り込ませようとした。しかし、それはオレンジの詰まった箱にスイカを隠そうとするようなものだった。

覆面をかぶった暗殺者がさらに二人、迫りつつあることに気づく。

敵は七人に対してこっちは一人。

かなり分が悪い。

しかも、武器を持ち合わせていない。使えるのは拳だけだ。コワルスキは左右の拳を握り締め、戦う覚悟を決めた。その頃には群衆も殺された護衛と覆面の男たちの存在に気づいていて、公園の反対側にある階段に向かっていっせいに逃げ始めた。

コワルスキの周囲の人の数が少なくなると、いちばん近くにいた襲撃者がナイフを投げ捨て、上着の下のショルダーホルスターから拳銃を抜いた。

一秒ごとにますます分が悪くなる。

コワルスキは後退する速度を緩め、決着をつけようと身構えた。銃を持つ敵の仲間たちも左右から接近する。だが、その時点までにコワルスキは自分が何の武器も持ち合わせていないわけではないことに気づいていた。

上着のポケットに手を突っ込み、唯一の希望を取り出す。そしてそれを口元に持っていく――キスをするためではなく、相手に身振りで脅威を伝えるためだ。噛みつくふりをしてから、黒いパイナップル状の物体を相手に投げつける。

「ショウレイ！」コワルスキは叫んだ。

夜市の屋台で朝鮮戦争時代の遺物を買った時、「手榴弾」を意味する中国語の単語を教わった。別荘でジャックがそれを選んだ時、息子から取り上げて返してくれたグレイに感謝しなければならない。

策略の効果はてきめんだった。銃を手にした男はあわてて身を翻《ひるがえ》し、出口に向かう群衆の方に飛び込んでいく。仲間たちも散り散りになって逃げた。

コワルスキはその反対側に走った。人混みが消えたので難なく公園の手すりまで戻って乗り越え、真下の通りに飛び下りる。着地の衝撃で倒れて道路に体を打ちつけたものの、肩を下にして一回転するとすぐに立ち上がった。

コワルスキは少し足を引きずりながらも群衆の中に逃げ込み、前かがみの姿勢になって角を曲がった。

そこから二歩も進まないうちに、またしても誰かの手が肘をつかんだ。今度はためらうことなく相手にパンチを食らわせる。拳が直撃したのは男の子の鼻だった。まだ十代と思われる少年の頭ががくんと後方に揺れ、両脚が体を支えられなくなる。それでもなお、少年はコワルスキの腕を離そうとしなかった。

大男の腕にぶら下がるような格好のまま、少年が叫んだ。「ブルーランタン。ドゥアン・ジーのブルーランタン」

少年を引きずったまままさらに数歩前に進んでからようやく、コワルスキは三合会の準構成員を表す言葉のことを思い出した。ブルーランタンはまだ正式な構成員として認められていない見習いを意味する。

コワルスキは引っ張って少年を立たせた。「こんなところで何をしているんだ？」

「別荘からあなたの後をつけた」少年は苦しそうに答えた。左右の鼻の穴から血が滴り落ちている。「ほかの二人が攻撃されるのを見た。あなたがこっちに逃げるのも」

コワルスキは眉をひそめた。香港の街に繰り出したコワルスキには二人の護衛が付き添っていると、何者かが襲撃者たちに情報を漏らしたに違いない。だが、連中はもう一人の存在を見落としたのだ。コワルスキにはその理由が予想できた。

「グアン・インがおまえを送り出したわけじゃないんだな」コワルスキは指摘した。

「違う」少年は認めた。「僕は勝手に来た」

少年が早く正式な構成員として認められたがっているのは間違いない——今のコワルスキにとって、それは実にありがたいことだった。

「ここからの帰り道がわかるか？」コワルスキは訊ねた。

少年はようやく手を離し、前に走り出した。「こっち！」

午後十一時十六分

後部座席のセイチャンはジャックを片方の腕に抱え、中国製のカービン銃の銃床《じゅうしょう》をもう片方の膝に置いていた。曲がりくねった道の急カーブを通るたびにタイタンが激しく揺れるため、息子をしっかりと抱いていなければならない。

左側に座っているので、目もくらむような急峻な断崖の下まで景色を見通せる。反対側の窓の向こうには岩の壁がそびえている。道は不安なまでに狭く、そこを通り抜ける装甲車の大きさを考えるとなおさらだ。そればかりか、すでに別荘から三キロは離れているにもかかわらず、念のためにヘッドライトを消したままの走行を続けていた。

加列山道は山腹に巻き付くようにして延びている。前方にY字路が見えてきた。上からの別の道が合流している地点で、その先を下ると香港の市街地に入ることができる。道沿いには大きなマンションや、それに比べるといくらか小さい家が連なっていた。

ハンドルを握るグレイは携帯型の無線機を口に当てていた。「コワルスキについて何か連絡は？」

すぐ後ろを走るタイタンからジュワンが答えた。「ない。同行した者たちに注意を促したが、その後は誰も呼び出しに応じない。何度も繰り返したのだが。ただ、停電のために携帯の電波の状況が悪く、システムに負荷がかかりすぎているのかもしれない」

助手席に座る母が首を左右に振った。「彼らも待ち伏せされていたに違いない」淡々と事実を述べているかのような口調だ。「あなたの友人は死んだものと判断しなければならない」

「コワルスキを知らないからそんなことが言える」グレイが反論した。

セイチャンも心の中でうなずいた。あの大男を殺すのは不可能に近い。

その一方で、コワルスキと護衛たちが市内で襲撃を受けたのだとしたら、それは理解に苦しむ出来事だった。ドゥアン・ジー三合会には七万人の構成員がいるのだ。

〈どうしてわざわざ香港の数人を？〉

先頭を走るタイタンがY字路に差しかかった。上からの道との合流地点で速度を落とす。道端には断崖沿いに建つ危険な家から避難してきた人たちの細い列が続いていた。何人かが集まって道を半ばふさいでいるところもある。

前を走るタイタンがY字路を通過しながらクラクションを鳴らし、道を空けさせようとした。しかし、セイチャンはその前から数人の歩行者が動き始めていたことに気づいた。その顔には狼狽《ろうばい》の色が浮かんでいる。自分たちにはまだ見えていない何かが、彼らの目には映っているのだ。

セイチャンはグレイに向かって身を乗り出した。「車を停めて！」

Y字路の片側から現れたトレーラートラックに横から突っ込まれ、先頭のタイタンの車体が回転した。その後方から数台の小型トラックが続き、Y字路を封鎖する。荷台から武装した男たちが次々と飛び降りた。

セイチャンの叫び声を聞き、グレイはすでにブレーキを踏んでいた。

装甲を施したタイタンの前部に銃撃が浴びせられた。ゴルフボール大の雹《ひょう》が当たっているかのような音だ。防弾仕様のフロントガラスにも銃弾が降り注ぐ。

グアン・インが左側の森を指差した。「あっちに！」

グレイがタイタンのハンドルを大きく切った――見上げるような高さの木々と急傾斜の崖がある方向に。車の側面近くの路面に擲弾が命中する。爆発でタイタンが揺さぶられた。大量の炎と煙がサイドウインドーの向こうの景色をかき消す。衝撃波で視界が晴れると、セイチャンの目はグレネードランチャーを構えた射手の姿をとらえた。

〈まさか……〉

次の瞬間、タイタンは森の端に突っ込み、なおも進み続けた。ＳＵＶの車体が大きく前方に傾く。その時になってようやく、セイチャンは道路から分かれた小道が崖を下っていることに気づいた。ただし、自分たちの車が走るには細すぎる。タイタンは若い木をなぎ倒し、太い幹にぶつかって跳ね返りながらも、強引に走り続ける。後方からさらなる銃声と爆発音が聞こえるなかで、もう一台のタイタンも後に続き、グレイが森の中に切り開いた道を突き進む。

シートベルトを締めているセイチャンはライフルを床に置き、ジャックを両腕で抱きかかえた。男の子は激しく泣きわめいていて、その声がセイチャンの怒りの炎をさらに焚《た》きつける。

「そのうちに進めなくなるぞ！」グレイが叫んだ。

「いいから走り続けて！」グアン・インが言い張った。

大きなタイヤとポータルアクスルに助けられてさらに五十メートルほど下ると、前方の森が開け、その先にタイタンの車体と同じくらいの幅の砂利道が現れた。道の両側にはシダが密生し、丈の高いバンヤンの木々が絡み合うようにして連なっている。

グアン・インが指差した。「右に曲がって！」

グレイはタイタンのハンドルを大きく切った。車体が傾いて片側のタイヤが浮き上がった後、激しく揺れながら水平に戻る。再び四つのタイヤで路面をとらえると、タイタンは速度を上げた。後方からもう一台のタイタンも勢いよく道に飛び出し、グレイよりも巧みなハンドルさばきで曲がった。ジュワンは標高の高い地点を通るこの道の存在を知っていたに違いない。

「俺たちはどこにいるんだ?」車を走らせながらグレイが訊ねた。

「遊歩道と消防隊用の道」グアン・インが答えた。

追っ手をまくために、グアン・インは交差する道が現れるたびにそっちに進むよう指示した。セイチャンはライトを消して走る車内からほかに光がないか、追跡中の敵の存在を示す印がないか、周囲の森の中を探った。だが、森は暗いままだった。

「この道は山腹一帯に迷路のごとく延びている」グアン・インが言った。「香港島の各所に通じる出口が六カ所、あまり知られていないものも含めると十数カ所はある。あの忌々しい連中もそのすべてを監視下に置くことはできない」

グレイがダッシュボードに置いていた無線機から音が鳴った。

もう一台のタイタンに乗るジュワンの声が聞こえた。「たった今、香港から連絡があった。ボリン・チェンからだ」

グアン・インが体を傾け、無線機をつかむと口元に持っていった。「ボリン・チェン？シュイ?」その人物が誰なのかを確認している。

「グァランデンロン」ジュワンが広東語で答えた。連絡を入れてきたのは三合会のブルーランタンの一人のようだ。

「何がどうなっているんだ?」グレイが訊ねた。

グアン・インが手のひらを向けて待つように合図し、広東語で会話を続けながら、同時にグレイへの道案内も行ない、曲がり角や脇道を指示した。

セイチャンはその時間を利用してジャックを揺すり、息子の不安をなだめようとした。すでに小さく体を震わせる程度にまで落ち着いていたが、セイチャン自身の怒りは一向に治まらなかった。

グアン・インはようやく会話を終え、苦虫を嚙みつぶしたような表情を浮かべた。

「どうなっているんだ?」グレイが繰り返し訊ねた。コワルスキの身を案じているのは明らかだった。

「あなたの友人は無事だ。三合会の中でも最年少の一人が保護している。あなたの仲間を連れて街の中心から離れた島の南側の深水湾に行き、そこで落ち合うように指示したところ。ロイヤル香港ヨットクラブに双胴船を係留してある。ジュワンのほかは誰もその存在を知らない。それに乗ってマカオに行く。マカオの私たちの拠点を襲おうなどと考えるほかの三合会は存在しない」

いくらか落ち着いたジャックを抱いたまま、セイチャンは身を乗り出した。「私たちを攻撃したのはほかの三合会じゃない。あれは私たちの敵の一人」

グレイがバックミラー越しに顔をしかめ、セイチャンを見た。「どういう意味だ?」

セイチャンはY字路でグレネードランチャーを構えていた襲撃者の姿を思い返した。あのロシア人の女を見間違えるはずはない。青白い顔を隠そうともしていなかった。雪のように真っ白な髪がトラックの明かりを反射して暗闇で輝いていた。右の頰には黒い太陽のタトゥーがあり、外側に延びる太陽光線は先端が折れ曲がっている──ただし、記号はその中心を貫く傷跡で歪んでいた。

「誰が俺たちを攻撃したんだ?」グレイが問い詰めた。

「ヴァーリャ」セイチャンはロシア人の暗殺者の名前をあげた。「ヴァーリャ・ミハイロフ」

セイチャンは最後にその女の姿を見た二年前のことを回想した。吹雪に包まれたウェストヴァージニア州の山頂で、セイチャンはロシア人に向かって二発、発砲した。相手はギルドという過去の世界から現れた亡霊だった。一発は女暗殺者の胸に当たった。もう一発はタトゥーの入った頰に新たな模様を刻み、倒れた相手は崖から転げ落ちて深い雪の中に消えた。その後、死体は発見されないままだった。

その夜からずっと、セイチャンの胸の中の張り詰めた塊が消えることはなかった。セイチャンはこの瞬間を待っていた。予期していたと言ってもいい。道路上にヴァーリャの姿を見た時、セイチャンは驚きよりも安堵を覚えた。

雪の降りしきるあの山頂での戦いがまだ本当には終わっていないことを、セイチャンはずっと感じていたのだ。

〈ようやくまた始まる〉

5

一月二十三日　ニューカレドニア時間午前二時三十八分
珊瑚海の水深三千メートル地点

疲れ果てて目がかすんだ状態ながらも、フィービーはどうにか螺旋階段を上った。眠ることができればいいのだけれどと思う。敵対的なクロサンゴという奇妙な発見のせいで気持ちが落ち着かないし、目がさえてしまっているが、これ以上の調査は朝になってからにしなければならない。

深夜にROVを動かして採取したサンプルの処理は、下に残ったジャズに任せてきた。すべてのサンプルは生物学研究室の高圧の隔離用タンク内で保管する必要がある。海洋生物を完全な状態で維持するためには、採取したサンプルを外と同じ気圧で保たなければならない。そうしないと極端な環境の変化のために生き物は即死し、細胞が破裂するので組織までもが破壊されてしまう。

〈そんなことが起きてはならない〉

フィービーも一緒に残ってジャズを手伝いたかったが、教え子の大学院生は少し休んだ方がいいと主張して彼女を追い払った。フィービーは反論したものの、それほど強く言い返したわけではなかった。これまでのところ、ステーション内での眠りは途切れ途切れの浅いものばかりで、女性の研究者の全員がデルフィン階にある狭い寝室で生活を共にしている状況では、それも仕方がなかった。各自のスケジュールは二十四時間体制で組まれている。自分専用のベッドは誰も持っていなかった。軍の潜水艦がそうであるように、同じベッドをシフトに合わせて何人かで使用する状態だった。潜水艦の乗組員たちはそのやり方を「ホットラッキング」と呼ぶ。

常に生温かいベッドと、ひっきりなしに聞こえる足音や機械音や施設内に響く物音のせいで、フィービーはよく眠れない日が続いていた。

一方でジャズはまったく疲れていない様子だった——もっとも、彼女の方が十歳近く若い。

フィービーは階段を上り、エレクトラ階とオケアヌス階を仕切る分厚いハッチにたどり着いた。施設の各階はギリシア神話の海の神や水の精から名づけられている。ハッチを通り抜けたフィービーは、下に向かおうとする背の高いアジア人の男性と鉢合わせになった。

フィービーは男性を通そうとして脇に寄ったが、相手は彼女の前で立ち止まった。

「ドクター・リード、君を探して下に向かっているところだったんだ」

「私を？　どうして？」

目の前にいるのは見覚えのない研究者だった。生物学者のうちの一人でないことは確かだ。そうだとしたら絶対に記憶に残っているだろう。背の高さは同じくらいで、とびきりハンサムな顔立ちをしている。豊かな黒髪は左右と後ろをきれいに整えている。濃い茶色の瞳は控えめな照明の中でも光り輝いて見える。

相手の射抜くような視線を浴びて、フィービーは思わず目をそむけた。

〈長いこと決まった相手がいないとだめね〉

相手は日本人のようだが、はっきりとは言い切れなかった。年齢もつかみどころがない。自分と同じくらいで三十代の半ばだろうか。ステーション内ではお決まりのネイビーブルーのジャンプスーツを着ているが、筋肉質の体形にぴったりのサイズだ。フィービーは胸ポケットのマークに気づいた。地球の上につるはしを重ねた記号は、この男性が地質学者のグループの所属だということを示している。

〈道理で知らなかったわけね〉

「我々のチームは君の見解を聞きたいと考えている」そう言うと、男性は手を差し出した。「金子アダムだ」

フィービーはその手を握った。「あなたは地質学者なの？」

「正確には地震学者だ」

〈なるほど、だからこんな遅い時間まで起きているのね〉

このところ断続的に地震が発生していたが、数日前のステーションのアンカーが外れてしまうほどの揺れを上回る強さのものは起きていなかった。

「私がどんなお役に立てるのかしら、ミスター金子」

「アダムと呼んでくれ」男性は小さくお辞儀をした。再び顔を上げたその眉間には不安を表すしわが寄っていた。「すでに聞いているかもしれないが、南シナ海を震源とする大地震が東南アジアを襲った。少し前に発生したばかりで、詳しいことはまだ不明だ」

「知らなかった。でも、どうして生物学者に相談する必要が?」

〈それも私に〉

「この二週間ほど、我々のチームは一連の地震の震源を地図として可視化していた。そのいずれもがトンガ海溝の深い地点を震源としているらしい。我々の現在地から六百キロほど離れたところだ」

「私たちは警戒するべきなの?」

「今のところ、その必要はないのだが」

フィービーは安心できなかった。相手の声からためらいを感じ取ったからでもある。

「君に直接見てもらう方がいい」アダムは言った。「少し時間を割いてくれないだろうか？」

「もちろん」

フィービーはアダムの後について階段を離れ、オケアヌス階を横切った。ここよりも下の二つの階は生物学関係に割り当てられているが、ここは化学、工学、地質学のフロアだ。また、学際的な議論のための広いホールもあった。

それまでフィービーはこの階に足を踏み入れたことがなかった。アダムの案内で緊急退避用のドックの横を通り過ぎる。各階に一つずつ、ドックが備わっていて、分厚いエアロック式のハッチの先にある四段の階段を下りると円形のドッキングリングがある。地震の話を聞かされたばかりのフィービーは、ステーションにかかる二千ｐｓｉの水圧のことが不意に気になり始めた。

「こっちだ」フィービーの歩みが遅くなったことに気づき、アダムが促した。

アダムの後を追って円形の通路を進んだ先にあったのは、つるはしとハンマーが交差した記号のある扉だった。その内側の地質学研究室はほかと同じような造りで、いくつもの小部屋やブースや作業スペースに区切ってあった。向かい側の壁は湾曲したアクリルガラスになっていて、外側のライトの赤みを帯びた光で黒いガラスが輝いている。

深夜にもかかわらず、大勢の研究者たちが作業テーブルやコンピューターのまわりをあわただしく歩き回っていた。機器がカタカタと作動している。何かがリズミカルな音を奏でている。空気にはつんと来るにおいがあって、おそらくコアサンプルの分析に使用される試薬と酸のせいだろう。

前を歩くアダムはそれらの前を通り過ぎ、大きく弧を描くように配置されたモニターの方にフィービーを案内した。その前には人間工学に基づいて設計された三脚の椅子がある。すでに二人が椅子に座っていて、アダムは残った一つに座るようフィービーに合図した。

フィービーは奇妙な呼び出しに困惑しながら、恐る恐る椅子に腰を下ろした。中央の椅子には白髪をきちんとなでつけた年配の日本人男性が座っていた。男性はフィービーに向かって小さくお辞儀をした。だが、作業の手が止まることはなく、制御盤を操作しつつも、鼻先に乗せた老眼鏡を通してモニターの画面をじっと見つめている。画面に輝いているのは地形図で、岩の多い景色の上をゆっくりと移動するのに合わせて様々な色合いの光を放っている。片側には断崖がそびえていた。

年配の男性の向こう側の椅子に座っているのはフィービーのよく知る人物だった。

「来てくれたことに感謝するよ、ドクター・リード」ウィリアム・バードが身を乗り出し、彼女と視線を合わせながら言った。「君の時間を長く奪うことにならなければいいのだが、我々の発見について意見を聞かせてもらいたいと思ったものでね」

「喜んでお手伝いします」フィービーがアダムの方を振り返ると、年配の男性の後ろに立っていた。「一連の地震が続いているという話は彼から聞きましたが、地質学の専門家が私から何を必要としているのか理解できていません」

バードがため息をついた。「数日前に大きな揺れがあった後、私はかなりの人材を割いて脅威のレベルを判断するように指示した。この施設に対してと、周辺地域に対しての両方の脅威だ。今のところ、震源はトンガ海溝沿いに位置していると思われる」

年配の男性が眼鏡越しに億万長者の方を見た。「『海溝沿い』とは正確さを欠く言い方ですよ、バードさん。その中の小さな範囲に集中していますからね」

「長さ百五十キロに及ぶ海溝の一部を『小さな』と呼ぶのはどうかと思うのだが」

「それでもやはり、パターンは奇妙なままです」男性が主張した。「しかも、気がかりでもある」

「その点に関して断言するのは時期尚早だ」バードがアダムを指差した。「あなたの甥《おい》も私と同意見なのだし」

フィービーは年配の男性とアダムの顔を交互に見た。言われてみると二人の間には似ているところがある。

アダムがフィービーの注目に気づいて紹介した。「私のおじの金子春夫だ。京都大学の火山学部の部長を務めている」

「お会いできて光栄です」フィービーは挨拶したが、ここに呼ばれた理由に関してはまだわからないままだった。

　バードが椅子に座ったまま体をこちら側に向けた。「アダム、我々がソナーによるスキャンを続けている間、地質学チームの所見に関して君からドクター・リードに伝えてくれないだろうか？」

「もちろんです」

　アダムはフィービーの隣にやってくると、目の前のモニターの手前に置かれたキーボードを操作した。画面に周辺地域の地図が表示された。

「これはこの一帯の主な海溝をすべて示した地図だ」アダムが説明した。

「見てわかるように、かなりの数が入り組んでいる。だから東南アジアは地球上で最も地殻活動が活発な地域の一

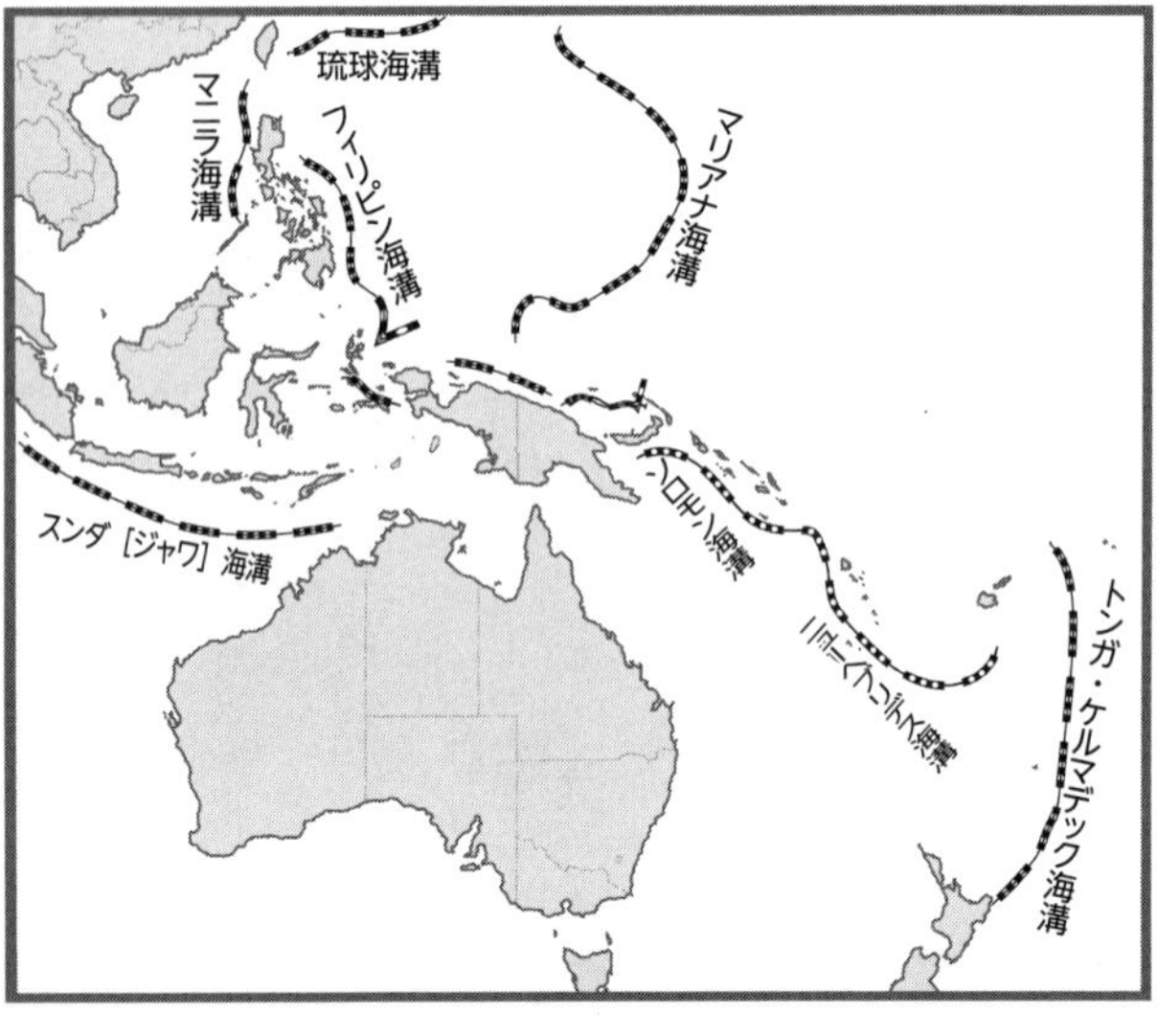

つなのだ。トンガ海溝だけで世界の深発地震の震源地の三分の二を占めている。そのような不安定さの原因は四枚の大きなプレートが衝突していることにある。太平洋プレート、インド・オーストラリアプレート、フィリピン海プレート、ユーラシアプレートだ」

フィービーはうなずいた。それに関しては深海生物に対する自らの関心を通じてある程度の知識はある。

アダムが地図の真ん中あたりを指先で軽くつついた。「その大きな四枚がインドネシアの島々の中心に近い一点で接している」

春夫が甥に向かって手で合図した。「アダム、ドクター・リードに最新の地震マップを見せてあげるといい。話がわかりやすくなるだろうから」

「これから表示しようとしてたところですよ」そう言うと、アダムはいくつかのキーを叩いた。「これだ」

同じ地域の新しい地図が画面に現れた。様々な大きさの赤い星印が追加されている。

「星はこの四日間に記録された海震を表している。ただし、マグニチュード3以上の揺れのものに限定した。星が大きいほど、地震の規模も大きくなる」アダムはタッチペンを使い、トンガ・ケルマデック海溝の中央付近の星印が固まった地点を丸で囲んだ。「見てわかるように、海溝のこの部分の活動は極めて活発だ」

「しかも、その傾向は二週間前から続いている」春夫が補足した。

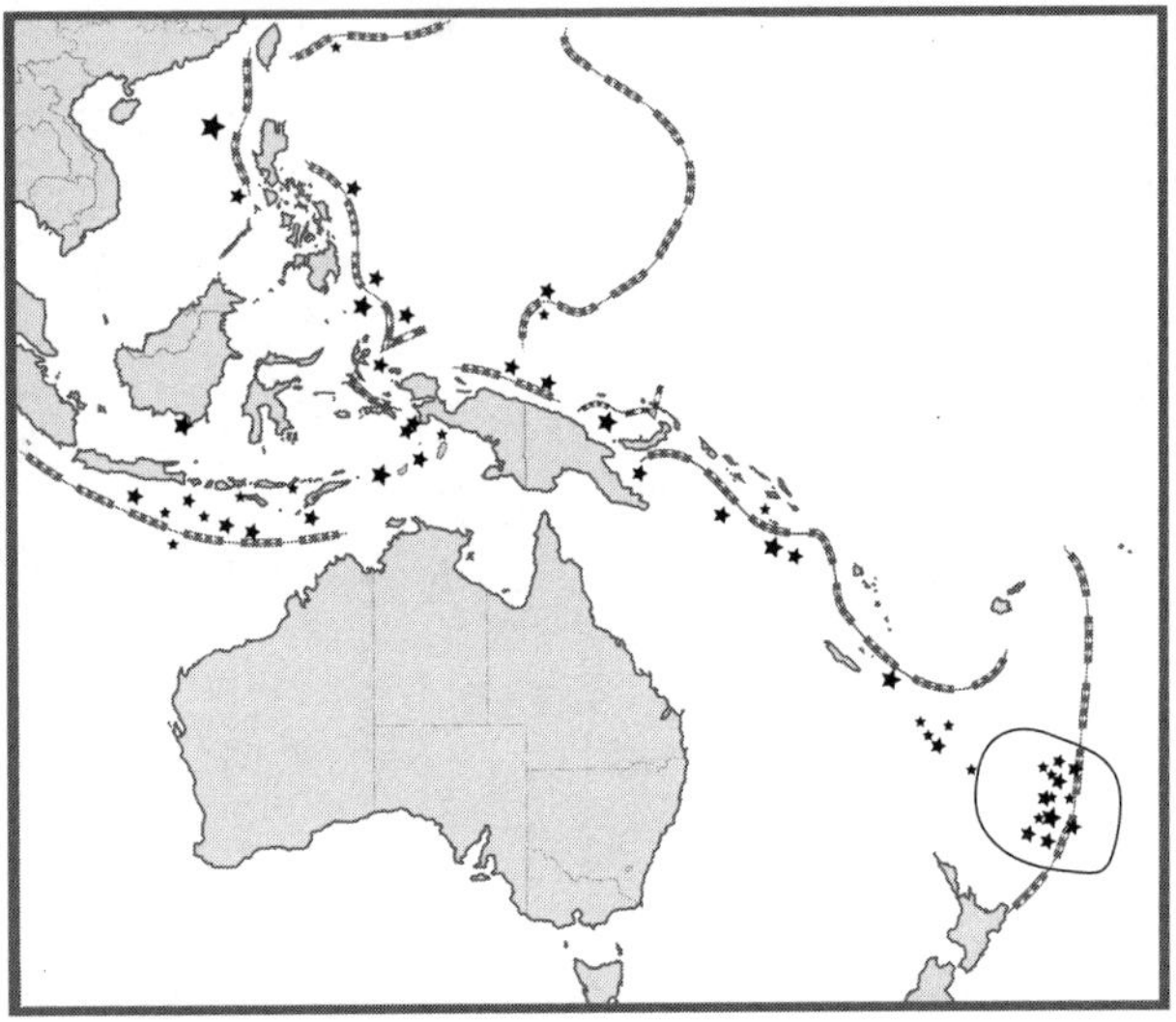

「ただし、この地域での地震の多発は珍しいことではない」バードが言い切った。フィービーを安心させようとしたのだろう。
「確かに」アダムが言った。「しかし、これらの地震は増大の一途をたどっている。回数に関しても、強さに関しても。おじは三カ月前からタイタンXに乗船し、ステーションの完成を待つ間、地震活動の監視を続けていた。二週間前から始まった不穏な集中傾向に最初に気づいたのはおじだったのだ」
春夫が口を開いた。「すべての揺れの記録が残っている。日付、揺れの時間、規模、それに地点」
アダムがうなずいた。「おじのデー

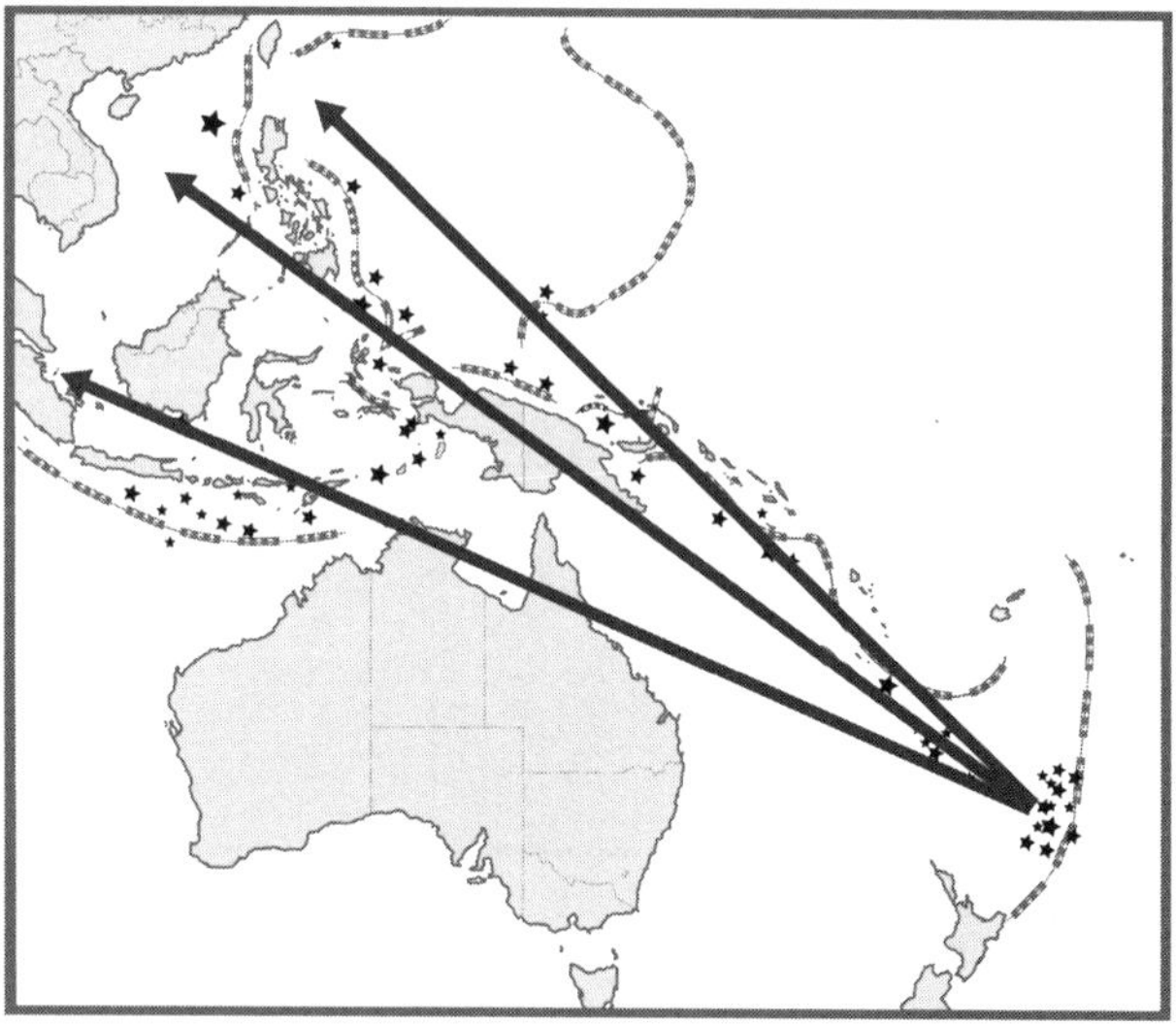

タを使って力ベクトルの図を作成した。どうやらこのトンガ海溝での揺れがこの地域の入り組んだ海溝や断層に沿って外側に広がっているらしく、西に向かうにつれて強さも増しているようなのだ。実際に見てもらう方がい い」アダムが再びキーボードを操作した。「これは私のプログラムが作成した主なベクトルラインだ」

同じ地図に今度は三本の大きな矢印が重ねられていて、いずれもインドネシアやその周辺の国々を通ってアジアの沿岸部に延びていた。

「これは何を意味するの？」フィービーは訊ねた。

春夫が質問に答えた。「甥が作成したモデルに基づくと、地震の拡大傾向がこのまま続くならば、スンダの火山弧全体が不安定になり、噴火のおそれがある。東南アジア全域に影響が及ぶ可能性も」

「どれだけの数の火山の話をしているのですか？」

アダムがフィービーの注意を画面に引き戻した。「東南アジアには活火山、および活火山と思われるものを含めて、七百以上の数がある。不安定な状態の拡大が今のペースで続いた場合、大きな脅威となりうる火山に印を付けた」

続いて表示された地図には小さな三角形が点々と連なっていた。

フィービーは声が出そうになるのをこらえた。「百近くはありそう」

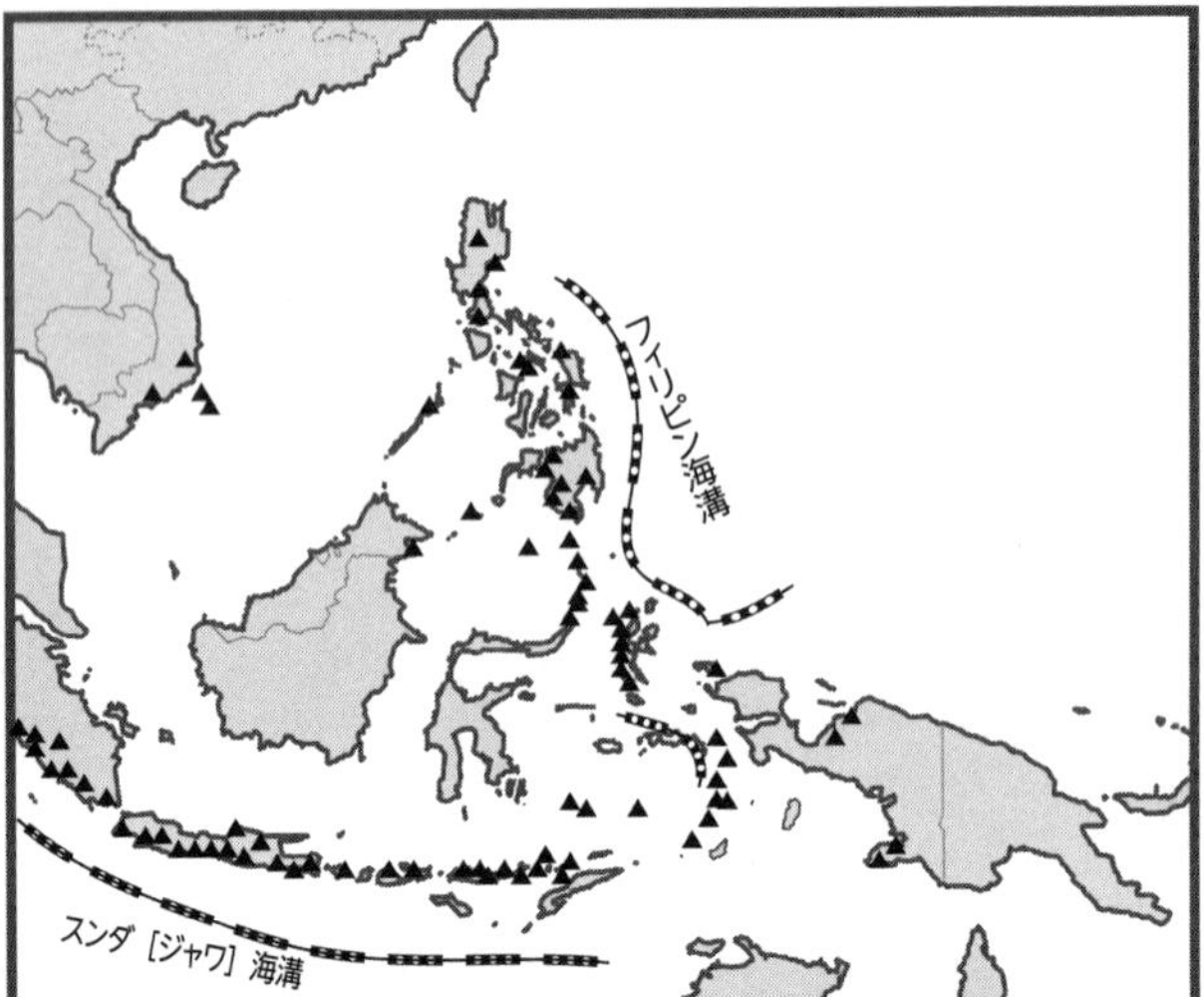

「百二十二だ」アダムが正確な数字をあげた。「三角形の中には二つあるいは三つの火山をひとまとめにして表示したものもある」

フィーは力ベクトルの矢印を示した地図に視線を向けた。そのうちの二本は火山の多い一帯を貫いている。「こうなる原因は何なの？」

バードが身を乗り出した。「我々が突き止めようとしているのもそのことだ。トンガ周辺のプレートの境界におけるストレスの解放が原因の、通常のパターンにすぎないのかもしれない。十分な圧力が放出されれば、すべてが沈静化するとも考えられる」

春夫が納得できないという顔で億万長者の方を見た。どうやらこれが二人の間で議論の中心となっている問題のようだ。

バードは火山学者の反応を無視して続けた。「トンガ海溝沿いにＤｒｉＸ《ドリックス》のＵＳＶ――無人水上艇を二隻、送り込んだ。ソナーによる高解像度の調査が可能だ。このステーションから遠隔操作できる」

「私自身の研究から、ＵＳＶに関してはよく知っています」

「もちろんそうだろう」バードがうなずいた。「昨夜遅く、Ｄｒ・ｉＸは海溝の問題の場所に到達した。ところがつい先ほど、奇妙な発見をしたものだから、それに関して君の見解を聞かせてもらいたいと思ってね」

「私の見解？　なぜです？」

「彼女に見せてやってくれないか、ドクター金子」

アダムのおじがうなずいた。「このDr.iXを海溝沿いの自走コースに設定するまで、少し待ってもらいたい。何一つとして見落としたくないからね」

春夫の前のモニターにトンガ海溝の高解像度の地形図が表示された。鮮やかに色分けされていて、海山の山頂は明るい黄色、山腹の低いところから海溝にかけてはエメラルドグリーン、最も深い場所は様々な色合いの青に輝いている。

フィービーは地図に表示された水深の数字に気づいた。

〈六千メートル以上。このステーションの二倍の深さ〉

トンガ海溝の最深部のホライゾン海淵《かいえん》は一万メートルの深さにまで達している。そのような場所でも生き物は存在するが、蠕虫《ぜんちゅう》、エビ、ナマコに限定される。

〈そんな深海にほかに何がいると言うの?〉

フィービーには答えの予想がついていて、そのことが彼女の期待をさらに高めた。

午前三時四分

全員が待っている間、金子アダムはフィービーの片膝が落ち着きなく上下していることに気づいた。画面に目を凝らしながら左右の手のひらをこすり合わせているが、おそらく無意識の仕草だろう。濃い色の髪を後ろにまとめて明るい色のピンで留めているために、一心に画面を見つめる横顔がより力強く見え、雷を伴う嵐が間近に迫っているかのように思えてくる。

アダムはそんな強さを過去にも見たことがあった。東京大学に入学する前、彼は父の反対を押し切って日本の自衛隊に入隊した。兵士たち、特に狙撃兵たちと行動を共にしたが、彼らはそんな揺るぎない集中力を維持することができた。

フィービーもそれと同じで、決してぶれることのない精神力の持ち主なのだ。

「準備オーケーだ」おじが言った。「もう一隻のＤｒ．ｉＸに切り替える。特異な地域の上を周回するように設定しておいた方だ」

画面が暗くなり、沈泥と砂と断崖から成る光り輝く地形が消えた。続いておじがマウスのカーソルを使っていくつものメニューをクリックすると、画面に鮮やかな色がよみがえった。見たところ、さっきまでのスキャンと違いはないように思える。海山は太陽の光を浴びているかのような色だ。左側の高い断崖面はプリズムのスペクトラムのごとく色分けされていて、最上部の近くの明るい黄色から深くなるにつれて濃い青や紫色に移り変わっている。

アダムはモニターの画面に顔を近づけた。「おじさん、Ｄｒ．ｉＸがコースを外れているように思うんだけど」

「そうらしいな」春夫は鼻先に乗せていた眼鏡をしっかりとかけ直した。「あのあたりはかなり流れが強いから、ＤｒｉＸの遠隔測定と耐波性が試されている。正しい位置に戻すとしよう」

　おじの操作に合わせて深海の景色が動き、片側の断崖面が近づいてきた。そしてＤｒｉＸはその崖に沿って航行を続けた。「目標地点まで約〇・五キロだ」

　バードがキャスター付きの椅子を動かしてモニターに近づいた。フィービーもそれにならう。アダムは背中を丸め、彼女の肩越しに画面を凝視した。

　海溝沿いの地形がなおも表示されていく。深度計によると濃い紫色は水深九千メートル以上の地点だ。このステーションの三倍の深さに当たる。

「もうそろそろだ」おじが言った。「ただし、最初の時とは少し異なる角度から接近している。この地域は面積にして五百二十平方キロメートル、海溝沿いの六十キロにわたって広がっているからね」

　画面の右側に影が現れた。海溝の断崖沿いをＤｒｉＸが高速で進むのに合わせて、見えたり消えたりを繰り返している。

「あれはトンガ海溝のもう一方の断崖面なの？」フィービーが訊ねた。

「そうだ」アダムは答えた。「海溝の幅は平均すると約八十キロあるのだが、このあたりはかなり距離が詰まっている。八キロから十二キロくらいだ」

「海溝のこの部分がこれほどまでに不安定な理由は、ここの狭さで説明がつくかもしれない」バードが言った。「応力がかかる地点だと考えられる」

「そうかもしれませんね」アダムは認めた。「しかし、この一帯がまわりから遮断されていることは、我々が発見したものの説明にもなるのではないかと」

「あなたたちは何を――」画面上の光景に変化が見られ、フィービーの問いかけの言葉が途切れた。

海底の濃い紫色がゆっくりと黒に変わっていく。海溝の底で油が漏れ、次第に広がっていくかのようだ。

フィービーがおじを押しのけるようにして画面に近づいた。「まさか」

三人の男性は彼女を見て、確認を求めた。

「あれはサンゴ」そう言うと、フィービーがおじに合図した。「少しの間、私に操作させてもらえますか?」

「かまわないよ」おじは椅子ごと横に移動し、フィービーが正面で操作できるように場所を空けた。「Ｄｒ.ｉＸを操作した経験は?」

「モントレーの沖合のサー・リッジの生態系を探査した時に使いました。海底の３Ｄ地図を作成するだけでなく、ソナーの後方散乱で岩と砂とサンゴを識別することもできます」

フィービーがおじの方を見た。「このＤｒ．ｉＸにはサブボトムプロファイラーが搭載されていますか？」

「ああ、エコーズ３５００Ｔ７だ。最大で一万一千メートルのウォーターカラムに対応できる」

「それなら申し分ないです」

バードが眉をひそめた。「ドクター・リード、サブボトムプロファイラーで何をしたいのだ？」

「以前にもこれと同じ問題に直面したことがあります。おおまかなソナースキャンでは密生したサンゴを大きな岩や海底の一部だと見誤ることがしばしばあるのです」フィービーが画面上に表示された一様な黒い広がりを指差した。「Ｄｒ．ｉＸのソナーはあのサンゴの森のてっぺんで跳ね返るので、そこが海底であるかのように見えてしまうわけです」

「そうではないということなのか？」

「はい」

「それなら、海底はどこに？」

「私が突き止めようとしているのはそのことです。プロファイラーならば海底にたまった砂、さらには粘土の下まで見通せます。以前にもこの手法を用いて、サンゴの群生地の下に何が隠れているのかをのぞき見たことがあるので」

フィービーがＤｒ・ｉＸの速度を落とし、エコーズの装置を起動させた。ソフトを操作してリアルタイムの画像が送られてくるように設定する。その間に画面が二つに分割された。片側にはソナーによって作成中の海溝の地形図が引き続き表示されている。もう片方にはサブボトムプロファイラーによって明らかになったものが映っていた。

おじとバードが同時に息をのんだ。フィービーは無言のまま、集中力を維持している。かすかに目を見開いたのが唯一の反応だった。

画面上でプロファイラーが表示しているのは、これといった特徴のない黒い広がりの断面図だった。フィービーが装置のチャーピングを調整すると、画像がより鮮明に映し出される。サンゴの幹や枝が何層にも重なり、そのすべてが絡み合ったりもつれ合ったりしていた。森の中の倒木の白黒写真を見ているかのようだ。そして海底まで到達する前に画像がぼやけた。

フィービーは操縦桿《かん》を離し、Ｄｒ・ｉＸを自動操縦で走らせた。「ありえない」ようやく彼女の口から言葉が出た。

「どういう意味だね？」バードが訊ねた。

「あのサンゴの森はとてつもなく巨大で、少なくとも三百メートル以上の高さがあります。つまり、海溝のこの部分は実際よりもかなり深いということです。これまでのソナーによるこの地域のスキャンは、サンゴのいちばん上の部分を海溝の底だと取り違えたのでしょう」

「だが、実際には上げ底だったというわけか」アダムは言った。

「それならどのくらいの深さなのだ?」バードが再び訊ねた。

「わかりません」フィービーが認めた。「サブボトムプロファイラーではそこまでは見通せませんでした。海底まで到達できなかったのです」フィービーがセピア色の画面の階調スケールを指差した。「サンゴのてっぺんから三百メートル下に入ったところで画像が不鮮明になりましたが、そこは海面から約一万一千メートルの地点でした。その先の深さがどのくらいまであるかによりますが、この部分が海溝の最深部だという可能性もありますね」

「マリアナ海溝の記録を脅かすかもしれないわけか」アダムは補足した。「これまでに判明しているもののうち、地球上で最も深いのはマリアナ海溝で、その最深部は一万一千メートルに少し欠ける深さだ。この海溝は場所によってはそれよりも深いかもしれない」

バードが目を輝かせた。その記録を破るかもしれないという可能性に気分が高揚しているのだろう。しかし、それを言葉には出さなかった。「驚くべきことではあるが、この地域で地震が多発していることの説明にはなるのだろうか? あるいは、この発見は単なる偶然なのだろうか?」

全員の視線がフィービーに集まった。

彼女は肩をすくめた。「私は地震が専門ではありません。でも、ここで話をしているのは小さなサンゴの群生地ではありません。海底の失われたジャングルで、ブラジルの熱帯雨林のようなものです。しかも、これほどまでの深さですから、成長は相当に緩やかなはずです。ここまでの高さと広さにまで育つには何億年もの年月を要したに違いありません。五億年前に出現した最初のサンゴにまでさかのぼる可能性もあります」

「しかし、このところの地震についてはどうなのだ？」バードが問い詰めた。

「海溝のこの狭い部分にストレスがかかっているというあなたの意見が正しいならば、このサンゴ――五百二十平方キロメートルもの面積に及び、それも壁と壁の間の狭い範囲に集中しているサンゴの重量が、あまりにも大きくなりすぎたのかもしれません。サンゴが成長するにつれて限界点を上回ったため、その下を走る断層がもはや耐えられなくなったのです」

アダムは納得できず、首を左右に振った。「我々が問題にしているプレートの圧力を考えると、それが答えだとは思えない」

おじが椅子に座ったままびくっとしたため、全員の目がその前にあるモニターの画面に動いた。「あれは何だろう？」おじが問いかけた。

全員がモニターの前に集まった。油が漏れたような濃い色の広がりは両側の断崖まで到達していたが、その代わり映えのしない地形の片側の端の近くにギザギザの亀裂が走り、はるか昔からの姿をとどめていたサンゴを少なくとも百数十メートルにわたって切り裂いていた。

フィービーがＤｒｉＸをその裂け目の方に近づけ、そこに沿って動かした。亀裂の端まで到達すると、ソナーによるスキャンの画面に、より滑らかな形をした物体が現れた。油を思わせる黒い海に半ば埋もれている。水圧でつぶされ、先端側はサンゴに深く突っ込んでいるにもかかわらず、その輪郭から正体は容易に特定できた。円筒形の物体は長さが百五十メートル近くあり、その上部には艦橋が突き出ている。

「あれは潜水艦の残骸だ」バードが指摘した。

おじがアダムに鋭い視線を向けた。この潜水艦の存在が局所的な地震の原因かもしれないと考えているのは間違いない。潜水艦の後部はかなりの力を受けて原形をとどめていない。

アダムにはこの遭難した潜水艦に関して別の関心があった。「年代を推定する方法はあるだろうか？」フィービーに訊ねる。

「ソナーだけでは無理ね。この深さだし。いつ沈んだのかを特定するには目視する必要がある」

「だったらそうするまでだ」バードが言った。「私の所有する潜水艇がたどり着ける深さは――」

大きなサイレン音が彼の言葉をかき消した。音は研究室の奥にある一台のコンピューターから発している。

「また地震だ」そう言うと、アダムは不安を覚えながら体を起こした。あのコンピューターの警報はマグニチュード7・0よりも大きな地震の場合にのみ鳴るように設定されている。

室内にいたほかの地質学者がそのコンピューターに駆け寄った。画面を見てから情報を大声でこちらに伝える。「8・2！」

アダムは顔をしかめて叫び返した。「場所は？」

「南シナ海！　マニラ海溝付近だ。四十五分前に連絡があった地震の震源からそれほど遠くない。ただし、今回の方がはるかに強いぞ」

「つまり、余震ではないということだ」おじが言った。

アダムはうなずいた。「最初の地震――かなり大きかったとはいえ、あれはこいつの前触れに当たる前震だった」

「あるいは、これも新たな前震かもしれないぞ」おじが険しい表情で警告した。「もっと強い地震はこれから訪れるとも考えられる」

アダムは隣のコンピューターの画面を見た。そこには自らが作成した何枚もの地図がまだ表示されていた。南シナ海方面に延びる複数の大きな矢印を見つめる。別のウィンドウにはその地域一帯に分布する百以上の火山が表示されている。

「これは始まりにすぎないという嫌な予感がする」おじが言った。

淡々と言い切ったその声から、その場にいた全員が発せられなかった言葉を、おじが恐れて口にしなかった言葉を予想できた。

〈これは終わりの始まりかもしれない〉

6

一月二十三日　香港時間午前零時二十二分
香港　深水湾

グレイは仲間の男性たちと桟橋の突端に立って見守っていた。深水湾の海面にはロイヤル香港ヨットクラブ所有の多くのブイがあり、そこに何十隻もの船が係留されている。船の大きさは小型の帆船や中型のキャビンクルーザー、全長三十メートルを超えるスーパーヨットまで様々だ。クラブハウスの建物は湾内の島にあるため、そこまで行くには連絡船に乗らなければならないが、地震の影響で運航は停止されていた。

その代わりに、ゾディアックのフロート付きボートが一隻、穏やかな深夜の水面を高速で突き進み、グレイたちが立つ桟橋から離れていった。ボートを操縦するのはジュワンで、ほかにセイチャン、キャット、グアン・イン、三人の子供たちが乗っている。向かう先は全長十五メートルの双胴船レオパード・パワーキャットで、湾内の岸から離れたところに係留されている。

グレイはほかの人たちと離れたくはなかったものの、小型のボートに乗れるのはそれが限界だった。女性と子供たちを双胴船まで運んだ後、ジュワンが残った男性たちを迎えに戻ってくる手筈《てはず》になっている。

モンクがグレイのそばに近づいた。岸の方を振り返りながらで、まだ不安を感じていることは容易に見て取れた。「ヴァーリャが攻撃を主導したというセイチャンの予想が正しいとして、なぜここで襲撃してきたんだろうか？　しかも、こんなにも長い時間がたった後で」

グレイは潮の香りがする空気を胸いっぱいに吸い込み、筋肉を張り詰めさせている不安を取り除こうとした。羽織っているウインドブレーカーで体をしっかりと包み込む。グレイたちが深水湾にたどり着いた直後、コワルスキも無事に到着した。三合会の二人が同行していて、フード付きのスウェットシャツ、ゆったりとしたズボン、薄手のゴアテックスのジャケット、サイズの様々なブーツといった着替えも用意されていた。

「わからない」グレイは答えた。彼もヴァーリャに関して同じことを考えていた。

モンクが顔をしかめた。その声には怒りが込められている。「もちろん、あの女が死んだと期待するのは虫がよすぎた。とはいえ、生きていてくれたおかげで、ヴァーリャがキャットと娘たちにしたことへの仕返しができるというものだ」

二年前、ヴァーリャは仲間を率いてグレイの自宅を襲撃した。セイチャンとその場に居合わせたモンクの二人の娘を誘拐し、キャットをハンマーで殴打した。モンクの妻は生死の境をさまよいながらも、どうにか回復した。ロシア人の暗殺者が再び現れたという知らせを少し前に聞いたキャットは、すぐにでもヴィクトリア・ピークに引き返したそうな様子だった。彼女は自らの手で復讐を果たしたいと考えているのだ──自分がされたことへの復讐ではなく、ヴァーリャが二人の娘の命を危険にさらしたことへの復讐だった。過去にも、そして今も。

コワルスキが頬の切り傷に貼った絆創膏《ばんそうこう》をいじりながら意見をつぶやいた。「あの女が二度と生き返らないように、しっかりと埋めてやる必要があるということだな」

ボリン・チェンが顔をしかめ、あたりを見回した。まだ子供で、十四歳の少年はフードの付いた濃い青のスウェットに野球帽という格好だ。このような場所にはそぐわないように見えるが、場慣れした三合会の構成員の隣にしっかりと立っている。鋼のような鋭い目をしたもう一人は三合会の実戦部隊を率いるヨンで、その全身はまさにタトゥーの入った筋肉の壁を思わせ、戦車に二本の脚が生えているかのようだ。

二人は十分に手入れされた武器も準備していた。グレイはシグ・ザウエルＰ２２９を選び、上着の下に隠したホルスターに収めている。モンクが手にしたグロックＧ45は三十三発の弾倉付きだ。コワルスキは全長の短いイスラエルのタボールＸ95ブルパップライフルを確保した。大男はそのアサルトライフルを隠そうとすらしない。分厚い胸板の前に吊るしているだけだ。

モンクが湾の方を見て眉をひそめた。「ヴァーリャが今になって現れたからには、何らかの理由がなければおかしい。二年もの間、死んだと思わせていたんだからな」

グレイはうなずいた。「長らく実行されずにいた復讐を試みるために襲撃したという可能性はある。俺たちがギルドを壊滅させたこと、および弟が死んだことに対する復讐だ。だが、それだけではないように思う。あの女はもっと計算高い。今回の襲撃は性急に感じられた。地震を隠れ蓑《みの》とするために、とっさに実行に移したようにも思える。ほかにも裏で何かが動いているんじゃないだろうか」

シグマフォースがかつてのギルドの女暗殺者と初めて対峙《たいじ》した時、ヴァーリャはテロ組織の壊滅後に生じた権力の空白を埋めるために勢力を結集している段階だった。その後の激しい戦闘中、彼女の双子の弟のアントンが殺された。アントンの死はシグマが直接手を下したわけではなかったものの、ヴァーリャは恨みを抱き続けた。なかでもシグマ側の一人に対して。

グレイは湾を挟んだ先にいるセイチャンとジャックの方を見た。ゾディアックはようやくグアン・インの双胴船の船尾に到着したところだ。ジュワンを除く全員が子供たちを連れて船に乗り込もうとしている。

〈よかった、みんなはこれで――〉

グレイの足もとの桟橋が揺れたかと思うと、それに続いてさらに激しい震動が襲ってきた。全員が木の板に叩きつけられる。グレイは四つん這いの姿勢になった。湾内では海面が渦巻き、大きな波ができている。その向こうでは双胴船も上下左右に揺れているが、水深のあるところに係留されているので地震の影響はそこまで大きくない。ジュワンがゾディアックをロープでつなぎ、無事に全員を大型の双胴船に移らせた。

ほっとしたグレイは自分の置かれた状況に意識を集中させた。体の下の桟橋は激しく揺れ続けている。背後では深水湾沿いの街並みも音を立てて揺れていた。グレイの見ている目の前で湾の近くのビルが倒壊し、煉瓦《れんが》や壁の一部を隣接する砂浜にまき散らす。ガス管が破裂したのか、街の中心部で爆発が発生し、炎が噴き上がった。

グレイたちはうずくまったままでいた。岸に戻ろうとすることすらできない。生き物のようにのたうつ桟橋から振り落とされないようにしがみついているだけで精いっぱいだった。揺れが収まるのを待つ以外に選択肢はない。

低い震動音をかき消すように何かの裂ける大きな音が響いた。三メートルほど離れたところで桟橋の突端部分が石の杭《くい》から剝《は》がれ、横向きになって海中に転がり落ちた。

まだ十代のボリンが怯えて立ち上がった。

コワルスキが少年を引き戻した。「じっとしていろ！」

五分もすると激しい震動はいくらか静かな揺れ程度にまで弱まった。グレイは用心しながら体を起こし、双胴船の無事を確認した。すでにゾディアックはこちらに引き返す途中だった。速度を上げ、揺れが引き起こした波を飛び越えながら進んでいる。

「見ろ！」モンクが大声をあげた。

友人の指摘で桟橋の両側の海面に注意を向ける。杭に沿って水位が急速に下がっていて、砂浜が見える部分も広がりつつあった。

まだ揺れが続いているにもかかわらず、グレイは立ち上がった。まわりの状況を把握して岸を指差す。「走れ！　高台を目指すんだ！」

ほかの人たちも立ち上がった。

グレイが湾内の監視を続けるうちに、引き波で桟橋の下から水が完全に消えてしまった。グレイは両腕を上げ、頭上で交差させてジュワンに警告を伝えた。だが、ゾディアックはなおも向かってくる。

グレイは舌打ちをして、シグ・ザウエルをホルスターから抜いた。上空に向かって二発、発砲する。

ようやくゾディアックの速度が落ち、船首がつんのめるような体勢になった。ジュワンもやっと危険に気づいたらしい。グレイによる警告の発砲のおかげか、あるいは星明かりに照らされた砂浜が広がっている様子を目にしたからかもしれない。ゾディアックは急旋回して岸に背を向け、引き波に追われながら双胴船を目がけて走り去った。

それ以上は何もできないため、グレイも陸地の方を向き、ほかの人たちの後を追って桟橋を走った。その間、湾の入口付近では見る見るうちに海面が盛り上がり、大きな波が形成されつつあった。津波はほんの数分で街に襲いかかるはずだ。

唯一の救いはセイチャンやジャックたちがすでに安全な双胴船に乗り、水深のある地点にいることだった。ここから先のグレイの使命は一つだけだ。

みんなのために生き延びること。

午前零時三十八分

セイチャンは桟橋上を岸に向かって逃げる人影を双胴船の船尾から目で追っていた。地震の揺れは収まったものの、海水が岸から引くのに合わせて新たな危険が明らかになった。湾内に津波を知らせるサイレンが鳴り響き、けたたましい音で危険を伝えている。

近くに目を移すと、ジュワンがフロートの下の水面が盛り上がるなかで懸命にゾディアックを操縦していた。セイチャンは双胴船が持ち上がるのも感じた。どんどん高さが増していく。錨《いかり》付きの係留用ブイにつながったままの船首側が下向きになった。海底に固定された錨がぴんと張っているに違いない。足もとの甲板の傾きは大きくなる一方だ。

〈これはまずい〉

最悪の事態を恐れ、セイチャンは船首側に走った。談話室の外側に当たる狭い通路を通り抜ける。キャットは子供たちをその中に連れていき、船内で落ち着かせようとしているところだ。

船首に向かうセイチャンにグアン・インがフライブリッジから声をかけた。母はエンジンを作動させたが、船首側への傾きが増すにつれて危険が高まっていることも認識している。

「係留索をほどいて!」母が上から叫んだ。

セイチャンは船首甲板に到達し、グラスファイバー製の表面を滑るように移動した。すでに傾斜は三十度近くに達している。船首の手すりが近づくと、セイチャンは右舷側の索止めに向かって頭から突っ込んだ。双胴船は左舷《さげん》側にも係留索がつながっていて、船首が左右からしっかりと固定された状態にある。セイチャンは手すりにぶつかった衝撃を肩で受け止め、索止めに巻き付けてあるナイロン製のロープを引っ張った。だが、ロープが伸び切っているためにびくともしない。これでは緩めることができない。

「セイチャン!」グアン・インが叫んだ。「ロープを切って!」

すぐ左でドスンという音がした。頬から十センチも離れていないところで小刻みに揺れる短剣の柄は、投げナイフに関する母の巧みな腕前を証明するものだ。武器を手に取ったセイチャンは、刃渡り二十センチの短剣の付け根側の半分がのこぎり状になっていることに気づいた。体をひねり、ぴんと張ったロープの切断に取りかかる。

必死に作業を続けるうちに肩が痛くなってくる。船体の傾きのせいで頭に血が集まり、耳にドクドクという音が響く。短剣の刃が四分の三くらいまで入ったところで、プツンという音とともにロープが切れた。係留索の外れた右舷側が持ち上がり、それに合わせて体も甲板から浮き上がったために息をのむ。

再び甲板に落下すると、セイチャンは転がりながら左舷側の索止めに移動した。すぐさま二本目のロープに短剣の刃を食い込ませ、切断作業を開始する。その間も海面は高くなる一方で、双胴船の下で巨大な波がふくれ上がり、船体を横に傾けた。

グアン・インが叫んだ。「急いで！」

セイチャンは歯を食いしばり、罰当たりな言葉が口をついて出そうになるのをこらえた。その時、ナイロンのロープが切れてはじけ飛んだ。船の左舷側が勢いよく持ち上がり、再びセイチャンの体も宙に浮かぶ。海に放り出されてしまう前に、セイチャンは短剣を投げ捨てて両手でしっかりと手すりを握った。体が甲板に叩きつけられ、衝撃で息ができなくなる。

双胴船は激しく揺れた。母がエンジンの出力を上げ、船を動かす。前方への推進力のおかげで海面に浮かぶ船体がいくらか安定した。グアン・インの操縦で双胴船は間近に迫った津波から逃れ、岸を離れてより水深のある海域を目指した。

甲板が水平に戻ると、セイチャンは体を回転させて両膝を突いた姿勢になり、岸の様子をうかがった。ほかの人たちが無事に高台までたどり着いたことを祈るばかりだ。海面が上昇しているので船は街よりも高い位置にあるが、グレイたちの姿を目視することはできなかった。やがて船は大波を乗り越え、岸に向かって押し寄せる津波の反対側を滑り下りた。

その時、セイチャンはもう一人の仲間の姿が見えないことに気づいた。

ジュワンとゾディアックは消えてしまっていた。

午前零時五十二分

グレイは海岸沿いの道路を横切って逃げていた。ここは砂浜と真っ暗なゴルフ場との境目に当たる。五人は道路の中央分離帯に張られた金網に飛びついた。グレイが先頭を切って乗り越え、向こう側に飛び下りる。モンクも続き、コワルスキは十代の少年を金網越しに放り投げるようにして飛び越えさせた。そして大男と三合会のヨンが最後によじ登った。

後ろを振り返ると泡立った白波の巨大な帯が星明かりを反射していて、砂浜に向かって速度を増しながら押し寄せてくる。時速五十キロから六十キロくらいはあるだろうか。あれを振り切るのは無理だ。

津波は一分もしないうちに岸まで到達するだろう。五人は道路を横切り、ゴルフボールが外を走る車に当たらないように設置された見上げるような高さのネットの手前で立ち止まった。

「どこへ行けばいいんだ？」コワルスキが息を切らして訊ねた。

ゴルフコースは左右のどちら側にも数百メートルにわたって広がっている。その周囲を取り巻く崖の上には高層マンションがそびえているが、そこまでたどり着けるだけの時間は残されていない。近くにある唯一の高さがある場所——十分とは言えない高さではあるが、いくらかでも高さがあるのはゴルフコースのクラブハウスだった。二階建てで、上の階には食事用のテラスがある。

グレイはネット越しに建物を指差した。「あそこだ」

ボリンがジャンプしてネットにしがみついた。両手でナイフを握り締め、その先端を突っ込んでネットを切り裂いていく。ある程度の隙間ができたところでネットに体重をかけ、そのまま向こう側に倒れ込みながら穴を作った——ほかの人たちが通れるようにネットを手で押さえている。

「ファイディ、ファイディ」少年がせかした。

全員が穴をくぐり抜け、きれいに手入れされた芝生の上を走った。津波の先端が海岸線に接近し、背後からすさまじい水の音が鳴り響く。明かりの消えたクラブハウスまではあと五十メートルほどだが、営業が終わっているので建物の入口にはしっかりと鍵がかかっているはずだ。

幸いにも、グレイたちは鍵の代わりになるものを持ち合わせていた。

クラブハウスまでの距離が縮まるのに合わせて、コワルスキがライフルを構え、一階部分に連なる高さのある窓に向かって発砲した。ライフルの乱射を浴びてガラスが粉々に砕け散る。グレイたちは速度を落とすことなく建物まで到達し、割れたガラスを踏みつけながら真っ暗な建物内に飛び込んだ。コワルスキの武器にはタクティカルライトが備え付けられている。大男はスイッチを入れ、光線を内部のあちこちに向けた。

グレイは上に通じる階段を見つけた。「ついてこい！」

後方から何かを押しつぶすような轟音《ごうおん》が聞こえた。振り返ると巨大な波が道路を横切り、ゴルフコースのネットをなぎ倒したところだった。信じられないような速度で近づきつつある。

グレイは階段を目指して走った。途中の踊り場までたどり着いた時、渦巻く水の壁がクラブハウスの割れた窓に激突し、建物内に入り込んできた。

「早く行け！」コワルスキがわめいた。

グレイは踊り場を回り込み、残りの階段を一度に二段ずつ駆け上がった。水が五人を追いかける。階段まで進入してきた水は瓦礫が渦を巻いていて、のみ込まれたらたちまちミンチにされてしまうだろう。グレイは短い廊下を走り、その先にある食事用のテラスに通じるガラス扉を目指した。

執拗《しつよう》に後を追ってくる水は新品のブーツを濡らし、脛《すね》のあたりまで達しようとしている。

コワルスキがライフルを構え、グレイの肩越しに発砲した。耳をつんざくような音とともに放たれた数発の銃弾で厚いガラスにひびが入るが、貫通まではしない。グレイはさらに加速し、ガラスがひび割れた部分に肩から体当たりをくらわした。ガラスを突き破った体がテラスに飛び出す。

そのはずみでグレイはつまずき、すぐに体勢を立て直せなかった。ほかの人たちもテラスに走り出る——モンクがグレイの肩をつかみ、引っ張ってくれた。

五人はあふれ出る水に追われて扉から離れたが、すでに水の勢いは弱まりつつあり、やがて階段に吸い込まれるように戻っていった。

しかし、まだ危機を脱したわけではなかった。

バルコニーの向こう側を見ると、真っ黒な津波がクラブハウスのまわりを流れていた。一階部分は波にすっかりのみ込まれてしまっている。ゴルフコースを覆い尽くした波が、折れた木々、車、壊れた船を押し流す。足もとのテラスが揺れたかと思うと、激しい流れで一階部分の壁が崩れ、さらに大きく震動した。津波の勢いで基礎が破壊されたのか、建物の海側が沈み始めた。

グレイたちはテラスの奥に逃れた。クラブハウスが徐々に崩れ落ちては、波の中に消えていく。テラスの海側が崩壊し、渦巻く水の中に落下した。破壊がグレイたちの方へと迫りくるのは必至だった。

全員がテラスの奥まで後ずさりしたが、それ以上はもう行き場がない。

モンクが叫び声をあげ、バルコニーの手すりの先を指差した。「光が見えるぞ！」

そちら側に顔を向けたグレイは、黒い波の中に小さな輝きがあることに気づいた。流れに翻弄《ほんろう》されながらも、瓦礫をよけ、波に耐えている。

〈ゾディアックだ……〉

ジュワンは津波の到達前に船まで戻り切れず、巻き込まれてしまったのだ。波の動きに合わせて岸に向かうしかなかったのだろう。

グレイはコワルスキを引っ張りながら手すりに駆け寄った。「ライトを高く掲げて振ってくれ」

助かるチャンスはゾディアックしかないと理解し、大男は指示に従った。

ジュワンは自分のことで精いっぱいなのか、合図に気づかなかった。グレイはシグ・ザウエルを抜き、空に向かってすべての弾を撃ち尽くした。その音はジュワンにも聞こえたようだ。ゾディアックが向きを変え、流れにもまれながらも近づいてくる。

クラブハウスの崩壊が自分たちの方へと迫ってくる間、グレイは固唾をのんで待ち続けた。周囲の水は瓦礫でびっしりと覆われている。ジュワンがここまでたどり着けたとしても、飛び乗るのに手間取っていたら瓦礫の渦でフロート付きボートはばらばらになってしまうだろう。

ジュワンは流れに苦戦していた。大きな障害物はよけ、それほどでもないものは乗り越えて進む。ようやく十分な距離まで近づくと、ジュワンはスロットルを全開にして、瓦礫の上を飛び跳ねるようにしてクラブハウスに向かってきた。

「準備しておけ！」グレイはほかの人たちに叫んだ。「あれが真下に来たら飛び移るんだ！」

ジュワンはクラブハウスの周囲の白波が逆巻く中を突っ切った。ぎりぎりのところでゾディアックを横向きに変え、側面から建物にぶつかる。

「今だ！」グレイは手すりを乗り越えた。

ほかの四人もすぐ後に続く。ひとかたまりになって落下し、折り重なった状態でゾディアックの床に激突した。そのはずみで体が高く跳ね上がる。いちばん体重の軽いボリンの体が、ボートの外の瓦礫が渦巻く水の方に飛ばされた。

コワルスキが体を突き出し、少年の脚をつかんでボートの中に引き戻した。「何度も俺から逃げようとするな！」

ジュワンは少年の無事の確認を待たなかった。操縦桿をしっかりと握り、エンジンを吹かしてクラブハウスから離れる。その時、右舷側のフロートが裂け、その一部から空気が抜けた。それが操縦の妨げになったものの、ジュワンはその分を計算に入れてボートを操った。

背後ではクラブハウスの最後まで残っていた部分が崩れ落ちて水中に消えた。

その頃には津波の勢いもほとんど失われていた。海水の流れが逆向きになり、引き波となって湾の方に戻っていく。

今度もジュワンは波の向きに合わせて進んだ。渦につかまって回転している転覆した小型ヨットを高速で回り込む。ゴルフコースのネットのまだ残っている二本の支柱の間を、ゴールにシュートを決めるかのように通過していく。

そのまま道路を突っ切り、水没した砂浜に乗り入れた。

無事を喜んでもおかしくない状況だったが、半ばつぶれたフロートに溺死《できし》体がぶつかり、向きを変えて流れ去っていくのを見ると現実を突きつけられる。香港やそのまわりの島々を含めると何千人もの犠牲者が出ているはずだ。

ようやく湾に到達すると、遠くの海上に明かりが一つだけついていた。

グアン・インの双胴船だ。

グレイはそれを見つめながら小さな慰めを得た。

〈俺たちは生き延びた……少なくとも、今のところは〉

7

一月二十三日　香港時間午前二時二分
西ラマ海峡

　グレイは双胴船の談話室の椅子に座り、両手で頭を押さえていた。疲れ果てているし、あまりにも問題が多すぎる。革製の長椅子の隣にはセイチャンが腰掛け、小さなテーブルを挟んだ向かい側ではモンクがキャットの肩に腕を回して座っていた。

　コワルスキは下の主寝室に引き上げた。三人の子供たちも一緒で、巨大なテディベアのようなその大きな体から安心感を得ているようだ。四人はキングサイズのベッドで折り重なるような格好になって眠っている。

　上のフライブリッジではグアン・インとジュワンがレオパード・パワーキャットを操縦していた。双胴船は香港とランタオ島を隔てる海峡を航行中だ。目的地はマカオで、西に約五十キロの位置にある。

全員が疲れていたものの、グレイはヴァーリャ・ミハイロフに襲撃されたことをシグマフォースのペインター・クロウ司令官に報告したいと思っていた。司令官は事の経緯を知る必要がある。同時に、ペインターはこのあたりを襲った地震と津波に関しても知らされているはずだ。部下たちの状況に関して最新の情報を欲しがっていることだろう。シグマの存在が歓迎されない国にいるのだからなおさらだ。

幸運にも、グアン・インは船の通信機器に対して費用を惜しんでいなかった――東南アジア各地でいくつもの犯罪組織や合法的な企業を率いている女性なのだから、それも当然のことだ。自分たちのグループだけになるのを待ってから、グレイは談話室のデスクトップ・コンピューターにコードを入力し、シグマに対して暗号化された通話を要求した。今はペインターの方から連絡が入るのを待っているところだった。

なぜこんなにも長い時間がかかっているのかといぶかしく思いながら、グレイはため息をついた。こちらは真夜中だが、ワシントンDCは午後の半ばに当たる。間違いなくペインターは司令部にいるはずだ。グレイはすぐ隣にあるコンピューターのモニターを一瞥《いちべつ》した。開いたウィンドウの上で小さな砂時計のアイコンが回転している。

すでに十分以上が経過していた。

モンクもいらだちを隠そうとしなかった。「ペインターがゆっくりとランチを楽しんでいるような時間でもないだろうに」

一分後、ようやくコンピューターのチャイムが鳴り、砂時計のアイコンに代わって十秒前からのカウントダウンが始まった。グレイは立ち上がり、コンピューターの正面に移動した。ほかの人たちもそれに合わせ、モニターの前に座ったグレイの背後に集まった。

カウントダウンの数字がゼロになるとともに、画面はペインター・クロウのオフィスの映像に切り替わった。司令官は横長のマホガニーの机の奥に座っていて、その後方の壁に設置された三台のフラットスクリーンモニターにも電源が入っている。

そのうちの一つには東南アジアの地図が表示されていた。

ペインターがこの打ち合わせの準備をしていたのは間違いなさそうだ。上着を脱ぎ、シャツの袖を肘までまくり上げているのは、司令官が作業に集中していた印で、おそらくこの問題に対応していたのだろう。

司令官は身を乗り出し、黒髪を手でかき上げた。片方の耳の後ろの一部だけ白くなった髪の毛が、その動きに合わせて揺れる。ペインターの方も問題を抱えている様子で、艶のある顔に浮かぶ表情は曇っていた。

「君たちから連絡がある頃だと思っていた」司令官が切り出した。「数時間前から連絡を取ろうと試みていたところだ」

「ちょっとした問題に巻き込まれました。それも地震と津波だけではありません」

「どのような種類の問題だ？」

「ヴァーリャ・ミハイロフです」

ペインターが顔をしかめた。「香港で？」

グレイはうなずき、この長い夜に起きた出来事をすべて司令官に伝えた。その間、耳を傾けながらいくつか質問を投げかけてはうなずくペインターは、特に驚いていない様子だった。

「その襲撃は偶然の一致ではなかったかもしれない」ペインターは指摘すると、地図が表示された後ろのモニターの方を振り返った。「東南アジア一帯で問題が発生しつつある。それもさっき君が言ったように、地震と津波だけではない」

「どういう意味ですか？」

「二週間前のこと、中国が原子力潜水艦を失った。最新型のうちの一隻で、弾道ミサイルを搭載した０９６型戦略原子力潜水艦だ。唐級の最新艦はこれまで極秘扱いとされていた。唯一の目撃情報は地理空間情報衛星が撮影した一枚の不鮮明な写真だ。中国北部遼寧省の渤海造船廠のドックに入っていた」

「その新型の潜水艦に関してですが」モンクがグレイの肩越しに身を乗り出しながら訊ねた。「性能は？」

ペインターが肩をすくめた。「確かなことは誰にもわからない。海軍関係の専門家に最新の情報を問い合わせてみた。潜水艦にはその前の型で問題視された騒音問題の対策として、最新式のウォータージェット推進システムが装備されているとの見解だ。例の不鮮明な写真にはＶＬＳ――垂直発射装置のセルもとらえられていて、核弾頭を搭載した二十四発のＪＬ-3弾道ミサイルが格納されている。想像がついていると思うが、中国は他国が自分たちの潜水艦を回収するようなことは望んでいない――発見された場所を考えるとそれも当然だ」

「発見された？」キャットが言った。「つまり、私たちが見つけたのですね？」

「実を言うと、発見したのは我々ではない。別のところが我々よりも先に獲物を見つけ出した。ただし、彼らはシグマに支援を求めてきた。向こうも君たちがすでに東南アジアにいると知っていたのでね。あと、これはあくまでも私の推測だが、彼らの組織はまだ日が浅いので、より経験豊富な兄貴分にも関わってもらう方が安全だと判断したのだろう」

「いったい誰の話をしているんですか？」グレイはこめかみをさすりながら訊ねた。疲れ切っているので余計な謎は考えたくない。

キャットが先に謎を解き、ため息をついた。「タウのことですね。藍子から司令官に連絡があったのですか？」

グレイはキャットの方を振り返った。三年前、グレイたちはハワイと日本での任務で東藍子と協力した。彼女は日本の秘密情報機関のトップで、その名称のＴａＵは、彼女によると「タコの腕」の略だということだった。あちこちに捜査の腕を伸ばす新興の情報機関の名前にふさわしいと言えるかもしれない。また、グレイはギリシアアルファベットでΤ《タウ》がΣ《シグマ》の次の文字に当たることにも気づいていた。その名称にはアメリカの先輩組織に敬意を表するという意味もあるのだろう。あるいは、いつかシグマに先行してみせるという挑戦状なのかもしれない。

〈今回のケースではそれが実現したということか〉

「君たちからの連絡への返答が遅れたのはそのためだ」ペインターが言った。司令官がキーボードを操作するとコンピューターの画面が二つに分割される。「東司令官にもこの会議に参加してもらう方がいいと判断した。しかも、昨夜の君たちに対する襲撃には、彼女にも責任の一端があるかもしれないのでね」

グレイは眉をひそめた。〈今のはどういう意味なんだ？〉

画面の片側に新しいオフィスの映像が表示された。黒い机の表面に入っている木目は、奥の白い障子の枠と同じ茶色だ。本棚にも同じ色の木目が縦に入っていて、そこに所狭しと並ぶ学術書や専門書のほとんどには日本語のタイトルが付いていた。

机の後ろに座る藍子がグレイたちを見てうなずいた。「こんにちは」挨拶する声は真面目そのもので、気さくな雰囲気はうかがえない。背筋を伸ばした姿勢は軍隊経験のある人間のそれを思わせる。ネイビーブルーの上着には彼女の物腰と同じく乱れたところが一つもなかった。

グレイは藍子の経歴を知っていた――ただし、それ関してはキャットの方がはるかに詳しい。二人の女性はそれぞれの国の情報機関でほぼ同時期に昇進してきた。藍子は日本の法務省に勤務した後、公安調査庁に移った。

第二次世界大戦後に制定された日本の憲法では、情報機関の海外での活動は制限されている。しかし、中国、北朝鮮、ロシアの脅威が高まるとともに、テロリストの侵入も増えていることから、日本は情報関連の業務の強化を図り、内閣情報調査室の下に一本化した。しかし、世界的な緊張と脅威がなおも大きくなるなかで、それ以上の対応が必要になった。そのため、シグマがＤＡＲＰＡの傘下の組織として活動するように、タウも内閣情報調査室のもとで同様の秘密の任務に携わる。タウは設立から三年というまだ新しい組織のため、異国の地での活動には慎重さと国際的な協力が欠かせない。

今回のように。

藍子はそのことに関してあまり納得している様子ではなかったが、そうした協力が必要とされる事態だということを認識する賢さは持ち合わせている。「中国の損失に関してはそちらにも伝わっていると思うけれど」

グレイはうなずいた。「原子力潜水艦のことだな」

藍子の眼差《まなざ》しが険しくなった。「中国による軍事力を用いた威嚇《いかく》の増大はこの地域一帯の不安を高めている。オーストラリア、イギリス、アメリカによる三国間同盟の

AUKUS《オーカス》が発足して以降、その傾向はより顕著になった。それに台湾を巡る状況は緊張の度合いがさらに高まっている。この数年間で人民解放軍は実弾演習とパトロールの回数を増加させた。領海への侵入、最近では特にオーストラリア周辺での動きも増えている」

「中国が潜水艦を失ったのもそこなの？」キャットが訊ねた。「オーストラリアの沿岸近くということ？」

「当初は私たちもそう考えていた。二週間前、ニュージーランドの北で中国海軍の活動があわただしくなっているとの情報が伝わってきた。間もなく彼らの新型潜水艦の一隻が、おそらくは海震に巻き込まれて沈没したということが明らかになったわけなの」

「米軍の情報機関もそれと同じ通信を傍受している」ペインターが認めた。

藍子は説明を続けた。「噂によると救出作戦が進められたらしい。数人の乗組員が潜水艦から脱出し、ただちに運び去られたとか」

グレイは眉をひそめた。「脱出したと言ったが、どうやって？」

藍子もグレイと同じように顔をしかめた。「情報によれば新型潜水艦に二台の脱出ポッドが装備されていたらしい。ロシアのオスカー型原子力潜水艦を参考にしたと考えられる。小型のポッドは十人ほどが収容可能で、海面まで一気に浮上させることが可能なの。でも、そのような救出の噂は海軍のプロパガンダにすぎないという可能性もある。そもそも中国は潜水艦の沈没地点を特定できていないようだし。本当に生存者がいるなら、救出された乗組員は自分たちの潜水艦が沈んだ場所がわかるはずでしょ」

「じゃあ、どのような経緯でタウが関与することになったんだ？」

「ちょっとした幸運と偶然のおかげ。実際のところ、この問題に巻き込まれるつもりはなかった。でも、六百キロほど離れた海域ですでに国際的な研究プロジェクト——タイタンプロジェクトが進行中だった。そこで現地の状況を探るため、私たちは一名の隊員を派遣した。彼は自衛隊に所属していた元兵士で、タウが二年前にスカウトした時には地質学と地震学の学位の取得を目指していたところだった。どちらも日本の安全には大きく関係してくる分野だから」

キャットがうなずいた。「だからその地域での自分の目と耳になってもらうため、彼を送り出したというわけね？」

「そういうこと。それに彼には個人的なコネがあった。彼のおじの火山学者が、発足直後からタイタンプロジェクトで作業をしていたから」

「それで君のところの隊員はどんな情報を聞いたんだ？」グレイは訊ねた。

「聞いただけじゃなかった。トンガ海溝沿いでの不可解な群発地震を調査していた時、彼と地質学者のチームは沈没した潜水艦を発見したの。水深一万一千メートルの地点で」

モンクが口笛を鳴らした。「そんな深さならば、生存者がいたという話はますます信じられなくなるな」

キャットが夫の肩に手を触れた。「そうとは限らない。潜水艦が海底まで到達する前に脱出したかもしれないでしょ」

グレイは眉間にしわを寄せたままだった。「しかし、どうにも理解できない。今回の件はそれぞれの国の軍が扱うべき問題だ。タウあるいはシグマに何ができる？　それよりも重要なのは――」グレイはペインターの顔をにらみつけた。「今の話と香港での俺たちの襲撃にどんな関係が？」

「それに関しては東司令官に答えてもらう」ペインターが言った。

藍子がうなずいた。「数時間前に潜水艦が発見されるよりもさらに前、先週のことだけれど、私たちの派遣した隊員がその地域に迫る脅威の可能性を報告してきた。彼のおじの推測によると、結果的に潜水艦の発見につながることになった一連の海震が、その地域一帯で増大している地殻活動の原因かもしれないということなの。彼らの調査データを見せるから」

藍子が複数の地図を次々に表示させた。南太平洋一帯に迷路のごとく延びる断層と深い海溝、最近の地震の震源を記したもの、そして百以上の火山を示した図。

「私たちの隊員と彼のおじは」藍子が続けた。「トンガ海溝で発生している何か――沈没した潜水艦と関連があるかもしれない何かが、東南アジア全域に脅威を及ぼす可能性があると信じている。その地域の断層と火山弧を不安定な状態にして、破局的な大災害につながるかもしれないと」

グレイは椅子に腰を下ろした。「君のところの隊員のデータと推測の確度は？」

「外部の火山学者十二人から意見を聞いた。そのうちの十人が同じ考えで、同意しなかったのは二人だけ」藍子の目が真っ直ぐグレイたちを見た。「だから、数日前のことだけれど、あなたたちのグループが香港に到着したと聞いた時、そっちもすでに脅威を認識していて、調査のために訪れたのだろうと思ったの。そこで探りを入れてみたわけ」

「その探りが間違った相手の耳にも届いた」ペインターが補足した。「それに中国の情報機関がそれ以前から君たちに監視の目を光らせていたのは間違いない。彼らは君たちが潜水艦の回収作業の妨げになりうると考えたのだろう」

グレイはため息をついた。「だから中国は傭兵《ようへい》を雇って俺たちを暗殺しようと目論んだ」

「中国政府の関与を隠すため」キャットが付け加えた。「私たちの死には関与していないことを、もっともらしい理由で否定できる」

グレイは額をさすった。「あと、言うまでもないが、ヴァーリャのチームにその話が届いたら、依頼を拒むことなどできたはずがない。長く抱き続けていた復讐を果たすための絶好の機会が提供されたわけだからな——しかも、それで報酬までもらえるのだから」

「私たちはこれからどうすれば？」キャットが訊ねた。

ペインターが椅子に座ったまま姿勢を正した。「まず、君たちの子供たちに危険が及ばないようにしなければならない。それに関してはすでに手配済みだ。キャット、君は子供たちを連れてDCに戻り、私の補佐をしてもらいたい。我々は深海でも陸上でも厄介な問題に対処しなければならず、タウとシグマの任務の連携には情報の扱いに関する君の専門知識が欠かせない。それに加えて、あのような政治的に穏やかではない地域に破局的な脅威が迫っている状況において、この問題が世界を巻き込む戦争に発展するのを阻止するためには君のような経験とコネの持ち主が必要だ」

キャットがうなずいた。「承知しました」

「モンク、君はコワルスキとともにタイタンステーションに向かい、東司令官の隊員と行動を共にしてくれ。彼は今日の午前中、問題の場所への調査に出向く予定だ。君たち二人にも同行してもらいたい。あの海溝では奇妙なことが起きている。手遅れになる前にそれが何かを突き止める必要がある」

「俺はどうすれば？」グレイは訊ねた。

「東司令官から説明してもらう。無駄足に終わるかもしれないが、そうでない場合は君に任せておきたい。参加の意思があるならばセイチャンも」

「何を任されるのですか？」グレイは重ねて訊ねた。

藍子が答えた。「六時間前、中国政府がほかにも何かを追い求めているとの情報が私たちのもとに届いた。情報源はカンボジアの国家保安局内の工作員」

キャットが眉間にしわを寄せた。「カンボジア?」

藍子が説明した。「行方不明の潜水艦の捜索は北京の中国政府が進めている一方で、当初からカンボジアのリアム海軍基地内にある中国軍の施設との間で多くのやり取りが続いている。カンボジアと中国の両政府は否定しているけれど、インド太平洋地域における戦略的に重要な場所に当たる同基地内に中国が軍事研究施設を建設したというのは公然の秘密。現地の科学者たちは新型兵器と装備のテストに従事していると言われている」

「それで、君のところのカンボジアの工作員は?」グレイは訊ねた。「彼は何と言ってきたんだ?」

「潜水艦の乗組員数名が救出されたらしいと知ったのは、彼からの情報によるものなの。そしてつい先ほど、シンガポールに攻撃部隊が派遣され、その目的は同地の博物館から何かを確保するためだという新たな情報がもたらされた」

グレイは不可解な会話の流れに顔をしかめた。「博物館から?」

「シンガポール国立大学のキャンパス内にある、リー・コンチェン自然史博物館」

「そこの何を欲しがっているんだろうか?」グレイは訊ねた。

藍子は肩をすくめた。「わからない」

ペインターが片方の眉を吊り上げた。「君とセイチャンにはそれを突き止めてもらいたい。そして可能ならば、その何かを入手してほしい」

モンクは任務の割り当てが不満そうだった。「俺は何でもかんでも爆発させたがる人間と海に乗り出すというのに、おまえたち二人は博物館で盗みを働くのかよ」

グレイはセイチャンに視線を向けた。彼女はここまで一言も発していない。腕組みをして立ったままだ。唇を固く結んでいるのは、まだ襲撃に対する怒りが収まらないためだろう。一方で眉間に寄ったしわからは、すでに頭の中で計算が始まっていて、様々な可能性を考慮していることがわかる。中国がシンガポールにチームを派遣したのが事実ならば、セイチャンが向こうで誰を見つけたいと考えているのか、容易に想像がつく。

セイチャンはようやく腕組みを解き、ペインターに答えを伝えた。

「面白そうじゃない」

8

一月二十三日　インドシナ時間午前五時二分
カンボジア　プサーリアム

謝黛玉《シェ・ダイユ》上校は小鵬《シャオペン》の黒のＳＵＶ、Ｇ９の後部座席から、運転手がエンジンを切る前に降りた。機嫌が悪く押し黙ったままの彼女と同じように、電動モーターの音も静かだ。リアム海軍基地が面するタイ湾はまだ日の出を迎えていない。蒸し暑い夜が明けようとしているが、熱気と湿気は残ったままだ。

謝は眼鏡を外し、エアコンの利いた車内から外に出た途端に曇ってしまったレンズをハンカチでふいた。額の汗もぬぐう。謝は暑さが嫌いだった。彼女が育ったのは中国北部黒竜江省の漠河《ばくが》というところで、そこではしばしばオーロラが見られ、気候は一年を通して冷涼で乾いていた。

〈この忌々しいサウナとは大違い〉

謝は駐車場を歩いて横切った。大勢の男女――下士官たちと将校たちが、カンボジアの基地の要塞化された一角を忙しそうに動き回っている。全員が海洋迷彩模様の青い戦闘服姿で、記章がほとんど付いていないのは階級を隠すことが目的だ。カンボジア国内での活動に人民解放軍が深く関与していることをごまかすための愚かしいやり方だった。それを真に受ける人などいない。そうした演技は中国政府が本気で案じているからではなく、カンボジア政府が叩かれないようにするためだった。

基地の指揮官の謝はそんなゲームに参加するのを拒んだ。しわ一つないズボンをはき、白の開襟ジャケットには階級を示す肩章《けんしょう》と記章が付いている。帽子は小脇に抱えていた。髪は襟にかかる長さできれいに切り揃えてある。人目を意識しているのは少しばかりの白髪を染めていることくらいだった。

四十八歳の謝は中国海軍で上校の地位にまで上り詰めた二番目の女性だが、そこで満足するつもりはなかった。海軍のトップに当たる上将の地位を望んでいた。

工場労働者の一人っ子だった謝は家族の期待を一身に担ってきた。両親は息子を望んでいたが、当時の一人っ子政策のために娘で満足するよりほかなかった。それでも、両親は彼女を可愛がり、愛してくれた。彼女に自信を持たせ、国と家族と自らに対する誇りを教え込んだ――必ずしもその順番というわけではなかったが。

十二年前に母を亡くしたことは、謝が人民解放軍に入隊するきっかけとなった。彼女の野心は民間部門では満たすことができなかったのだ。それ以前から彼女は両親にとって自慢の娘だった。中山大学で地球科学の博士号を取得した後、南方海洋科学・工学広東省実験室に勤務。そこで海軍のための深海調査プロジェクトに取り組んだ。そのため、軍への移籍は容易に事が運んだ。航海士として航空母艦に乗船した後、同じ実験室に戻った。

それから十年間にわたって、謝は中国の深海潜水艇プロジェクトの開発を統括してきた。しかし、彼女の最も輝かしい実績はドローン船「朱海雲《チュハイユン》」の竣工《しゅんこう》と試運転だった。この海洋調査船には乗組員が必要ない。各種の無人航空機や無人潜水艇の母艦としての機能を持ち、人の手をほとんど借りずに運用することが可能だ。

彼女の目的は中国海軍を海洋支配の新たな時代に導くことにある。成功すれば上将の地位にも手が届こうというものだ。けれども、多くのことがここカンボジアでの彼女の新たな役割にかかっていた。謝はここでの任務で自らの輝かしい実績にさらなる光を添えるつもりでいた。地上に見える基地の部分から地下深くに隠された何層もの工学研究室に至るまで、施設の建設に際しては彼女が指揮を執った。

謝は鋼鉄製の屋根を持つ倉庫に向かった。四階建てで、すぐ隣の海を見下ろすような位置にある。入口の上に「零八」と記されているだけだが、そこが基地内で最も重要な建造物だった。武装した護衛が二人、扉の両脇に立っているが、謝が近づいても敬礼しない。ただし、反応を見せまいとかなり意識していることは見て取れる。二人とも人目につく場所では表向きの役割を演じるように命令を受けているのだ。

謝はカードキーをかざしてから蒸し暑い倉庫内に入った。海水とディーゼル燃料のじめじめしたにおいがたちまち襲いかかる。建物内はオフィスと広い作業スペースが二つのフロアに分かれていて、その中心にあるのは水深のある入り江だ。外のタイ湾に通じているが、今は巨大な扉が閉ざされている。一隻の調査船がドックにつながれていて、その隣には潜水艇の試作機が浮かんでいた。

謝のオフィスは二階にある。この先に長い一日が――しかも大切な一日が控えていたものの、謝はオフィスではなく倉庫の入口近くのエレベーターに向かった。留守にしていたこの二日間で何らかの進展があったのかを確認しておきたかったからだ。

再びカードキーをかざすと扉が開いた。エレベーターに乗り込み、いちばん下のボタンを押す。光を放つ「五」の数字は施設の地下五階を意味する。

扉が静かに閉まると、エレベーターはコンクリート製の地下施設内を三十メートル降下した。地下部分のほとんどは倉庫の隣の駐車場の下に広がっている。エレベーターがガタンと揺れてから停止し、圧搾された空気のかすかな音とともに扉が開いた。謝は灰色の長い通路を進んだ。両側に連なる密閉されたエアロックの奥には様々な研究室が入っている。

謝は通路を歩きながら最初の部屋をのぞいた。エアロックのガラスの奥に見えるのは、スチール製のストレッチャーに寝かされた三人の死体だ。その裸体は火であぶられたかのように黒く焦げていて、どれも苦しそうに身をよじった姿勢で固まっている。謝は以前にポンペイの遺跡を訪れた時、ヴェスヴィオ山の噴火で灰に覆われて亡くなった犠牲者たちの石膏像《せっこう》を目にしたことがあった。死体安置所の三人もそれと同じように見える。

〈ただし、ここにあるのは石膏像ではない〉

この三人は行方不明の中国の潜水艦「長征《チャンジェン》24号」の脱出ポッドから回収された乗組員たちだ。中国海軍が南太平洋に浮かぶ小さなポッドの位置を突き止めるのに三日を要した。激しい嵐のためにポッドが放出された場所からかなり流されてしまっていたので、捜索は困難を極めた。浮上中にビーコンが不具合を起こし、信号の発信が途切れ途切れになったことも回収の妨げになった。ようやくポッドが発見された時には水圧で生じた片側の亀裂から浸水して半ば水没しかかった状態で、死体は内部に浮かんでいた。

謝は体を震わせながら扉の前を通り過ぎ、その次のエアロックに入った。フロア内を循環する冷たい空気が吹きつける。ほっと一息ついてから、謝は生物学研究室に足を踏み入れた。奇妙な状態の死体が発見されたという知らせを受けて、十日前に急遽《きゅうきょ》用意された部屋だ。謝は死体を調べるための顕微鏡と遠心分離機、さらには超低温冷凍庫とCO_2インキュベーターを取り寄せた。また、遺伝子解析用に次世代シーケンサーとPCRシステムも手配した。それに加えて、主任研究員の要望を入れて、上の階の研究室に電子顕微鏡とエックス線回析システムも設置した。

これだけの費用と手間をかけたのだから、謝は答えを欲していた。答えを持っていると期待できる人物のもとに向かう。

謝の存在に気づき、ドクター羅恒《ルオ・ヘン》がお辞儀をした。彼は上海大学出身の優秀な生物工学者で、医師でもある。三十二歳という若さながら研究を評価されて数多くの栄誉を受けており、現在は中国細胞生物学学会（ＣＳＣＢ）の代表を務めている。

相手の顔を見た謝は、その目に浮かぶ頑なな意思に気づいた。彼はここに来ることを望んでいなかった。愚かなことに、当初は自分に断るという選択肢があると思っていたのだ。

羅は香港で育った。香港が中国に返還された当時はまだ子供だった。しかし、その一メートル八十センチの長身は二つの世界の狭間《はざま》にいるかのように振る舞う。東側と西側の狭間に、そして民間人の暮らしと軍の権威の狭間にいるかのように。融通が利かない性格でいつも喧嘩《けんか》腰のこの男性とは、すでに何度も意見が対立していた。

研究室内ではほかにも四人の研究者が様々な機器の前で作業に従事していて、あたかも謝の視線を避けようとしているかのようだった。そのうちの二人は羅が指名した。謝が選んだ残る二人は上尉と中尉で、羅を補佐すると同時に彼の作業を監視する目的もある。

しかし、結局のところ、何らかの進展があるかどうかの責任は羅にかかっていた。

謝は生物工学者のもとに歩み寄った。「患者の様子は？」

「自分でごらんになるのがよろしいかと、謝上校」羅は隣の部屋の中が見える窓の前に謝を案内した。「明日まで持つとは思えません」

謝は窓の奥の密閉された部屋の病床に寝かされた患者を観察した。バイオハザード対応の白い防護服姿の看護師が一人、モルヒネの点滴を確認中だ。患者の手足でまだ影響が及んでいないのは、点滴をつないであるその腕だけだ。口と鼻に通された管とつながる人工呼吸器が一定のリズムで上下を繰り返していた。

患者は長征24号に乗船していた中士だ。十日前に脱出ポッドが回収された時、生存者は彼一人だけだった。ただし、無傷だったわけではない。両脚は影響を受けていた――さっきの死体と同じように、硬化して黒焦げになっていたのだ。まるで下半身を油に浸したかのようだった。苦痛と錯乱状態のせいで、彼は質問に答えることも自らの容態を説明することもできなかった。

日時の経過とともに患部は拡大し、上半身にも広がった。今では胸の真ん中あたりまで達していて、左半身は肩から肘にまで及んでいる。どんな薬を投与しても、あるいは放射線療法を用いても、その広がりを食い止めることはできなかった。ある程度の効き目があった治療法は一つだけで、そのためには患者を氷浴させて体温を下げ、血液を酸性にする必要があった。ただし、それでも進行を遅らせるのが精いっぱいで、止めることはできずにいた。

「夜の間に患者を二度、蘇生させなければなりませんでした」羅は強い怒りのこもった声で報告した。「長くは持たないでしょう。私たちは懸命の努力をしていますが」

謝は相手が患者への同情の気持ちに苦しんでいることを表情から読み取った。三日前、羅から患者を死なせてやってほしいとの要望があったが、謝はできるだけ長く――少なくとももっと多くの答えが得られるまで、生かしておくように指示した。現時点では患者の状態が未知の毒素への偶発的な暴露によるものなのか、あるいは乗組員に対して外国が生物兵器を使用した証拠なのか、まったくわからない。失われた潜水艦の回収作業が始まろうとしている今は、とにかく答えが必要だった。

「私がここを離れている間にどんな進展があったの?」謝は強い口調で問いかけた。

「いい結果と悪い結果の両方ですね。彼の体で何が起きているのかについては、ある程度の前進が見られました。一方でそれがなぜ、どのようにして起きているかに関しては、依然として謎のままです」

「わかったことを教えなさい」謝は命令した。

羅は彼女をコンピューターの前に案内した。「彼の体が生体鉱物化の過程を経ていることは明らかです。脳脊髄液《せきずい》を遠心分離したサンプルを見てください」

画面上に二枚の顕微鏡画像が現れた。一枚はぼんやりした背景に浮かぶ小さな結晶の拡大写真だ。

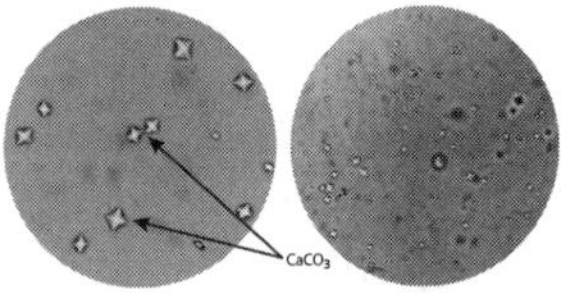

「これは何なの?」謝は訊ねた。

「炭酸塩の一種の、炭酸カルシウムの結晶です」

謝は眉をひそめた。「脳脊髄液の中に普通に見られるものなの?」

「絶対にありえません」羅が謝の方を見た。「人体には含まれていますが、脳脊髄液には存在しないはずのものです」

「それならどこから?」

「患者の骨が由来です」

「どういうこと?」

「これらの結晶を生成するために、骨に含まれるカルシウムを分解してかき集めているように思われます。そしてその結晶が体中の細胞膜にびっしりと沈着しているのです。細胞の内側は元のままなのですが、外壁は固まってもろくなっています」

「だから体が石のように変わる」

「その通りです。強皮症という自己免疫疾患があります。細胞間に線維組織が多く蓄積し、患者の皮膚や組織が硬化してこわばってしまう病気です。しかし、この患者の場合は線維組織ではなく、カルシウムの沈着が原因なのです」

「それなら、骨自体はどうなっているわけ？」

羅は隣の部屋にいる中士の方に視線を移した。「彼の両脚を何度かスキャンしました。どちらも固まった状態なのですが、そのかたい殻の下に骨はまったくありません。まるで何かが彼の体を改造し、体内の骨を外骨格に変えてしまったかのようなのです」

謝は顔をしかめた。「これがどのようにして起きているのかに関しては、見当もつかないというのね？」

「わかっているのはそれが残酷な過程だということだけで、そのために必要なエネルギーのほとんどを患者から搾り取っています。王《ワン》中士がここに到着した時、彼の体温は四十一度ありましたが、容体が悪化すると五十度まで上昇しました。そのために彼は昏睡《こんすい》状態に陥ったわけですが、氷浴の効果があった理由もそこにあるのかもしれません。いずれにしても、彼の体で起きていることは体内に蓄積された位置エネルギーを解き放てるようなのです――ちなみに、そのエネルギーはとてつもない量になります。私たちの体はエネルギーを蓄積するにはとても効率のいい電池なのです。健康な人の脂肪に蓄えられているエネルギーと等しい量を得るためには、重さ一トンのカーバッテリーが必要になります」

「そして何かがそのエネルギーを利用しているのね？」

「単に利用しているのではなく、一気に解き放っているのです――生物学的な核爆発とでも言いましょうか」

「でも、どうして？　その原因は？」

羅は困惑して肩をすくめた。「見当もつきません。これらの症状を引き起こす可能性がありそうな細菌やウイルス、あるいは化学物質は特定できませんでした。ここで起きているのが体による保存作業の一種なのか、あるいは新たなタイプの捕食現象なのかもわからないのです。もしかすると、その両方なのかもしれません。答えを探して結晶の微細構造を調べました。その結果は不可解なものでした」

「どういうことなの？」

「炭酸カルシウムは主に二種類の多形体をしています。結晶構造に二つの異なる形態があるのです。カルサイトとして形成されるのが最も一般的で、石灰岩がそうなのですが、その結晶は三方晶系です」羅が画面を指差した。「ところが、X線結晶構造解析をかけたところ、これらの結晶はアラゴナイトと呼ばれる直方晶系だと判明しました。この形は安定性に欠けるのですが、炭酸カルシウムが海水の存在するところで結晶化するとそうなるのです」

「海水？」謝は長征24号が深海に沈んで押しつぶされる様子を思い浮かべた。「それに何か重要な意味があるの？」

「ないのかもしれません。海水中の塩分やほかのイオンの濃度は私たちの血漿《けっしょう》中と驚くほど似ています。だから炭酸カルシウムがアラゴナイトの結晶になったとも説明できます。しかし、確かなところはわかりません」

謝はうなずいた。ここに下りてきた時よりもはるかに落ち着きを失っている自分に気づく。

しかし、羅の話はまだ終わっていなかった。「最後にもう一つ、お伝えしておくべきことがあります」羅はコンピューターに向き直り、マウスで様々なメニューやウィンドウを操作した。「昨日、このことを発見しました。これもまた重要なのかどうかはわからないのですが、かなり異例のことなのであなたにも知らせておくべきだと判断しました」

「何に関することなの？」

「先ほどはカルシウムの結晶が患者の体中の細胞膜に散らばっているとお話ししました。それは厳密に言うと正しくありません」

「どういうこと？」

羅が画面上に映像を呼び出した。隣の死体安置所にいる羅ともう一人の研究者が映っていて、二人とも防護服を着用している。カメラを操作している別の人物が、死体の石灰化した頭部に電動式の骨のこぎりを当てる羅の姿にズームインする。羅が頭頂部を切断して取り外した。移動したカメラが頭部であらわになったものを映し出す。

謝はおぞましい光景に息をのんだ。

灰色をした脳が光を浴びて輝いている。

羅が説明した。「体のほかの部分の細胞は、すべての臓器と組織が生体鉱物化の過程を経ていますが、中枢神経系は影響を受けていません。脳と脊髄にはほとんど変化が見られないようなのです」

喉まで出かかった悲鳴をこらえながら、謝は声の調子を変えまいとした。「どうしてそこだけが助かったと思うの？」

羅はわざわざ声に出して答えなかった。首を横に振っただけだ。「何よりも奇妙なのは、私たちが映像にある脳を検査した時のことです。まだそこに電気エネルギーがあるかのように、微弱な脳波が検出されたのです」

謝は唖然《あぜん》として羅を見た。「組織がまだ生きているとでも言うつもりなの？」

「いいえ……もちろん、そんなつもりは」羅が答えたが、不安を覚えるほどに歯切れの悪い言い方だった。「激しい変化の過程を経た後も残っていた熱エネルギーが、神経とシナプスを無作為に刺激していただけではないかと思います。しかし、たとえそうだとしても不可解なことに変わりはありません。今日中に脳と脊髄を解剖する予定でいます。そうすればおそらく――」

隣の部屋から甲高い警報音が鳴り響き、その音量に謝はびくっとした。

窓の奥を見ると看護師が手を振って助けを求めている。ベッドの上の中士の体が――正確には、石のように固まっていない部分だけが、痙攣《けいれん》を起こしていた。

羅が謝の顔を見た。その目は患者を死なせてやってほしいと訴えている。

謝はモニター上で静止した不気味な映像を一瞥してから、羅に視線を戻した。「生かしておくように」

羅は顔をしかめたが、命令には逆らわなかった。「はい」

謝は回れ右をすると、そのまま研究室を出た。半ば呆然《ぼうぜん》としたまま、エレベーターに戻って倉庫の二階まで上がる。こわばった足取りで自分のオフィスに向かった。

オフィスの扉を開けると、机に座っていた秘書が立ち上がってお辞儀をした。「謝上校」

秘書が声をかけた。「少し前に北京から電話がありました。今日の午後に人を派遣するとのことです。あなたと相談したい案件があるとかで……地下のプロジェクトに関して」

「誰が来るの？」

秘書は両手に持った紙に視線を落とした。「ドクター祭愛国《ツァイ・アイグォ》です」

謝は顔をしかめた。知らない名前だ。「彼を派遣したのは誰？」

「中国国家航天局の副局長です」秘書は答えた。「ドクター祭は中国宇宙技術研究院に所属する天体物理学者です」

謝は困惑して眉間にしわを寄せた。

〈どうして天体物理学者をここに派遣するの？〉

そう思いながらも、謝は冷たい恐怖が体に走るのを感じた。羅が生体鉱物化の過程を説明していた時、何かが王中士の体を改造しているかのようだと言っていた。また、羅が見せた映像の最後の場面――かたい殻の中で光を反射して輝く脳も、頭から離れなかった。しかも、その脳にはまだエネルギーが残っていたという。

謝はまたしても、損傷を受けた潜水艦が真っ暗な深海に沈んでいく様子を思い浮かべた。

〈向こうではいったい何が起きているの？〉

第二部

9

一月二十三日　ニューカレドニア時間午前十時十一分
オーストラリア領ノーフォーク島の沖合五百キロ

フィービーは潜水艇の上部ハッチから外に出た。一週間も海中に滞在していたため、まぶしい陽光で目が痛くなるが、まばたきはするまいと思った。吹きつける風が髪を揺らす。フィービーは新鮮な外気を吸い込み、ちぎれ雲が流れる空に輝く太陽に顔を向けた。フリーダイビングを終えた時のような気分だ――ある意味、その通りだとも言える。

タイタンステーション・ダウンは約三千メートル真下にある。海面まで浮上するのに二十二分間を要した。ジャズは下に残し、自分が不在の間も調査を継続してもらう手筈になっている。前日の夜に採取したサンプルは分析し、分類し、ＤＮＡシーケンサーにかける必要がある。トンガ海溝の探査で自分が留守にしている四日か五日の間、大学院生がその作業をこなしてくれると信頼していた。

　フィービーは出発が楽しみで仕方がなかった。太陽の光が届かない海溝の深部に広がる巨大なサンゴの森を人類で初めて探査する機会を前にして、息が詰まりそうなほどの興奮を覚える。潜水艇から出たフィービーは後に続く金子アダムのために場所を空けた。彼も探査に同行することになっている。

　フィービーは浮桟橋に飛び下りた。そこにはほかにも何隻もの黄色い潜水艇が、タイタンステーション・アップの巨大な支柱のまわりにつながれている。フィービーは頭上にある二層構造のプラットフォームを見上げた。タイタンステーションのこちら側は海上に浮かぶ石油の掘削施設を参考にして設計された。海上および海中の両方の業務にとって格好の拠点としての機能を果たしている。

　アダムも軽々と桟橋に着地し、フィービーの隣に並んだ。頭上にそびえる巨大な建造物には目もくれず、周囲の海を見つめている。「間に合わなかったのかな?」

　フィービーもアダムの視線の先を見た。少し間を置いてから、タイタンステーションのある重要な部分が見当たらないことに気づく。巨大なスーパーヨット——タイタンXが、プラットフォームの反対側に停泊していない。

　フィービーは眉をひそめた。「私たちを乗せずに出発してしまったということ?」

　フィービーとアダムは今日の午前中に巨大な調査船に乗り込む予定だった。タイタンXで六百キロメートル離れた海溝まで向かうことになっていたのだ。大型船には水深六千メートル以下の超深海帯まで潜水可能な深海潜水艇が備わっている。それに加えて、何事においても中途半端なことが嫌いなウィリアム・バードは、タイタンXの科学者たちも発見現場に連れていきたいと考えたのだった。

〈それなのに、今はどこに?〉

「待っていたぞ!」叫び声が聞こえた。

声の方を見ると、施設の支柱の一本に通っているエレベーターから下りて、こちらに近づいてくるバードの姿が見えた。夜の間に何か変更があったのだろうかと不安に思い、フィービーは小走りで彼のもとに向かった。アダムもすぐ後ろからついてくる。

「やあ」バードは続けた。「二人とも十分に休めたのならいいのだが」

「タイタンXはどこに?」フィービーは詰問した。

バードは手のひらで太陽の光を遮り、海面の先を見つめた。「四時間前に出発させた」

「なぜです?」アダムが訊ねた。

「早めのスタートが大切だからだ。溶融塩原子炉を推進力にしていても、海溝まで到達するには九時間かかる。半日を無駄にするわけにはいかないからね」バードが上を指差した。「君たち二人を船まで運ぶためのヘリコプターを用意してある。君たちが船に到着する頃には、海溝まで二、三時間もあれば着けるくらいの距離を航行しているんじゃないかな。午後の遅くにはトンガ海溝に潜れるはずだ」

フィービーは言葉に詰まった。今の話を聞いて喜ぶと同時に、旅程の変更について誰からも知らされていなかったことに軽いいらだちを覚える。

「予定を繰り上げたのには別の理由もある」バードは二人を先導してエレベーターに向かいながら話を続けた。その視線がアダムの方を向く。「中国の沿岸を襲った地震と津波の大きな被害について、おじさんから話が伝わっていることと思うのだが」

アダムが顔をしかめた。「聞いています」

「全貌《ぜんぼう》が明らかになるまでには時間がかかるだろうが、犠牲者の数は数万人規模に達するはずだ。トンガ海溝での群発地震が本当にその原因だとしたら、一刻も早く現地に到着し、今回の地殻の不安定な状態を引き起こしている正体を突き止めなければならない」

アダムがうなずいた。「おじはまだ海中にいて、あの地域一帯で続く揺れの監視を行なっています。最悪の事態はこれから訪れると信じているようです」

「だから私はここに残ることにした。君のおじさんを支援するとともに、脅威のレベルが高まった場合にはタイタンステーション・ダウンからの退避にも備えなければならないのでね」

「すでに危険な状態なのですか？」フィービーはジャズのことを思った。「念のため、今すぐにでも退避させるべきでは？」

「春夫もそこまでするのは時期尚早だと考えている。それに中の人間の身を守るための対策は何重にも施してある」

フィービーはその言葉を聞いても安心できなかったが、一方でこの先に控える計画の重要性も認識していた。あの海溝内に答えが存在するならば、それを見つけ出す必要がある。

バードに続いて乗り込んだエレベーターで、フィービーは施設の最上部に向かった。外に出ると低いエンジン音が聞こえ、海の方に注意を向ける。水上飛行機が一機、空から高度を下げて海に向かってくる。

バードもその飛行機を見ていた。「我々の新しい客人だろう。時間ぴったりに到着したようだ」

フィービーはじっと飛行機を見つめた。「誰ですか？」

「アメリカからＤＡＲＰＡの研究者を二人、同行させてほしいとの要請があった。この地域の脅威のレベルを判断するとともに、発見した潜水艦の正体の特定を支援するためだ」

「ずいぶんと速く情報が伝わったようですね」フィービーはきつい口調で返した。ＤＡＲＰＡの科学者二人だけとはいえ、軍が関与してきたことに不安を覚える。

バードがうなずいた。「私が理解するところでは、その二人はすでにアジアに来ていたらしい。香港だ。地震と津波も現地で経験した。ＤＡＲＰＡが我々の発見に強い関心を抱くのも当然だ」

フィービーは眉をひそめ、アダムの方を見た。きっと彼も同じようにいらだっているはずだ。ところが、アダムは水しぶきをあげながら海面すれすれを飛ぶ水上飛行機に険しい視線を向けるだけだった。腹を立てているというよりも、期待と警戒の入り混じった表情に思える。片手を握り締めて拳を作る仕草は、戦いに備えているかのようにも見えた。

フィービーは真実に思い当たった。

〈この人は彼らが来ることを知っていた〉

午前十時五十五分

アダムはドクター・リードと並んでヘリパッドの端に立っていた。フィービーは片方の肩にバックパックを引っかけている。自分のバッグは足もとに置いたままだ。待っているのは自分たち二人だけではない。

ESKYの社用ヘリコプター――アグスタウエストランドAW119コアラ――が、タイタンXまでの飛行に備えてエンジンを温めていた。航続距離は九百キロ以上あるため、スーパーヨットまで飛行した後も、トンガ海溝とこの海域の間の輸送に使用できる。

アダムは待ち時間を利用して太陽の光を満喫し、深呼吸をした。清浄機を通した空気と人工照明は本物と大違いだ。彼はこの十日間ずっと、タイタンステーション・ダウンの中で過ごしてきた。その一方で、おじをはるか下の海中に残してきたことは気がかりで仕方がなかった。

フィービーが体の重心を動かし、片方の膝を曲げては伸ばし、そしてもう片方の膝で同じ動作を繰り返している。すぐにでも出発したくてそわそわしているのだろう。まぶしい太陽の下で見る彼女は戦闘に備えるアマゾン族の女性のように見える。自分と同じくらいの背丈だが、ひょろっとした感じは微塵《みじん》もない。ゆったりとしたジャンプスーツをもってしても、豊かな体の曲線を隠し切れていなかった。

フィービーがアダムの視線に気づいた。「水上飛行機が着水したのは三十分前。いつになったらここを出発できるの？」

アダムはフィーービーの近くに寄った。「きっとバードさんがいつものようにタイタンプロジェクトを売り込んでいるのさ。この計画への資金集めとして、ＤＡＲＰＡにも予算を割いてもらおうと目論んでいるんだよ」

「間違いなくそうね」フィーービーの目がぱっと輝いた。「だけど、軍にはこのプロジェクトにできるだけ関わらないでいてほしいの。でも、なぜ関与してくるのかは理解できる。あの潜水艦がアメリカの海軍のものだという可能性はあると思う？」

「さあ……わからないな」彼女に嘘をつくのは気がとがめる。アダムは唾《つば》を飲み込むと、ちょうど扉が開いたエレベーターの方を見た。「でも、どうやらやっと出発できそうだ」

バードの後ろからシグマの隊員が二人、甲板を歩いて近づいてきた。億万長者は背が低い隊員の方に頭を傾け、話をしている。東司令官からはすでにアダムのもとに、この二人に関する簡単なファイルが送られていた。司令官からは二人には全幅の信頼を置けるという保証と、全面的に協力するようにとの指示が伝えられた――ただし、タウの具体的な情報に関してはなるべく口外しないことという注意もあった。

藍子からのお墨付きはあったものの、アダムは外国の秘密部隊が関与してきたことに不満だった。タウが短期間で残してきた実績には誇りを持っている。この六カ月間だけを見ても、京都への生物テロ攻撃を未然に防ぎ、ロシアによる外務省のコンピューターへのハッキングを暴いた。しかし、それらの任務はどれも日本の国内で遂行されたものだった。今回の件でシグマが関与してきた必要性は理解できる――支援という意味からも、海外での情報活動を制限する日本の憲法の規定に対処するという意味からも。

〈だからと言って、俺がそれを快く思っているわけじゃない〉

戻ってきたバードが新しい二人にアダムとフィービーの名前と経歴を紹介した。続いて二人のうちの背が低い方の男性を指し示した。上は灰色のフード付きのスウェット、下はたくさんのポケットが付いた黒のテックパンツという格好だ。

「こちらはモンク・コッカリス、生物学の博士号を持っていて、専門は生物医学。君たちがあの海溝に潜るに当たって、その知識が役に立ってくれると期待している」

紹介された男性が黒の帽子を脱ぐと、スキンヘッドがあらわになった。フィービーの手を握り、続いてアダムの方に手を差し出す。

アダムはここが自分の縄張りだと示すかのように、その手を強く握った。だが、まるで岩を指で砕こうとしているかのように感じられた。このシグマの隊員は背丈がアダムの肩くらいまでしかないのに、体の隅々まで鋼が詰まっているかのようだった。

モンクの表情は人のよさそうな笑みを浮かべたまま、まったく変化がない。「君たちの邪魔でなければいいんだが」

「全然そんなことはないよ」アダムは歯を食いしばらないように意識しながら答えた。

二人が手を離すと、バードが今度はモンクの仲間の大男に向かって手を振った。ゴリラを思わせる見た目だ。不愛想な表情で、その顔には鼻の骨を折った古傷が残っている。頬にも切り傷があるが、絆創膏を貼ってあるのでこちらはまだ新しい傷のようだ。下は黒のジーンズにブーツ、上はTシャツに丈の長いダスターコートを羽織っている。片腕には重そうなダッフルバッグを抱えていた。

「こちらはジョー・コワルスキ。元海軍の兵士で、鉱業と爆発物が専門だ」

アダムはその男性が握手を求めて手を差し出さなかったことにほっとした。あの大きな手のひらで握られたら、骨が粉々に砕けていたかもしれない。コワルスキは小さなつぶやき声を漏らしながら二人にそれぞれ小さくうなずいただけだった。

「海溝まで降下する探査用の潜水艇は船内のスペースに余裕がない」バードが大男をちらっと見ながら言った。「特に彼のような大きな体だと余計に余裕がなくなるので、コワルスキ君はここに残り、ドクター金子と私とともに進行中の脅威の監視を手伝ってもらう」

モンクがアダムとフィービーに大きな笑みを浮かべた。「君たちと一緒に行くのは俺だけのようだ」

「そういうことで、三人にはさっそく出発してもらうとしよう」バードが待機中のヘリコプターを指差した。「安全な旅路を。連絡を絶やさないようにしてほしい。こちらもそうするつもりだ」

一行が二手に分かれてそれぞれの方向に歩き始めると、ヘリコプターのローターの回転が速くなった。

モンクが仲間に呼びかけた。「何も壊すんじゃないぞ！」

それに対してコワルスキは肩をすくめただけで、確約しなかった。

アダムは二人の男性を交互に見ながら、今回の任務に関してあることをさらに強く確信した。

〈私の自由にやらせてくれる方がうまくいく〉

10

一月二十三日　シンガポール時間午前十一時四十八分
シンガポール共和国

グレイは弱い雨がうっとうしく降るなかで、アヤ・ラジャー・エキスプレスウェイに架かる歩道橋を渡っていた。天気が悪いので傘を差し、青のウインドブレーカーを着用している。気温は三十度に近く、じめじめした陽気だ。

いつもは活気にあふれたにぎやかな街なのだが、歩道橋の下の道路は車の通行がまばらだった。このあたりの地域一帯が息を潜め、固唾をのんでいるかのようだ。シンガポールにも揺れは伝わり、津波も到達したものの、中国やベトナムの沿岸部、およびフィリピンを襲ったような大惨事は免れた。救援活動が進むにつれて犠牲者の数は増加の一途をたどっている。

〈しかも、最悪の事態はこれから訪れるかもしれない〉

グレイはより大規模な地殻変動が起きるという地質学者の警告が大げさなものであってほしいと願った。今のところ、できるのは目の前の任務に集中することだけだ。モンクとコワルスキはすでに珊瑚海のタイタンステーションに到着している。また、ペインターが手配したプライベートジェットでキャットが帰国の途に就いたことも確認済みだった。ジャックと二人の女の子は子供ならではの立ち直りの早さを見せ、混乱と恐怖の一夜の影響はあまり見られないという。

子供たちが危険の及ばない場所にいるとわかり、グレイは任務に意識を集中させた。歩道橋を渡り終えると、目の前にそびえる目的の建物を観察する。

シンガポール国立大学の片隅に鎮座した七階建ての濃い灰色をした大きな岩、それがリー・コンチェン自然史博物館だった。建物にはほとんど窓がなく、一階部分から最上階まで成型したコンクリート板で覆われている。屋根から側面にかけて斜めに角度が付いているので、巨大な箱舟が大学のキャンパスに漂着したかのようにも見える。

グレイにとってその建物は、謎を解き明かすために開錠しなければならないコンクリート製の金庫だった。

〈中国はこの博物館の何を欲しがっているのか？〉

後ろではセイチャンが母親と小声で話をしていて、ジュワンはグレイの隣を歩いていた。三合会を率いる二人も、調査を支援するためグレイたちに同行してシンガポールを訪れた。グアン・インはこのあたりに多くのコネを持っている。時間の余裕がなかったため、グレイは二人の申し出を受け入れた――もっとも、セイチャンの母親を説得して同行させないことなど、できるはずもなかった。

すでにグアン・インは自分の存在が役に立つことを証明済みで、シンガポールへの武器の持ち込みを助けてくれた。グレイは腰の背中側にシグ・ザウエル229を留めていて、薄手のセーターとウインドブレーカーの裾で隠している。セイチャンはモンクが持っていたグロック45を足首のケブラーのホルスターに収めていた。

グアン・インとジュワンも同じように武装していることは間違いない――ただし、三合会の副龍頭は愛用の苗刀をこの道路の向かい側にあるホテルの自室に置いてきた。念のための用心として、グアン・インは深紅のシルクのニカブで頭と首を包み、顔に薄手のベールを垂らすことで、特徴的なタトゥーと傷跡を隠していた。

ジュワンがグレイのすぐ隣に並んだ。「こんなにも早い時間にやってきて何が得られるというのだ？　中国が襲撃するとしても、夜陰に乗じて閉館後に実行するはずだ。それに博物館の内部ならば防犯カメラの映像で見られるではないか」

「カメラよりも自分の目で見る方が確かだ」

ここまでの移動中、シグマが抱えるコンピューターの天才、ジェイソン・カーターが博物館の防犯カメラ映像にハッキングし、館内の様子を絶えず確認できるようにしてくれた。しかし、グレイはそれだけでは満足できなかった。カメラの盲点になる場所が多すぎたからだ。夜の帳《とばり》が下りる前に現場の状況を確認しておきたいと考え、それには自らの足を使うのがいちばんだった。

すでにペインターからは、これまでのところ博物館で異常は何一つ起きていないとの連絡が入っている。どうやらまだ敵は現れていないようだ。

また、シグマの司令官からホテルにささやかな贈り物も届けられていた。中身は暗号で守られた衛星電話にタブレット端末、無線、スロートマイクだったが、何よりも重要なのはＩＶＡＳ（総合視覚増強システム）の軍用ゴーグル四本が入っていたことだ。最新の暗視技術が採用されているだけでなく、ゴーグル内のヘッドアップディスプレイにハッキングしたカメラの映像を表示できる。

ホテルを出る前、グレイは全員に無線のイヤホンとスロートマイクを装着させた。かなり意識して見ない限り、目ではほとんど確認できない機器だ。これならば全員が常に連絡を取り合える。残りの装備は各自が持つバックパックに入っていた。

グレイは腕時計を確認し、ほかの三人を急がせた。「もっと急いで歩かないと」

スミソニアン協会内のシグマのコネを通じて手配した私的なツアーが正午から始まる予定になっていた。ツアーの手配は難しいことではなかった。シグマの司令部はナショナルモールのスミソニアン・キャッスルの地下にある。その場所が選ばれたのは、スミソニアン協会の広範囲に及ぶ研究室とも、ワシントンDCの権力の中枢とも、近い距離にあるからだった。その立地はこれまでシグマにとって好都合だった——今回もそれが役に立ったわけだ。間もなく始まるツアーは博物館内の一般には公開されていない区域にも立ち入ることができるし、一般客用の入口で実施される金属探知機による検査や荷物のチェックも受けずにすむ。

グレイは博物館の正面に向かって歩き続けた。建物の正面はかなり変わった形をしていた。奥に見える一角が斜めに削り取られ、そこがバルコニーになっている。バルコニーには樹木や草やシダが生い茂り、緑の草木が滝となって流れ落ちているかのようだ。シンガポールの本島以外の島々の緑豊かな断崖を表したものだという。ほかにもいくつかの庭園が博物館の周囲を取り囲んでいた。

セイチャンがグレイの隣に並び、それと入れ替わるようにジュワンが彼女の母親の横に移動した。「博物館の館長とはどこで会うの？」

グレイは一般用の入口に通じる幅の広い階段を指差した。「あの先に団体専用の入口がある。クォン教授はそこで待っているはずだ」

四人は真昼の人混みの間を足早に移動した。グレイは周囲の警戒を続けていた。セイチャンもまわりに目を配っている。

「飛行機での移動中、いろいろと読んでいたみたいだけれど」セイチャンが小声で語りかけた。「中国人がここで何を探しているのかについて、その中から手がかりは見つかったの？」

「いいや。博物館には百万点以上の収蔵品がある。だが、館内で展示されているのはそのごく一部だけだ。それ以外はすべて、上のフロアのドライラボとウエットラボに保管されている。一般の立ち入りが禁止されているところだ」

グレイが裏側も見学できるツアーの手配を希望したもう一つの理由がそこにあった。博物館の床面積は八千五百平方メートル近くあるが、一般公開されている部分はその四分の一にすぎない。

グレイは高い建物を見上げた。「中国人が欲しがっている何かはそんな非公開の場所にある可能性が高い」

「それでもかなりの広さをカバーしなければならない。あなたの一風変わった考え方でその範囲を絞り込めないの？」

「俺は奇跡を起こせるわけじゃないぞ」

それでも、自分がシグマにスカウトされた理由は陸軍のレンジャー部隊での経歴ではなく、その「一風変わった考え方」にあるのだとグレイにもわかっていた。彼は二つの対照的な存在の狭間で育った。母は敬虔《けいけん》なカトリック教徒ながら、教師としてその教義に異を唱えることも厭《いと》わなかった。父は無骨な油田労働者だったが、作業中の事故で片脚を切断し、人生の半ばで「主夫」とならざるをえなかった。このような養育のおかげで、グレイは人とは違うものの見方が身につき、両極端のバランスを取ろうとするようになった。あるいは、DNAに刷り込まれた遺伝的な何かのおかげで、ほかの人には見えないパターンが見えるのかもしれなかった。

シグマでの十年間を経て、グレイは自分の才能が型にはまらない考え方に起因するものではなく、むしろすべてを型の中に突っ込み、秩序らしきものが現れるまで混ぜ続けることによるものなのだと認識するようになった。

「じゃあ、途方に暮れた状態ということ？」セイチャンが挑むような口調で問いかけた。

グレイはセイチャンを横目で見た。

相手はじっとこちらを見つめている。グレイは表情を変えまいとしたが、セイチャンにはすべて見透かされていた。「何かをつかんだのね？」

「直感のようなものだけれどな」グレイは認めた。

「何なの？」

「シンガポールの博物館には広範なコレクションがあるとはいえ、中国は上海と北京、さらには香港にも、自前の自然史博物館を持っている。どれも相当な数のコレクションがある。それなのに、どうしてここにチームを派遣したのか？　この博物館の何がそんなにも重要なのか？」

セイチャンは肩をすくめた。

「ジェイソンに各地の博物館の様々なデータベースを相互参照させ、この場所ならでは収蔵品を探してもらった。ほかのどこにも存在しない品は多くあるものの、これはと思うものや、沈没した潜水艦や奇妙な地震と何らかの形で関係していそうなものは何もなかった」

「つまりは袋小路に入ってしまったわけね」

「俺もそう思った——だが、ここのコレクションの由来を調べてみたところ、博物館の歴史の方がその中身よりも興味深いことがわかったんだ」

「どういうこと？」

「シンガポールの誕生もこの博物館の創設も、どちらもさかのぼるとトーマス・スタンフォード・ラッフルズ卿《きょう》という一人の男性に行き着く。一八一九年、彼は現在のシンガポールへと発展する港町を建設した。同時に、彼は熱心な博物学者でもあり、この地域の動植物を愛して数え切れないほどの発見をした。そんな生物多様性を保存して紹介するため、ラッフルズは一八二三年にシンガポール協会を設立した。それがこの博物館の前身に当たる。後に彼をたたえてラッフルズ博物館と改称され、一九六五年にはシンガポール国立博物館の名称に変わった。今でもそこは東南アジア最古の歴史を誇っている。ただし、その自然史部門——およびその部門の全収蔵品は、二〇一五年にこの新しい場所に移された」

セイチャンが眉をひそめた。「そのことがどう関係してくるわけ？」

「歴史は常に関係してくるのさ」

セイチャンの表情がいっそう険しくなった。「もったいぶっていないで教えて」

「この建物内のコレクションの中心となるのがスタンフォード・ラッフルズ卿と直接に関係する遺物で、その中には彼がコレクションを開始した当初のもの、まだシンガポールに足を踏み入れる以前のものが含まれる。博物学に対する彼の関心はここにやってくる前から、彼がジャワの副総督を務めていた頃から始まっていた。同地ではバタヴィア協会の会長でもあった。東インド諸島の博物学の保存と促進を目的とした科学団体だ。博物館内の遺物の一部はその時代にまでさかのぼる」

「どうしてそのことがそんなにも重要なわけ？」

「重要じゃないかもしれない。しかし、ラッフルズが副総督だった時、その地域は史上最悪の地殻変動の一つに見舞われた。タンボラ山の噴火だ。それが地震を誘発し、一帯に津波を発生させ、世界中を覆った噴煙で空は暗くなった」グレイはセイチャンを見た。「どこかで聞いたような話だろう？　タイタンステーションの地質学チームによる破局的な災害の予測を考え合わせると、中国がその大惨事の当時から保存されていた何かを探しているという可能性はある。中国はその何かには博物館を襲撃するに足る重要性があると見なしているわけだ」

セイチャンは片方の眉を吊り上げ、今の推測の流れに疑問を示した。「あんたの一風変わった考え方が導き出したのはそういうこと？」

「さっきも言ったように」グレイは肩をすくめて返した。「単なる直感さ」

その一方で、グレイは本気で信じていることを口に出さなかった。

〈俺の直感が外れることはめったにない〉

午後一時三十四分

セイチャンはグレイの後ろから中二階に通じる曲線の階段を上り、博物館の現館長のダレン・クォン教授の後を追った。館長は背の低いマレーシア系で、笑みを絶やさない人当たりのいい男性だ。膝丈の白衣の下は白のシャツに赤いネクタイで、おそらくシンガポールの国旗に使用されている二色を意識しているのだろう。自分の国とこの博物館に大いなる誇りを持っているのは間違いない。

「次は私たちの歴史遺産ギャラリーです」そう宣言したクォンがやや大げさに腕を振って指し示した先にあるのは、二十世紀初頭の図書館を思わせる造りになっている博物館の一角だった。ギャラリーの両側には木やガラスを用いた高さのあるキャビネットが連なり、その中には古い書物や遺物や骨董品《こっとう》が所狭しと並んでいる。「ここでは博物館の最初期の歴史を展示しています。ケースや引き出しは自由に開けてもらってかまいません。私たちは展示品をできるだけ身近に感じてほしいと考えていますので」

グレイがその勧めに従い、ギャラリーを進みながらそれぞれのガラスキャビネットをじっくりと眺めている。さっきの話から、セイチャンはここがグレイにとって特別な興味のある場所なのだとわかっていた。だが、彼女にとってはそうでもなかった。

セイチャンは二人の後ろを歩きながら、いらだちのため息を口から漏らさないようにした。一行が十五の区域に分かれたメインフロアを見て回るのに一時間かかった。そこはこの地域の生物多様性に焦点を当てたところで、生命の起源に始まって動植物のあらゆる種を扱っており、その範囲は何億年分にも及んでいた。

セイチャンは実際にそれだけの時間をそこで過ごしたかのような気分だった。

母とジュワンは下に残り、見上げるような大きさの三体の竜脚目の化石を引き立たせる光のショーが始まるのを待っているところだ。化石の長い首と頭部は中二階のさらに上の高さにまで達している。全員が無線のイヤホンとスロートマイクを装着しているので、常に連絡を取り合うことができる。グアン・インとジュワンは一般客用の入口に密かに目を配り、不審な来訪者の姿がないかも警戒している。

グレイが陳列ケースから顔を離し、クォンの方を見た。「歴史遺産ギャラリーを二つに分割して展示していますね。片側ではスタンフォード・ラッフルズ卿を、もう片方の側ではウィリアム・ファークワーを、という具合に。二人の寄与と発見は時系列でみるとかなり重なっています。わざわざ分けているのはなぜですか？」

クォンの笑みがいっそう大きくなった。「なぜなら、そうしないと私たちは二人の霊から呪われるかもしれないからです。ラッフルズ卿とファークワー少将はどちらもシンガポールの誕生に貢献がありましたし、二人とも熱心な博物学者でした。互いに発見を競い、業績を認めてもらおうと争い、ことあるごとに相手を非難し、時には激しく罵り合い、それは二人が死ぬまで続きました。だから私たちは二人を同じキャビネットに入れないようにしているのです」

グレイはいちばん上に「ファークワー」の名前が刻印されたキャビネットに近づいた。

「なぜ二人はそんなにも敵対するようになったのですか？　説明文によると、シンガポールが誕生した後、ファークワーに町の統括を任せたのはラッフルズだったということなのですが」

「それはですね、ラッフルズはファークワーがその務めを手ぬるいやり方で果たしていたことに不満を持っていたのです。ファークワーはラッフルズが与えた指示に従いませんでした。ファークワーの指導のもと、シンガポールでは奴隷貿易が盛んになり、アヘンなどの悪習も広まりました。二人の間に生じた軋轢《あつれき》は年を経るごとに激化しました。やがてファークワーが犯したあまりにも悪辣《あくらつ》な行ないにより、ラッフルズは彼をその地位から解任したのです」

グレイが眉をひそめた。「彼は何をしたのですか？」

「諸説あるのですが、やがて二人の関係がいっそう悪化し、ついにはファークワーがラッフルズ卿の悪い噂を探すまでになったそうです。競争相手をこの地域から追い払えるような弱みを見つけようとしたのです。当時の噂によると、ラッフルズは何らかの大きな秘密を抱えていたらしいのですが、それが何かは誰も知りませんでした。莫大な財宝だったとも、何らかの恥ずべき事実だったとも言われています。ファークワーはその秘密を暴くために地元の犯罪者から仲間を募りましたが、その多くは市内でアヘンの取引に関わっていた中国人たちでした。ラッフルズはその計画を知ると、ただちにファークワーを解任したのです」

グレイが片方の眉を吊り上げてセイチャンの方を見た。疑ったことを叱っているかのような仕草だ。グレイはすぐクォンに向き直った。「その秘密が何か、ファークワーは突き止めたのですか？」

館長が肩をすくめた。「私が知る限りではわからないのですが、ファークワーはその後も中国人たちと良好な関係を維持していて、離任の際には銀杯を贈られています。七百ドルという、当時としてはかなり高額の品でした。また、博物学関係の彼の活動を手伝っていたのも中国人たちで、彼らが紹介した画家たちはファークワーのために五百点近い挿し絵を完成させています」クォンがグレイをそちら側のキャビネットに案内した。「その一部をここで見ることができますよ」

その後に続いたグレイは前かがみの姿勢になり、鮮やかな色合いの鳥を描いた精密な挿し絵を観察した。「ファークワーがラッフルズの秘密を知ったとすれば、中国人たちもおそらく知っていたことになりますね」

「私もそうだろうと思いますが、具体的には何も明らかになっていません」

「少なくとも、今までは」グレイがつぶやいた。

クォンがグレイの方に視線を向けた。「何かおっしゃいましたか？」

「何でもありません」グレイが姿勢を戻した。「その出来事はいつのことですか？」

「一八二三年です」

グレイが館長に向かって眉をひそめた。「博物館が創設されたのと同じ年ですね。当時はシンガポール協会と呼ばれていましたが」

「その通りです」

「ラッフルズはファークワーの代わりに誰を任命したのですか？　町の統括と自らの新しい博物館の管理を担当させた人物は？」

「ドクター・ジョン・クローファードという医師です」

「医師？」

「新進の博物学者でもありました。ラッフルズがジャワの副総督だった時、クローファードは彼のもとで働いていたのです」

セイチャンは二人に近づいた。

〈グレイと彼の直感ときたら……〉

グレイの目線はクォンから動かなかった。「つまり、一八一五年にタンボラ山が噴火した時、クローファードはラッフルズとともにジャワにいたわけですね？」

クォンが眉間にしわを寄せ、困惑の表情を浮かべた。「そうだと思います。ただし、あの恐ろしい出来事が二人にとってどのようなものだったのかは、想像することしかできませんが」

グレイがセイチャンを一瞥した。「私たちも想像するだけですむことを祈りたいものですね」

午後二時九分

グレイはセイチャンとドクター・クォンとともにエレベーターで上のフロアに向かっ

た。館長がカードキーを使用すると、一般に公開されている一階と二階の上にある五つのフロアにエレベーターでアクセスできる。三人は博物館の業務の心臓部を目指しているところだ。

エレベーターが上昇する間、グレイは頭の中でパズルを解いていた。ラッフルズとクローファードがタンボラ山の噴火中に何かを発見し、後にファークワーがその秘密を暴き、中国人の共謀者たちにも伝えたということなのか？　そうだとすれば、その秘密が何であれ、ファークワーが入手した情報を明かさなかったわけだから、その当時は内容に何ら意味がなかったということになる。中国人たちもその内容を明かさなかったが、彼らは記録を詳細に残すことで知られている。何らかの形でそれが二百年間にわたって保存されていたという可能性はある。一方、ラッフルズは自分が守っていた秘密の管理を信頼できる友人のドクター・ジョン・クローファードに託し、後に自らの名前を冠することになる博物館に隠させたのだ。

〈しかし、そこまでして守ろうとするほど重要な秘密とは？〉

三階に到着したエレベーターの扉がすっと開き、クォンに案内されてついていくと、その先にあった扉を開けるのにもカードキーが必要だった。扉を抜けるときついにおいがグレイの鼻を突く。目の前のフロアいっぱいに何段もの棚が置かれていて、様々な大きさの標本用のガラス容器が並んでいた。

クォンが棚の前にグレイたちを案内した。「非公開のフロアのうちの最初の二つにはウエットコレクションが置いてあります。脊椎《せきつい》動物と無脊椎動物がエタノール溶液中に保存されているのです」

説明されたグレイは空気中に漂う強いにおいのもとを理解した。フェイスシールドを着用した研究者が一人、テーブルに覆いかぶさるような姿勢になっている。とぐろを巻いた縞《しま》模様のヘビがちょうど瓶から取り出されたところだった。標本のヘビはトレイの上に横たわっている。作業場の上で排気装置のドラフトチャンバーが作動音を立てているが、液体に浸してあった標本から発するアルコール分を完全に吸い込むことはできていない。

先頭を歩くクォンは小さな容器が並んだ棚の前で立ち止まった。ほかのコレクションよりも時代がはるかに古いもののように見える。手書きのラベルは文字がかすれ、剝がれかけていた。瓶の中身は小さなカニで、親指の爪くらいの大きさしかないものもある。

「あなた方は私たちの博物館の歴史に興味を示されました」館長が言った。「この甲殻類はイギリス海軍の船のアラートが、一八八一年にシンガポールで採取したものです。けれども、捕まえた日のままの状態のように見えませんか?」

「素晴らしいですね」グレイは顔を近づけてのぞき込んでから、姿勢を戻してクォンに向き合った。「あなたのコレクションの年代はいつ頃までさかのぼるのですか?」

「お答えするのは難しいですね。博物館の創設当初は一般の方からの寄付が珍しくありませんでした。探検家だったり冒険家だったり、または地元の人がシンガポール協会に売ったりしたものも。来歴が不確かなこともしばしばありました。さらに厄介なのは、ラベルの多くがはるか前に判読不能になってしまったことです」

グレイは後ろについてきているセイチャンを振り返った。溶液に浸されたコレクションを見回すその顔は唇を固く結んでいて、不快感をあらわにしている。

クォンに導かれてフロアの向かい側に進み、扉を開けるとその先には階段があった。三人は上の階に向かった。

グレイは館長と並んで階段を上った。「そうした歴史のある標本に関してですが、その中にスタンフォード・ラッフルズから寄付されたものはあるのですか？」

「もちろんですとも。下の歴史遺産コレクションにも何点か展示してあります」

「そうですね。でも、博物館が創設された一八二三年にまでさかのぼるものはありませんでした」

「ええ、そのような大切な収蔵品は鍵のかかった保管庫に入っていますから」

「本当ですか？　まだあるのですね？　ぜひとも見てみたいものです」

「それでしたら見学ツアーの最終目的地をそこにしましょう。その中にある収蔵品は科学的な意義があるものではないのです。ほかのコレクションの中にもっといい標本がありますからね。単に古いという理由で鍵をかけて保存してあるだけなのです。がっかりなさらなければいいのですが」

グレイはうなずいた。

〈こっちも同じ思いだ〉

次の階にたどり着くと、クォンは高さのある金属製のキャビネットでできた迷路へと二人を案内した。どれもぴったりと接するように配置されていて、途切れることなく壁のように連なっている。それぞれのキャビネットの側面には鋼鉄製のハンドルが付いていて、床に設置したレールに載ったキャスター付きの本体を左右に移動できるようになっている。

クォンがキャビネットの前を通りながら手を振った。「このフロアには私たちのドライコレクションが収められています。この仕組みのおかげでスペースを有効に利用し、できるだけ多くの収蔵品を保管することが可能なのです。キャビネット内の棚はすべて合わせると数千にも及び、そこに標本が保存されています」

室内では数人の研究者たちが忙しく働いていて、昆虫をピンでボードに留めていた。女性の研究者は作業に没頭していて、慎重な手つきでクモをピンで留めているが、脚を広げたその大きさはグレイの手のひらと同じくらいある。室内を横切りながら、クォンは標本の乾燥方法、冷凍方法、保存方法を詳しく説明している。グレイは相手が話をするに任せた。せかすようなことはしたくないし、具体的すぎる質問をすると警戒されてしまうかもしれない。

とはいえ、時間には限りがある。

「さっき話に出た歴史的な収蔵品の保管庫ですが」グレイは切り出した。「それはこの階にあるのですか？」

クォンが顔を向けた。「いいえ。この上のフロアに私たちのオフィスと研究室があります」館長が片方の眉を吊り上げた。「あと、歴史的な収蔵品の保管庫も」

グレイは腕時計に視線を移した。時間を確認するためではなく、そろそろツアーを切り上げたいという無言の合図を送るためだ。

クォンがその意図をくみ取った。「今すぐにお連れするとしましょう」

館長が階段の方に向きを変えると、ピンで留めた巨大なクモが載ったトレイを持つ小柄な女性と危うくぶつかりそうになった。

「マアフカン・サヤ」館長は若い女性にマレー語で詫《わ》びた。

女性がトレイを投げ捨てると、その手には拳銃が握られていた。銃口をクォンの脇腹に突きつける。室内にいたほかの研究者たちも武器を手に駆け寄ってきた。後ろからも靴音が響く。

クォンの身柄を拘束した女性がグレイとセイチャンをにらみつけた。女性は黒髪のショートヘアで、灰色がかった瞳をしている。肌の色は薄いアーモンド色だ。グレイはそのすべてが変装だと見抜いた。心の目で相手のかつらを取り、化粧を落とし、コンタクトレンズを外す。頬骨を広く見せるための彫刻用のラテックスも取り除く。グレイはその下に存在する透き通るような白い肌の女性を思い浮かべた。そのまっさらなキャンバスに描くことで別人になりすましていたのだ。

「おまえたちのツアーはこれで終わりのようだ」ヴァーリヤが言った。

11

一月二十三日　インドシナ時間午後二時二十二分
カンボジア　プサーリアム

謝黛玉上校は自分の縄張りを守るつもりでいた。カンボジア国内にこの研究施設を構築するために、これまでかなりの時間と労力を費やしてきた。軍のほかの部署にプロジェクトの指揮権を明け渡したくない。脇に追いやられることは大いなる不名誉に当たり、自らの経歴の汚点となる。

そう思いつつも、謝は敬意を持って天体物理学者を迎えた。秘書に案内された男性がオフィスに入ってくると、机の奥で立ち上がる。謝は小さくお辞儀をした。「カンボジアにようこそ、ドクター・祭」

「シェシェ・ニン」相手は丁寧に応対し、用意された椅子に向かった。

到着を事前に聞かされていた謝は訪問者の情報を頭に入れておいた。祭愛国は六十代後半、自分より二十歳も年上で、これまでの人生のほとんどを人民解放軍の、それも中国人の宇宙飛行士たちが宇宙に向けて飛び立つ酒泉衛星発射センターでの仕事に従事してきた。人民解放軍戦略支援部隊（PLASSF）の中将まで昇進した後に退役した。ただし、今も中国宇宙技術研究院で顧問を務めている。

〈そしてここを訪れた〉

謝は相手が座るのを待ってから、机の奥の椅子に腰掛けた。不意に殺風景な自分のオフィスが気になった。実用的な造りのスチール製の机と、その上のデスクトップ・コンピューターときちんと積み上げたフォルダーのほかには、ファイルキャビネットが二つと片隅に追いやられた予備の椅子が一脚あるだけだ。謝がこの私的なオフィスに来客を招き入れることはほとんどなかった。仕事の打ち合わせが必要な時には廊下の先に会議室がある。

多少なりとも人目を引くものがあるとすれば、倉庫内のドックを見下ろす大きな窓くらいだ。

祭が咳払いをした。「お邪魔して申し訳ない、謝上校。あと、息子の同行を認めてくれたことにも感謝する」祭は帽子を手に秘書の机にもたれかかる若い男性を指差した。「学《シュエ》は戦略支援部隊の小校だ」

謝はうなずいた。相手の声から誇らしげな調子がうかがえる。息子が父親と同じ道を歩んでいるのは間違いなさそうで、その若さで小校の地位にあるのは父親の力が少なからず影響しているのだろう。上校の地位に到達するまでの自らの苦労を思い、謝は強いいらだちを覚えた。

しかし、謝は冷静さを保った声で応じた。「どのようなご用件でしょうか？」

「息子と私は長征24号から回収された死体を調べるためにやってきた。この件に関して、中国海軍と戦略支援部隊は目的を同じくしているようだ」

「どういうことでしょうか？」謝は午前中からずっと気になっていた疑問を口にした。どれほど調べてもその答えは見つからなかったのだ。「宇宙技術研究院がこの件に対してどのような関心を？」

「なぜなら、長征24号を悲運の航海に送り出したのは我々だからだ」

謝は驚きを隠すことも、反応を抑えることもできなかった。「私は……聞かされていませんでした」

「人民解放軍の中でもごく一部にしか知らされていなかった案件だ。ほとんどの者が新型の潜水艦は性能を試すためのテスト航海中だったと信じていた」

謝は歯を食いしばったものの、穏やかな声で返した。「私もそのように聞いていました」

「これから君は真実を知ることになる」

「真実というのは？」

「長征24号は異常な無線信号の調査のために派遣されたのだが、その発信源の海溝で遭難した。潜水艦には多くの無人機が搭載されていた。調査船『朱海雲』の設計に際して君が開発した自律型のＲＯＶだ」

謝は自身の業績を誇りに思い、胸を張った。その一方で、一抹の不安が心をよぎる。〈私の無人機のどれかが異常を来したのだとしたら、潜水艦沈没の責任は私が負うことになるのだろうか？〉

謝は慎重に質問を発した。「あなた方は何を探していたのですか？」

祭がうつむいた。考えをまとめようとしているのは明らかだったが、やがて顔を上げた。「謝上校、君は二〇二〇年の月面探査ミッションの嫦娥《チャンオー》5号計画について、どの程度まで詳しいのだろうか？」

謝は急に話題が変わったことに戸惑った。「宇宙船が月に飛んで、月の石を大量に持ち帰ったということくらいです」

祭はため息をついた。「それなら、君が知らないことはかなり多い――知りえないこと、と言うべきかな。一般に報道された内容では、嫦娥5号は月の北端の古い溶岩平原に着陸した。『嵐の大洋』と呼ばれる場所だ。着陸船は溶岩平原にドリルで穴を開け、玄武岩二キロを地球に持ち帰った。そのような月のサンプルを採取したのは四十五年以上振りのことになる」

謝は顔をしかめた。今の話と沈んだ潜水艦がどのように関係しているのか、まだ見えてこない。

祭の説明は続いている。「ミッションの目的は月の進化に関する理解をより深めることにあった。現時点で有力な説は、月は火星ほどの大きさの惑星テイアが、誕生して間もない地球に衝突したことで形成されたというものだ。約四十五億年前の話になる。その衝突の際の地球からの放出物――岩とガスと塵の混合物が高熱のマグマの球体として融合し、それがやがて冷えて月になった」

「まだわからないのですが、今の話がどのように関係――」

祭が謝の言葉を遮った。「嫦娥5号の採取したサンプルは、それ以前の月面ミッションで持ち帰った岩よりもはるかに年代が新しかった。つまり、冷えるまでにより時間がかかったという証拠だ。このことから、月での火山活動が活発だった期間は、これまで考えられていたよりもはるかに長かったということがわかる。だが、その事実は科学的には不可解なことだった。月がそんなにも途方もなく長期にわたって高温であり続けるためには、未知の熱源が存在していなければ辻褄《つじつま》が合わない――月の冷却を遅らせる何らかの成分もしくは過程が必要なのだ」

「例えばどのような?」

「それに関しては諸説がある」祭が肩をすくめた。「科学者たちを悩ませ続けている謎だ。

当初、熱源は崩壊中のウランもしくはトリウムのありえないほど大きな塊ではないかと考える者もいた。しかし、嫦娥5号が回収した石によってその説は除外された」

「それならいったい何なのですか？」

「私にはある考えがあり、宇宙船が地球に帰還してからずっと、それを実証しようと試みている」

「その実証というのが、潜水艦を破滅の航海に送り出したことと関係しているわけなのですか？」謝は皮肉のこもった口調で訊ねた。これまで相手にしてきた科学者たちの中には、目先のことで頭がいっぱいになって全体像が見えていなかったり、自分たちの研究がもたらす現実の世界での代償を理解できていなかったりした人たちがいた。「月でのどんな発見がそのような任務を正当化できるというのですか？」

「世界を変えることになるかもしれない発見だ」祭は謝の怒りに対して冷静に言葉を返した。「我々は月の石を中国各地の研究所に送った一方で、最も注目すべき破片の送り先は戦略支援部隊の研究所に限定した」

「どんな破片なのですか？」

「ごく微量の塵だ。その風変わりな粒子を分離するのには時間を要した。一見したところでは普通の玄武岩のようで、ケイ酸塩と酸化鉄の混合物だった。ところが、その粒子は放射性崩壊の状態にあり、ほかのどの岩とも同位体が異なっていた。結晶構造までもが異例だった」

謝の脳裏にドクター羅恒のコンピューターで見た画像がよぎった。潜水艦の乗組員の患者の細胞に沈着していた奇妙な結晶の画像だ。ひとまず、謝はそれに関して明かさないことにした。

祭が椅子の下に手を伸ばし、床に置いてあったブリーフケースを膝に載せて開けた。「少し話を元に戻したいと思うのだが、いいかな？」祭はブリーフケースの中を探りながら話を続けた。「これまで長い間、月は地球に衝突したテイアの破片から形成されたという説が大勢を占めていた。しかし、今では同位体の研究から、月と地球は同じ物質でできていることがわかっている」

謝はこの話の向かう先が予測できた。「しかし、あなたの話によれば、発見された風変わりな塵は同位体が異なっているということでした」

祭がうなずいた。「月の大部分が地球に由来しているのは明らかな一方で、その形成の際に惑星テイアの一部も混じったのだと私は考えている」

「その風変わりな粒子はテイアからもたらされたと考えているのですね？」

「その通りだ。その粒子は奇妙な成分と高い放射性を持つことから、月を本来あるべき期間よりもはるかに長く高温に保っていた未知の熱源だったと考えられる」

謝は首を左右に振った。「とても興味深いお話だとは思いますが、それでもなお、あなたがカンボジアを訪れた説明にはなっていません」

「私がここに来た理由は、嫦娥5号の持ち帰った風変わりな粒子からテイアの一部が月に取り込まれたことが証明された一方で、テイアの巨大な塊がほかの場所でも発見されたためだ」

「どこですか？」

「この地球上だ。我々のすぐ下で」祭の眼差しが険しくなった。「そしてそれが我々を滅ぼすかもしれない」

午後二時四十四分

ドクター羅恒は保護マスクを通して激しく呼吸していた。密閉された死体安置所に一緒にいるのは趙敏《ジャオ・ミン》だ。痩身で勤勉なこの女性は上海大学の分子生物学者で、羅の同僚に当たる。二人はこれまでに五本の論文を共同執筆していた。この責任重大な仕事を命じられた時、羅は彼女を誘った。

今の羅は罪悪感に苦しめられていた。この極秘の調査に彼女を巻き込んでしまったことを後悔している。これに関する論文など発表できるはずがない。二人とも秘密厳守の文書に署名した。沈黙を破ったりすれば、破産するような罰金や長期間に及ぶ収監よりもはるかにひどい罰を受けることになるだろう。二人とも殺され、人知れず埋められる可能性が高い。

〈ちゃんと約束を守ったところで、結局はそうなるのかもしれない〉

羅はそんな不安を抑えつけ、自分と趙が死体から取り出した脳の後頭葉に電極をもう一本、挿し込んだ。

二人が作業を進める間、俊杰《ジュン・ジエ》が小型カメラでビデオを撮影していた。長身の中尉の体は防護服にうまく収まっていない。安置所内の空気はひんやりしているにもかかわらず、フェイスシールドの奥の中尉の顔からは汗が滴っていた。目線が定まらず、唇をきつく結んでいるのは、胃の中からこみ上げてくる不快感と懸命に闘っているからだろう。

撮影係の中尉は、趙と羅が前日に開頭手術を施したのと同じ黒く変色した死体にメスを入れる様子を、じっと見ていなければならなかった。羅は死体をうつ伏せの姿勢に動かしてから、二時間かけて後頭部から脊髄に沿って切り開いた。それから慎重に脳と脊髄を、多くの神経束とともに取り出したのだった。

意外なほどに簡単な作業だった。周囲の骨が分解してしまっているため、カルシウムで固まったもろい表面は神経組織のまわりできれいに切断できた。その時、羅は作業を次のように形容した。〈固ゆでの卵の殻をむいているみたいだ〉

そのたとえを聞いた時、俊は咳《せ》き込んで腹部を手で押さえた。

さらにもう一本の電極を挿し込んだ後、羅は背筋を伸ばし、自らの作業の手際を確認した。脳と脊髄はつながった状態のまま、生理食塩水を満たしたプラスチック製の容器に入れてある。頭蓋内脳波検査を行なうためには、組織をその下にあるスチール製のテーブルから絶縁する必要があった。脳から脊髄にかけて、全部で三十本の電極が埋め込まれていた。

「今のが最後の一本のはずだ」羅が伝えた。

趙がうなずき、最後の二本の電極に小さな留め具を取り付けた。すべての電極から延びるケーブルは携帯型の脳波計につながれている。二人は機器のところまで移動し、スイッチを入れた。肩と肩が触れ合うような近さでモニターの前に並び、装置が温まるのを待つ。

羅は趙が体を寄せてきていることに気づいた。彼女が自分に対して研究仲間以上の気持ちを抱いていることは知っている。カンボジアへの同行を受け入れたのには、その思いがより大きな要因になったのだろう。そのことを察し——そして彼女の愛にこたえることができないため、このプロジェクトに巻き込んでしまったことへの罪悪感がいっそう募った。自らの性的指向に関して、羅はこれまで趙に対して正直に打ち明けることができずにいた。学術界においては、特に香港の中国への返還後は、どんなに些細なことでも普通と違えば経歴の終わりになりかねない。そのため、羅は自らの本当の姿をひた隠しにして、他人の期待に沿った役割を演じてきた。

　モニターの画面上にようやく複数の光る線が表示された。装置が完全に作動するのに合わせて、画面が点滅する。やがてそれぞれの線は上下に動く波形を描き出したが、振幅は小さいままだった。

〈昨日と同じだ〉

「まだあるな」羅はささやいた。「今頃は電気活動が消えているはずだと思っていたんだが。血流も酸素もないのだから、こんなことが起こるはずはない。まったく意味を成さないよ」

「周囲の装置から発する電磁放射線に反応しているとは考えられない？」趙が意見を述べた。「上の階の工学プロジェクトでは相当量の電力が必要でしょ」

　羅は首を横に振った。「違うな。上の階とは十分に遮断されている。それに画面のパターンを見てごらん。リズムと波形が通常の脳の活動と似すぎている」羅は線のうちの何本かに沿って指先を動かした。「これらは明らかにアルファ波、デルタ波、ベータ波、ガンマ波だ。干渉ノイズが偶然にこのような形を生み出すなんてありえない」

　趙が身を乗り出した。「それなら、私たちが見ているのは何？」

　羅は画面を凝視した。無意識のうちに手が動き、顎をさすろうとしたものの、フェイスシールドに当たっただけに終わる。羅は手を下ろした。「確かなことは言えないな。信号がこんなにも弱いこともあるし。しかし、アルファ波の顕著な減少と、シータ波およびデルタ波の増加が見られるようだ」

「それは何を意味するの？」

「脳波のパターンは昏睡状態に陥った患者に見られるものと似ている」

趙が視線を向けた。「王中士は体温が急上昇して昏睡状態に陥った。この人たちもきっと同じ苦しみを経て死んだのよ。これはその出来事の痕跡《こんせき》みたいなものだとは考えられない？　パターンが脳に焼きついて、何らかの理由で死後も残っているということ」

「たとえそんなことがありうるとしても、何かが組織を維持していなければならない。ニューロンに酸素を送って生かしておかなければならないはずだ。ここで何が起きているにせよ、その重要性は無視できない」

羅は中枢神経系が石灰化を免れた理由を突き止めようと、脳を分割して組織を調べるつもりでいた。しかし、このように電気活動が維持されているので、今のところはその作業に取りかかるべきではないと判断した。

その前にほかにも調べておきたいことがあった。

「組織をもっと強いエネルギーで刺激したらどうなるのかを見たい」羅は俊の方を向いた。「王中士のベッド脇からパルス発生器を持ってくるよう、インターコムで林《リン》看護師に依頼してくれないか？」

中尉がうなずいた。この場を離れることができてほっとしている様子だ。

ここにある携帯型の脳波計も王中士の部屋から持ってきた。王の昏睡状態をモニターするために使用していたものだ。羅は神経を刺激するパルス発生器も研究室に備えておくように要請していた。その装置は神経疾患の治療のほか、昏睡状態の患者にも使用される。王にも試してみたのだが、効果は見られなかった。

羅は容器に浸した脳と脊髄を見つめた。狂気に取りつかれた鍼《はり》治療士が攻撃したかのように、たくさんの針が刺さっている。

「脳に深い刺激を与えることで何がわかると期待してるの？」趙が訊ねた。

「君が言うような痕跡だとしたら、電気の急増で破壊されてこのパターンは消えるはずだ。でも、これが本当に昏睡状態の印だとしたら、神経刺激によって通常のパターンにリセットされるかもしれないと思ってね」

エアロックのところで看護師から小型のパルス発生器を渡された俊が室内に戻ってきた。本体から数本のケーブルが垂れ下がっている。羅は装置を受け取り、脳の各所の電極に線をつないだ。

羅は作業を終えると脳波計のところに戻った。画面には引き続き、かすかな波形と小さなギザギザの線が表示されている。羅はバッテリー内蔵のパルス発生器をしっかりとつかみ、ダイヤルをひねった。「まずは最小の数値で始めよう」

趙がモニターを監視した。

「さあ、行くぞ」羅がボタンを押すと緑色のライトが二秒間だけ点滅した後、赤に変わってパルスが止まった。羅は趙の方を見た。「変化は?」

趙が指差す先では線が大きく上下に振れていて、大量の電流が送り込まれたことを示している。「もう少し待って」

線はすぐにさっきまでの静かなリズムと波形に戻った。電気刺激はパターンを消すことも、あるいは通常のパターンにリセットさせることもできなかった。唯一の違いは波形の上下の振幅がかすかに大きくなったように思えることくらいだろうか。

羅はダイヤルを真ん中あたりまで回した。「もう少し出力を大きくしてやってみよう」

ボタンを押し、緑色の光が赤くなるまで待ってから趙の方を見る。今度も結果は同じだった。顕著な変化は見られず、海が荒れて波が高くなるかのように、画面上の波形の振幅がまた少しだけ大きくなった程度だ。

「出力を最大にするぞ」羅は注意を促してから、それ以上は動かなくなるまでダイヤルを回した。「さあ、どうだ」

羅はボタンを押した——すると状況は一変した。

午後三時二分

謝は信じられない思いで唖然として祭を見つめた。「原始惑星の巨大なかけらが地下に存在すると、本気で信じているのですか？」

「もう少し話を聞いてほしい」天体物理学者が訴えた。祭は膝の上のブリーフケースからタブレット端末を取り出した。親指の指紋を当ててロックを解除する。祭は画面をスワイプしたりタップしたりしながら説明を続けた。「一九七〇年代以降、我々は地球のマントルの粘性層内に二つの巨大な塊のような構造物が存在することに気づいていた。地震波トモグラフィーによって存在が確認され、地震波がその内部を通り抜けようとする時には速度が遅くなることも明らかになった。そのことから、科学者たちはそれらを大規模S波低速度領域、略してLLSVPと命名した。やがてそのぶよぶよした塊のような形状から、単に『ブロブ』と呼ばれるようになった」

祭は前に身を乗り出し、謝の机の上にタブレット端末を置いた。「これらのブロブは大陸並みの大きさがあり、その厚みはエベレストの百倍ほどもある。一つはアフリカの真下に位置している」

祭が画像を呼び出すと、アフリカ大陸の下に潜むぼんやりとした塊が画面上に映し出された。

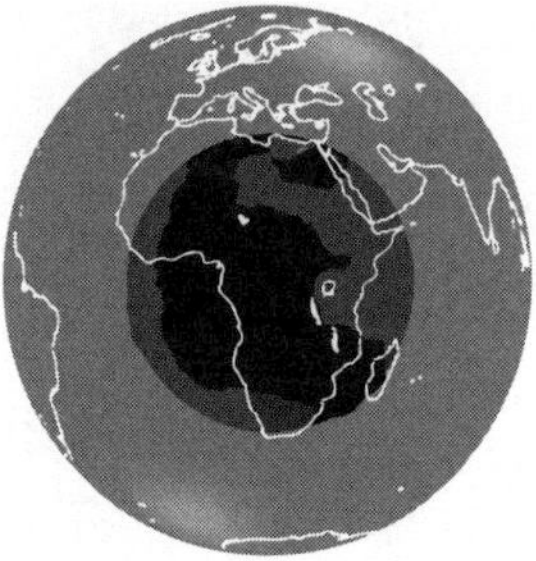

「そしてもう一つのLLSVPがあるのは世界の反対側だ」祭が説明した。「太平洋の下で、その端はこの近くに向かって延びている」

祭がタブレット端末の画面をスワイプして地球儀の画像を回転させると、オーストラリアと南アジアが表示された。大陸ほどの大きさの影がもう一つ、太平洋の下に広がっていた。

謝は画面に目を凝らしてから顔を上げた。「あなたはこの二つのブロブが惑星テイアの名残だと考えているのですか？」

「私だけではない。科学界ではその見解が有力視されつつある。最新の地球力学調査からもこの仮説が裏付けられた」

謝は椅子の背もたれに体を預け、地殻の下に地球外の惑星のかけらが埋もれている様子を想像しようとした。「あなたはさっき、これらのブロブが脅威に当たると話していました。私たちを滅ぼすかもしれないとのことでしたね。いったいどういうことですか？」

「ＬＬＳＶＰが本当にテイアに由来するものなのかどうかは置いておくとしても、現時点

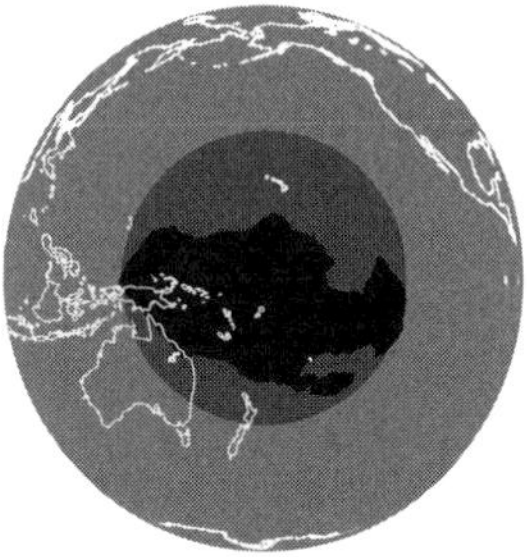

で判明しているのは、それらが不安定な地殻変動の原因で、その端ではそれが顕著だということだ。アフリカのブロブはその大陸の歴史を通じて激しい状態が続く火山活動の原因だった。同時に、アフリカ大陸がゆっくりと隆起を続けている理由もそこにあって、真下に存在する塊の力で陸地が押し上げられているのだ」

祭は画面に表示されたままの地図を指差した。「太平洋のＬＬＳＶＰも同じように問題児だ。環太平洋火山帯を刺激する主な原動力に当たる。地球の歴史を通じて、これらのブロブは巨大なプルーム――マントルの上昇流によって、何百万立方キロメートルにも及ぶ大量の溶岩を押し上げ、地上に噴出させてきた。そのようなスーパープルームの一つがペルム紀末の大量絶滅の引き金になったと考えられている。この時には地球上の大部分の生き物が死に絶えた。そしてこんにちでもなお、これらのブロブが地質学的な時限爆弾であることに変わりはない。特に余計な刺激を与えたりした場合には」

「大陸ほどの大きさの原始惑星の塊にどうやって刺激を与えるというのですか？」

「私がここに来たのはそれが理由だ。我々は刺激を与えてしまったのでね」

「何ですって？　どうやって？」

「私が突き止めようとしているのはそのことなのだ。答えを見つけ出せれば、世界の核兵器を時代遅れの代物に変えてしまうような武器の可能性が見えてくる。中国の優位を何世紀にもわたって確固たるものにできるだろう」

謝は相手に疑いの眼差しを向けた。

祭の説明は続いている。「嫦娥5号が月の平原をドリルで掘削していた時、着陸船との衛星通信が一時的に失われた。通信が回復した時、ドリルは止まっていて、操作不能になっていた。世界に向けてはそれ以上深く掘り進められない頁岩《けつがん》の層にぶつかったためと発表したが、実際の理由はそうではない。地球に帰還した後に着陸船のドリルを調べたところ、電子機器が融解してしまっていたのだ」

「何が起きたのですか？」

「わからない。だが、我々が突き止めたこともある――とはいえ、その重要性を認識するのに数年を要したのだがね。実は通信が途絶したのと同じ時に、わずかな電波バーストが発生していた。大別山脈にある華中科技大学のＷＥＭアレーアンテナが、それをキャッチして記録した。当時、オペレーターは受信した信号を重要視しなかった。ほんの数秒間だけだったので、無線の干渉が原因だろうと見なしたのだ」

謝は顔をしかめた。ＷＥＭ――無線電磁探査の設備のことは知っている。プロジェクトが本格始動して間もない二〇一九年、警備の厳重な施設を見学させてもらう機会があった。その目的は水中や岩盤を透過する極低周波の信号を発生させることだ。アレーアンテナを使用すれば、中国軍は深海を航行中の潜水艦とも通信を維持できる。

「息子の学が」祭が説明を続けた。「無線信号と着陸船の問題との関連に気づいた。現在、息子は嫦娥6号および7号のプロジェクトに携わっている。彼は嫦娥5号の着陸船との通信が途絶えた時とドリルが機能しなくなった時にまつわるすべての出来事を調査してきた。不具合の原因を発見し、将来のミッションに備えたいと考えたからだ」

「なぜあなたの息子さんはその信号が重要で、偶発的なものではないと判断したのですか？　WEMのオペレーターがその時点で意味はないと見なしていたのに」

「二つの理由がある。一つはその発生源だ。ほかの場所の電波望遠鏡やアンテナもその信号を受信していた。その記録から三角法で発生源を特定できた。信号が送られたのはニュージーランドの北、トンガ・ケルマデック海溝沿いの地点からだった。海のど真ん中だ。しかも、その海域を航行中の船舶から発信されたはずはなかった」

「なぜですか？」

「二つ目の理由からだ。受信した信号は極低周波の帯域だった――君も知っているように、その発生には巨大な送信機が必要になる。船で運べるような代物ではないのだ」

謝はうなずいた。大別山脈のWEMアレーアンテナは面積が四千平方キロメートルにも及ぶ。極低周波の信号を生み出すにはそれだけの大きさの装置が必要なのだ。

「だから我々は長征24号を派遣した」祭が説明した。「信号の発生源を捜索するためだ。あの極低周波の信号を発生させるためには巨大な何かが必要になる」祭がその海域の下に潜む大きな影を指差した。「大陸サイズの何かが」

「あなたは信号の発生源がＬＬＳＶＰだとおっしゃるのですか？」

「我々はそのことを突き止めようと長征24号を派遣した。それが自然現象だったという可能性もある。落雷や地震でも極低周波が発生することはわかっている。この一年ほど、地質学者たちはＷＥＭアレーアンテナを地震の早期検知の手段として使えないか、テストしているところだ」

「それで海溝では何が見つかったのですか？」

祭は肩をすくめた。「それっきり、わからないままだ。長征24号が海溝の上に到達した時、二〇二〇年に記録されたものとまったく同じ極低周波の信号をＷＥＭアレーアンテナから送らせた。潜水艦からは信号を受信したとの確認が返ってきた——するとすべての通信が途絶えてしまったのだ」

「嫦娥5号の時と同じように」

祭がうなずいた。「数分後、大きな海震が観測された。震源は潜水艦が最後に確認された地点の近くだった」

謝は眉をひそめた。祭が口にしていた武器とは何か、理解しつつあった。「あなたは極低周波の信号が何らかの理由でその場所での地震を誘発したと考えているのですね？」

「我々が何かをしてしまったことは確かだ。それ以降、海溝では地震が頻発していて、すべてがその地点に集中している。しかも、規模は大きくなりつつあり、範囲も広がりつつあり、地域一帯の安定を脅かしているのだ。予測モデルは全域が過去に類を見ないような壊滅的な災厄に見舞われるおそれがあると示している」

謝はそのような主張を笑い飛ばしたかったが、相手の真剣な口調を無視することはできなかった。

「我々はあらゆる可能性を調べておきたいと考えた。だからここを訪れたのだ。潜水艦の乗組員の説明がつかない状態には重要な意味があるかもしれない。息子の学はそう確信している。しかも、この地域であのような死体が発見されたのは今回が初めてではないとの可能性も出てきたのだ」

「何の話をしているのですか?」

「乗組員たちの運命を知った後、学はあのような奇妙な症状に当てはまりそうなものを徹底的に調査した――誰もが重視していなかった信号の謎を暴いた時と同じように。そして二日前、息子は古い記録を発見した。一八一五年のタンボラ山の噴火という、別の壊滅的な出来事について書かれた記録だ。その当時シンガポールに住んでいた中国人の貿易商が書き残していた」

「その記録には何が書かれていたのですか?」

「あまり詳しい記述ではないのだが、タンボラ山の噴火中に石に変わってしまった人間の死体について書いてあった」

謝は身を乗り出した。「何ですって？」

「そこにはかつてジャワの副総督だったスタンフォード・ラッフルズ卿が発見し、秘密にしていた治療法についても記されていた。その知識は鍵のかかった鋼鉄製の箱の中に紙の束とともに収められていて、彼が創設した博物館に保管してあるという」

「その記録はきっとアヘンが原因の妄想によるものに違いありません」謝は指摘した。

「二百年もの間、多くの人たちがそのように信じていたはずだ。息子が探し出したある情報がなければ、私も同じように考えていただろう」

「どんな情報ですか？」

「その博物館を前身とする現在の施設には、歴史的遺物の目録の中に『金属製の箱とスタンフォード・ラッフルズ卿の秘録』という項目がある。登録されたのは一八二五年、博物館が創設されて間もない時期だ」

謝は潜水艦の乗組員の状態と王中士の苦しむ様子を思い浮かべた。その一方で、目の前の男性の目に治療法とは別の何かに対する強い願望が宿っていることに気づく。

〈世界の核兵器を時代遅れの代物に変えてしまうような武器〉

祭は地震を制御し、原始惑星の大陸サイズの塊から文字通りの意味で世界を震撼《しんかん》させる武器を生み出したいと考えているのだ。

謝はゆっくりとうなずいた。「その秘録が何らかの答えを提供するならば……」

祭がタブレット端末を机の上から片付けた。「だから攻撃チームを雇い、遺物を確保するためシンガポールに向かわせたのだ」

謝が反応するよりも早く、けたたましい警報音が外で鳴り響いた。

秘書が祭の息子とともにあわてた様子で駆け寄ってきた。「地下の医療研究室で重大な問題が発生しました」

12

一月二十三日　シンガポール時間午後三時十分
シンガポール共和国

銃を突きつけられたセイチャンは、足首のホルスターからグロックを取り出す襲撃者たちに対してなす術《すべ》がなかった。後ろ手に組んだ左右の手首は結束バンドで縛られている。セイチャンはヴァーリャをにらみ続けた。

グレイも同じように縛られ、武器を奪われた。

グレイの隣ではクォンが苦しそうに呼吸をしていた。館長の両手は縛られていない。この小柄な男性は脅威に当たらないとヴァーリャが判断したのは明らかだった。それに銃口が脇腹に食い込んでいるので、館長は大人しく協力するよりほかなかった。

三人の拘束は手際よく、かつ人目を忍んで行なわれた。周囲を見回したところ、こちらに向けられている防犯カメラはない。カメラの死角に当たるところで待ち伏せされたということだ。セイチャンとグレイがまだ生きていられるのは、後で尋問を受けることになるからだろう。中国人たちは今回の件にアメリカがどこまで深く関わっているのかを知りたがっているのだ。あるいは、死体を残すと館内を巡回する警備員に見つかって通報されるおそれがあると、襲撃チームが警戒しているのかもしれない。

そう思いながらも、ヴァーリャの目に輝く喜びの色を見たセイチャンは、自分たちが生け捕りにされた最もありえそうな理由に思い当たった。より苦痛を与え、より時間をかけてから最期を迎えさせるつもりなのだ。

三人の身柄を確保すると、ヴァーリャは顔をそむけ、手首の無線に話しかけた。「警備室を制圧しろ。十分後に脱出する」そしてシグ・ザウエルをほかの仲間たちに向かって振った。「こいつらを移動させろ」

セイチャンたちは素早くエレベーターの方に連れていかれた。敵は銃が人目につかないように隠している。数人の男たちが建物の反対側にある階段の方に向かった。博物館のそちら側を見張っておくためだろう。

「おまえたちは何を探しているんだ?」エレベーターの奥に追いやられたグレイが訊ねた。

ヴァーリャは目を見開いただけだった。何も教えるつもりがないということだ。ヴァーリャは手にしていたカードキーを使って一つ上の階に向かった。彼女のチームには事前に何らかの方法でカードが提供されていたのか、あるいはほかの研究者を始末してカードを入手したのだろう。その一方で、セイチャンはヴァーリャがすでに捜索を終えていない理由を測りかねていた。

〈どうして私たちを待ち伏せしていたのか？〉

その疑問への答えは、クォンを見る女暗殺者の眼差しが険しくなったことで明らかになった。

〈ヴァーリャには彼が必要だった〉

時間をかけた見学ツアーのせいで彼女の襲撃計画に狂いが生じたに違いない。館長の身柄を確保できるまで、じっと隠れて待つ羽目になった。その瞬間が訪れるまで、待機するよりほかなかったということだ。

エレベーターの扉が開くと、ヴァーリャの指示でこぢんまりとしたエレベーターホールに出た。ヴァーリャが五階に通じる扉の前で立ち止まる。その向こうからこもった発砲音が聞こえてきた。それに続いて、首を絞められた人の苦しそうな悲鳴も。二手に分かれた襲撃チームのもう一方がこの階に先回りしていて、制圧中なのだろう。銃を使用していることから、襲撃者たちは死体を残すことなど気にしていなかったことがわかる。

目の前の扉が勢いよく開いた。まだ若い研究者が一人、後方の殺し屋から逃れようとして飛び出してくる――しかし、彼の行く手にはヴァーリャのダガーナイフがあった。ヴァーリャはナイフを相手の胸に深々と突き刺し、握ったまま手をひねった。若者が両膝から崩れ落ちる。ヴァーリャはナイフを引き抜くとすぐさま相手の喉を切り裂き、悲鳴が声になって出る前にかき消した。そして死体を横に蹴飛ばした。

クォンが息をのみ、後ずさりしようとしたが、押さえつけていた敵が銃口を背骨にいっそう強く押し当てた。

邪魔者がいなくなると、セイチャンたちは廊下の奥に連れていかれた。その先にあるのは長い作業台で仕切られた研究室だった。作業台の表面には顕微鏡や写真の台座が並んでいる。床にはさらに三人の死体が転がり、血だまりができていた。前方では銃を持った男が一人、事務室に通じる別の廊下の手前で見張りに就いている。こちら側にもヴァーリャの指示で別の見張りが入口近くに残った。そのほかに七人がセイチャンたちのまわりを固めていた。

ヴァーリャが研究室の奥にある扉を指差した。「あそこだ」

セイチャンたちは室内を横切り、広々とした保管室に押し込まれた。何段もある棚には木箱や容器が積み上げられている。室内はカビのにおいがした。空気中には細かい塵が漂っている。ヴァーリャは迷うことなくセイチャンたちを奥の壁まで連れていった。そこには高さ一メートル八十センチほどの円形をした鋼鉄製の黒い扉がある。中央には大きなハンドルが付いていた。

金庫の扉はかなりの年代物と思われ、おそらく二十世紀の初頭に作られたものだろう。

その隣に赤く光るパッドが設置されていることから、生体認証機能の付いた鍵が最近になって追加されたのだとわかる。

〈ヴァーリャが館長を必要としていたのも当然だ〉

見張りの一人が館長をつつき、前に進ませた。

「開けろ」ヴァーリャが命令した。

クォンが視線を向けると、グレイがうなずいた。「言われた通りに」

館長はまごつきながらもカードキーを読み取り機にかざし、続いて手のひらを光るパッドに押し当てた。光が点滅した後、緑色に変わる。歯車が動き、続いて金属のスライドする音が聞こえた。

敵の一人がハンドルを握って回し、厚さ三十センチはありそうな鋼鉄製の扉を引き開けた。入口の奥に広い空間が姿を現した。車二台分のガレージほどの広さがあり、この大きな博物館の小型版のように見えなくもない。右手には開架式の棚が連なり、ありとあらゆる大きさの瓶が並んでいる。ガラスが黄ばんでいることから、セイチャンはこのコレクションがかなり古く、博物館の創設当初にまでさかのぼるものなのではないかと推測した。左手には高さのある鋼鉄製のキャビネットが奥まで続いていた。

ヴァーリャはほかの人たちを外に残し、一人で金庫の中に入っていった。手に持った一枚の紙を見ながら、キャビネットに記されている日付を確認しては先に進んでいく。いちばん奥の最も年代が古いところまでたどり着くと、あるキャビネットの横で前かがみの姿勢になった。入口側に背中を向けたままその扉を開け、何段もある木製の引き出しを指先でたどっている。ヴァーリャはそのうちの一つを引き開け、キャビネットの外に取り出した。

引き出しを両手に抱えて扉へと戻ってくるヴァーリャの顔には、険しいながらも満足げな笑みが浮かんでいる。

セイチャンはグレイを横目で見た。

グレイはうなずき、短い言葉を発した。「今だ」

午後三時十七分

グレイの合図に合わせて、後方の扉の向こうから保管室内に銃弾が浴びせられた。グレイはクォンに頭から突っ込んで体当たりした。館長をすぐ近くの木箱が積まれた棚の陰に押し倒す。セイチャンもそこに飛び込んできた。

「確保！」グレイは無線でジュワンとグアン・インに伝えた。

銃撃が激しさを増した。

二人からの十字砲火につかまり、男たちが身をよじりながら倒れていく。グアン・インとジュワンは外の研究室の左右から保管室の中に向けて発砲していた。

ヴァーリャたちに襲われた直後、グレイは小さく顎を引いて喉に取り付けてあったスロートマイクを作動させた。身柄を拘束して移動させようと急いでいた敵は、目で存在を確認することが難しい無線機器に気がつかなかった。装置を作動させたことで、グレイはジュワンとグアン・インに襲撃の事実を伝えられたたし、その後の状況も二人に聞かせることができた。

一方でジュワンとグアン・インの側も、上の階に移動する間の状況をグレイに逐一知らせることができた。ジュワンはたまたますれ違った警備員からカードキーを失敬した。グアン・インは遅い昼食を取っていた研究者からキーを入手した。その後は二手に分かれ、別々の方角からヴァーリャが残した二人の見張りの不意を突いた。その際に役立ったのがＩＶＡＳゴーグルで、このフロアの防犯カメラの映像から見張りの居場所を相手に悟られることなく特定できた。二人は見張りの注意がそれている隙を見計らい、喉をかき切って始末した。その後は研究室の外の通路で配置に就き、グレイの合図を待っていたのだった。

銃撃が続く間、グレイは覆いかぶさってクォンの身を守った。

その頃にはセイチャンが棚のとがったボルトを利用して結束バンドを切断していた。

グレイはクォンの体から離れた。「彼を頼む」セイチャンに声をかける。

「いったいどこに――」

手首の結束バンドを外してもらう余裕すらなかった。

「撃つのをやめろ！」グレイは飛び出しながら無線で指示を送った。

銃声が鳴りやんだ一瞬の隙に、グレイは扉が開いたままの金庫に駆け寄った。重い扉を肩で押して閉め、ヴァーリャを戦利品もろとも中に閉じ込めようという狙いだ。だが、扉が完全に閉まり切らないうちに、ヴァーリャは横向きになってすり抜け、外に飛び出した。

グレイとぶつかったその視線には憎しみがはっきりと浮き出ている。狭い隙間を通り抜ける際、ヴァーリャは手に持っていた幅の広い引き出しを傾けなければならなかった。また、ホルスターに収めたシグ・ザウエルを抜こうとしたが、うまくいかなかった。その拍子に引き出しの中身がこぼれて床に散らばった。

ヴァーリャがそれを拾うために頭から飛び込もうとする。

グレイも中身を確保しようと、タッチをかわしてホームインを狙う野球選手のように足から滑り込んだ。

「撃て！」グレイは叫んだ。

二人を目がけて銃弾が降り注ぐ。グレイのつま先が黄ばんだ紙の入った透明な保護カバーを蹴飛ばした。床の上を滑るカバーが棚の下に入って見えなくなる。グレイはへこみのある鋼鉄製の箱も同じように蹴ろうとしたが、ヴァーリャが片手でそれをつかみ、床の上を転がった。グレイの方に向き直った彼女のもう片方の手にはシグ・ザウエルが握られていた。

ヴァーリャが銃口をグレイに向け、引き金を引く——しかし、外からの一発の銃弾が彼女の肩をかすめたことで狙いが外れた。ヴァーリャの撃った銃弾がグレイの耳の近くを通過し、金庫の扉に当たって跳ね返る。銃撃の標的となったヴァーリャは逃げざるをえなくなった。血まみれになりながらもまだ生きている手下の一人が、身を隠していた向かい側の棚の陰から姿を現し、彼女を助けようと駆けつけた。

二人は発砲を続けながら保管室の扉を目がけて走った。出口が近づくとヴァーリャは手下の襟首をつかみ、自分の前に押し出した。男の体を盾代わりに使用して研究室内を走り抜ける。銃弾を浴びた手下の体が何度も小刻みに震えた。

暗殺者が保管室からいなくなると、セイチャンが隠れていたところから飛び出し、死んだ敵の一人から武器を奪った。ヴァーリャの背中に向けて発砲するものの、相手は研究室の入口の手前まで達していて、死んだ手下を投げ捨てると横に転がりながら攻撃を逃れた。ヴァーリャはいつの間にか武器をもう一つ、確保していた——盾代わりに使った手下から奪い取ったのだろう。

ヴァーリャが二挺の銃を左右に向かって発砲し、ジュワンとグアン・インを追いやってから外に飛び出すと、階段のある右手の方角に走った。

ジュワンが逃げる彼女を目がけて撃ったが、その先の扉を抜けてなおも走り続けるヴァーリャの足音が聞こえた。

その頃にはグレイもセイチャンのやり方にならい、棚のボルトで結束バンドを切断していた。紙の束が入った封筒を回収すると、背中側のズボンとシャツの間に突っ込み、ウインドブレーカーで隠す。武器も確保した。

すぐ横ではクォンがふらつきながら棚の陰から出てきた。館長は手で首筋を押さえていて、指の間から血があふれている。グレイは館長が傷を負ったことにもっと早く気づかなかった自分を責めた。

グレイはクォンに歩み寄り、腕を回して体を支えた。そのまま研究室の方に連れていく。扉のところにいたセイチャンが館長の状態に気づき、もう片方の側に付き添う。三人は揃って保管室の外に出た。

ジュワンが駆け寄ってきた。手にしているグロック18はフルオートマチックで、拡張マガジンが備わっている。「君のお母さんだが」ジュワンがかすれた声でセイチャンに伝えた。「あの女を追いかけている」

セイチャンがグレイの方を見た。

「行け」グレイは指示を与えてから、館長をジュワンに任せた。「彼をエレベーターで下に連れていってくれ。助けを呼ぶんだ」

セイチャンが走り出し、グレイもその後を追った。ヴァーリャの追跡をグアン・インに任せるわけにはいかない。一人だけでは無理だ。セイチャンの母親はあのロシア人の女暗殺者がどれほど危険で狡猾《こうかつ》な存在なのかを知らない。

二人は研究室を走り抜け、階段に飛び出した。グレイは下から銃声が聞こえないか耳を澄ませたが、周囲は静まり返っていた。二人は拳銃を手にしたまま階段を下った。

三階まで下りると小さな話し声が聞こえた。ヴァーリャにはほかにも仲間がいることはわかっている。博物館の地下にある警備室を制圧するよう、あの女が無線で伝える指示を耳にした。

「気をつけろ」グレイは注意を与えた。

セイチャンは速度を落とそうとしない。母のもとに急がなくてはという思いと強い怒りのせいで、慎重になっていられないのだ。踊り場に向かって駆け下りる彼女を銃弾の雨が出迎える。セイチャンが後ずさりした。銃弾がすぐ近くのコンクリートの壁に次々と食い込む。階段を駆け上がる足音が近づく。

「こっちだ！」グレイはセイチャンに呼びかけた。

セイチャンが戻ってくる。

二人は階段を離れ、三階の廊下に通じる扉に急いだ。そこをくぐり抜けて扉を閉めた途端、その奥から何発もの銃声がとどろく。銃撃を浴びて扉が震えた。

グレイはこのフロアの通路の向かい側を指差した。「走れ！」

二人は扉から逃れた。アサルトライフルで武装した敵が三階に突入するまで数秒の余裕しかない。そうなったら最後、格好の標的になってしまう。反対側の扉ははるか遠くにあるように感じられる。左手には扉の開いている部屋がいくつかあるが、その中に隠れたところで身動きが取れなくなってしまうだけだ。

グレイは通路のもう片方の側に連なるものに期待をかけていた。

博物館のウエットコレクションだ。

数多くの棚に何千本もの瓶が並んでいる。

グレイは拳銃をそちら側に向け、走りながら棚に向かって撃ち続けた。銃弾が当たるたびにいくつもの瓶が割れ、その中身が床に散乱する。エタノール溶液の水たまりができ、見る見るうちに床一面に広がっていく。

後方の扉が大きな音とともに開いた。

敵が入ってくるのを妨げようと、セイチャンが走りながら後方に向けて発砲する。

「ライター」グレイはセイチャンに声をかけた。

セイチャンは空いている方の手でアンティークの銀のライターを取り出し、グレイに投げて渡した。グレイは棚に向かって撃ち続けながら、親指でキャップを開いた。火をつけてから後方に低く放り投げる。

ライターがエタノール溶液の水たまりに落下したのと、銃を手にして扉の向こうから飛び込んできた二人の男がそちら側まで広がった液体を跳ね飛ばしながら走り始めたのは、ほぼ同時だった。

ライターの火がアルコールに引火し、真っ赤な炎が音を立てて燃え上がった。熱気がグレイの背中にも襲いかかる。炎はほんの一瞬でフロアを横切り、二人の男を包み込んだ。

男たちの悲鳴に追われるように、グレイとセイチャンは逃げた。

だが、ヴァーリャのチームは油断していなかった。

別の二人の男が扉の近くに残っていた。炎上する溶液からは十分に距離を置いたところだ。その二人が逃げるグレイとセイチャンを目がけて発砲する。グレイたちにとってはあいにくなことに、アルコールが燃える時には煙が出ないため、敵から姿が丸見えになってしまう。

だが、グレイにはこのような火災のための標準的な防火設備の知識があった。ただの水では効果がない。すると天井の何百ものスプリンクラーヘッドから、耐アルコール性の泡消火剤がフロア全体に噴射された。噴き出た泡が厚い膜を作り、たちまち視界を遮る。

火災報知器が耳をつんざくような警報音を鳴り響かせるなか、グレイはセイチャンを壁際に引き寄せ、姿勢を低くさせた。降り注ぐ泡が目に入らないよう手をかざし、ぬるぬるした床に足を取られながらも走り続ける。後方からはなおも銃声が聞こえるが、厚い泡の壁に阻まれて狙いが定まっていない。

　グレイは向かい側の扉に体当たりして押し開け、通り抜けるとすぐに閉めた。激しく息をつきながら呼吸を整える。二人がたどり着いたのはエレベーターホールだった。だが、火災が起きているフロアには止まらないだろう。

　二人はエレベーターの隣にある非常階段に向かった。段を飛ばしながら駆け下りる。グレイはヴァーリャが見張りを立てているのは逃げる時に使用した反対側の階段だけのはずだと踏んでいた。人数には限りがあるから、残りの部下たちに背後を見張らせておいて逃げようとするはずだ。

　グレイの予想は当たり、二人は無事に階段を下って一階の展示室までたどり着いた。人の姿はほとんどなかった。火災報知機の警報音とともに館内放送が流れ、建物から退避するよう複数の言語で繰り返し呼びかけている。

　グレイとセイチャンは武器を隠し、外に逃げようとする最後の人たちの中に紛れ込んだ。

　二人が急いで外に出ると、叫び声と警報音に加えて緊急車両のサイレンの音も聞こえてきた。二人はほかの人たちを探した。

　ジュワンが先に二人に気づき、人混みをかき分けながら近づいてきた。

「クォンの容体は？」グレイは訊ねた。

　ジュワンは血だらけの手のひらに視線を落とした。「救急車に乗せた。そこから先はわからない」

「私の母は?」セイチャンが問いただした。

「見ていない」そう答えるジュワンの声は焦りで上ずっていた。

セイチャンがグレイを見た。

グレイは彼女に期待を与えるような言葉が思いつかなかった。二人とも答えはわかっている。ヴァーリャがグアン・インを連れ去ったか、あるいはグアン・インが階段のどこかで殺されたか、そのどちらかだ。

どちらがより悪い運命なのか、グレイにはわからなかった。

13

一月二十三日　インドシナ時間午後三時二十分
カンボジア　プサーリアム

ドクター羅恒はエアロックの中から死体安置所を見つめていた。隣にいる趙はぴたりと身を寄せている。俊が二人の肩越しに安置所内へとカメラを向けていた。

後方の通路ではけたたましいサイレンの音が鳴り響いている。死体安置所から逃げる際に羅が非常警報器を鳴らした。エアロック内にある電話で謝上校にも事態を知らせてある。

「撮影を続けてくれ」中尉がカメラを下げようとしたので、羅は指示した。一秒たりとも逃さずに記録する必要がある。自分の目ではすべてを受け入れることができるとは思えなかった。

死体安置所の中では脳と脊髄を生理食塩水の溶液に浸したままだ。ただし、今では液体の中の脊髄がのたうっていた。脳回《のうかい》と脳溝《のうこう》からは長さ三十センチほどの巻きひげのような細い糸が何百本と伸び、空中で揺れ動いていた。

羅がパルスを最大出力で送り込んだ後、神経組織が生き返った。羅はただちに全員をエアロックに避難させ、ガラスと鋼鉄で自分たちと室内の恐怖を仕切ったのだった。

「あそこでは何が起きているの？」趙がかすれた声で訊ねた。

羅は携帯型の脳波計に視線を動かした。死体安置所の中でまだ作動している。ケーブルも埋め込まれた電極とつながったままだ。モニターの画面では波形が激しく揺れ動いていた。癲癇《てんかん》の発作を起こしている最中の患者でも、これほどまでの大きな波は見たことがない。脳波はそれぞれが重なり合ったり絡み合ったりしていて、脳波計が大勢の患者の数値を同時に読み込んでいるかのようだった。

外の通路から足音が聞こえる。羅は肩越しに振り返った。背後の窓の向こうに謝上校の姿が見える。表情は険しく、顔面が紅潮している。その手には拳銃が握られていた。ほかに二人の男性が同行していて、一人は白髪交じりでしわ一つないスーツ姿、もう一人は人民解放軍の軍服を着た若者で、二本の袖章と一個の星は小校の地位を表している。

「何があったの？」謝が呼びかけた。

羅は趙を脇に移動させ、死体安置所の中を見通せるようにした。

俊も一歩動いたが、すぐにびくっと体を震わせた。「見ろ！」

羅は室内の方を振り返った。特に変化はなさそうだった。脳と脊髄は容器の中でうごめき続けている。中尉を驚かせたものの正体に羅が気づくまで、一呼吸の間があった。

何本ものケーブルが垂れたテーブルの奥では、石灰化したほかの二人の死体がストレッチャーの上で震えていた。手前側の死体の頭部は熟れたメロンのように亀裂が入っている。その裂け目からゆらゆらと、あるいは激しく揺れながら、何本もの細い巻きひげが現れた。亀裂がさらに広がっていく。石灰化したかけらがいくつも床に落下した。

蛹《さなぎ》からチョウが羽化するかのように、裂け目から脳が出てきた。灰色の塊がぷるんと転がってテーブルの端から落ちたが、まだ脊髄とつながっているために床まで届かず宙吊りになる。さらにいくつもの巻きひげが現れ、脳の表面をひだ飾りのように覆った。

もう一方の死体もストレッチャーの上で全身が震えていて、頭部に亀裂が生じている。

手前のテーブルに目を移すと、容器内の動きがいっそう激しくなっていた。脊髄が生理食塩水の外に出ようとする動きは、コブラが鎌首をもたげているかのようだ。そして大きくよじれたかと思うと脊髄が三つにちぎれ、それぞれが絡み合ったりぶつかり合ったりし始めた。

「下がって！」謝上校がエアロックの中に向かって叫んだ。

だが、羅は目の前の光景に見入っていて動けなかった。趙が後ずさりした。俊が羅の肩をつかみ、のぞき窓から引き離そうとする。その動きで羅は我に返った。

謝の意図に気づき、羅は叫んだ。「だめだ！」

謝はその言葉を無視した。上校が外の赤いボタンを押す。死体安置所内からシューッという低い音が、それに続いてうなり声のような轟音が聞こえた。天井部分の複数のノズルから勢いよく炎が噴き出す。コンクリートの壁に閉じ込められた熱がエアロックの内側の扉を通して伝わってきた。

羅は顔の前に手をかざして炎から目を守りつつ、ほかの二人とともに後ずさりした。窓が防火扉で閉ざされ、死体安置所が火葬場に一変する。激しい炎は数分間にわたって燃え続けた。

焼却処分が終わってもなお、死体安置所は密閉されたままだ。

羅は保護マスクを装着したまま激しい息づかいを繰り返した。エアロックの内部はオーブンの中にいるかのような暑さだ。羅は外に出る前に防護服を脱ぐよう、ほかの二人に指示した。三人は装備を中に残して外に出た。羅は後ろ手に扉を閉めた。

外の廊下にいた謝をにらみつける。「あんなにも大げさな反応は必要ありませんでした。安置所は十分に密閉されていたのに」

「それはどうだか。この施設の安全は私が責任を負っている。私たちが何を扱っているのかもっとよく理解できるまでは、細心の注意を払って作業を進める」謝が羅を指差した。「ここでの損失はどれもおまえの失態が原因だ。あの男性たちの身に起きたことについて、何ら見解を示せなかったのだから」

知らない顔のうちの一人——軍服姿の若者が羅にじっと視線を向けていた。人民解放軍の小校は年齢が二十代の後半といったところか。黒い髪を短く刈り込んでいる。その目には力強さが宿っていて、長く視線を合わせていられない。

「炎によってすべてが失われたわけではない」男性が羅に言い聞かせた。「調査対象がまだ残っている。王中士だ」

「息子の言う通りだ」年配の男性が言った。「たった今、ここで目にしたことを考えると、潜水艦の乗組員は極めて重要な存在になった。彼に会わなければならない」

二人の男性を交互に見た羅は、その顔立ちにしっかりとした下顎ととがった頬骨という共通点があることに気づいた。「彼は昏睡状態のままです」羅は注意を促した。「でも、研究室から見ることならばできます」

羅の案内で隣の研究室に移動し、それから各自の紹介が行なわれた。若い男性——祭学小校が羅の傍らに立った。謝は男性の父親と小声で会話をしている。父親は人民解放軍戦略支援部隊の元中将で、現在は中国宇宙技術研究院の顧問を務めているという。

羅はそのような組織の人間がここで何をしているのか理解に苦しんだ。趙も不安そうな表情を浮かべている。羅は歯を食いしばった。緊迫の度合いが増し、ますます厄介なことになりつつある事態に彼女を巻き込んでしまったことに対して、またしても罪悪感を覚える。二人揃って底なしの流砂に吸い込まれているような気分だった。

祭学がそんな狼狽に気づいたようだ。「私たちはできる限りの説明をするつもりだ」男性の口調は真剣そのもので、嘘はないように思えた。「まずは君の方から、奇妙な症状に関してわかったことを教えてくれないだろうか」

羅はうなずいた。まだこの男性とちゃんと目を合わせることができずにいる。羅はその力強い目の奥にある知性に気づいた。自分のチームが学んだことをすべて語るうちに、その印象がより確かなものになっていく。祭学は小首をかしげながら話を聞いていて、すべての単語を記憶しているかのように見える。謝とは違って返ってくる質問はどれも的を射ていて、説明を理解したうえで論理的に踏み込んだものばかりだった。

祭小校がコンピューターに顔を近づけ、画面上に表示された炭酸カルシウムの様々な多形体を食い入るように見つめた。「患者の体にはアラゴナイトが入り込んでいる」祭が画面上の直方晶系の結晶を指差した。「そして炭酸カルシウムは海水が存在するところでアラゴナイトの結晶になる。私が思うに、そのことは乗組員たちが出航前に浴びた生物毒素ではなく、海に由来する何かに影響を受けたということを示唆しているのではないだろうか」

羅は片方の眉を吊り上げた。「現時点での私の仮説もそれと同じだ。海に由来する病原菌だと思う。ほかに納得のいく説明がつかない」羅はマウスをつかみ、ファイルを開いた。「見せたいものがある。王中士の皮膚にパンチ生検をした後、石灰化のパターンが見やすいように細胞を真空乾燥させた。これはそれを走査型電子顕微鏡で見たものだ」

画面上に灰色がかった層状の結晶化が表示された。しわの寄った薄いシーツのような形状をしている。

羅が説明しようとしたが、祭はその前にうなずいた。

「貝殻に見られるアラゴナイトの層状構造に似ている」小校が言った。

羅はいぶかしげに相手を一瞥した。「私もそう思った。軟体動物の殻、あるいはサンゴの石灰質骨格かもしれない。それらはどれもアラゴナイトから成る」

「そのことはこの病気の発生源が海だというさらなる裏付けになる」祭が死体安置所の方に顔を向けた。「あの過程は私たちの体そのものを——塩分を含む血液や、カルシウムが豊富な骨を、増殖のための手段として使用しているかのようだ。骨をアラゴナイトの外骨格に変え、一方で神経組織

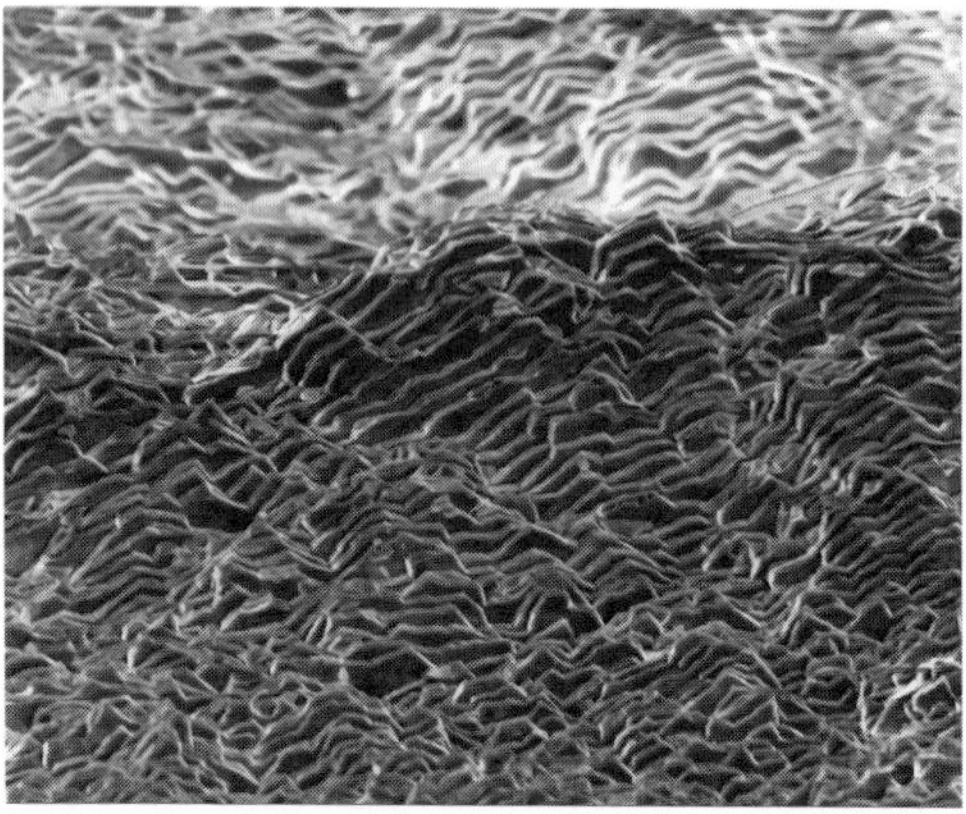

は保存している……ほかの何かを育成するための手段として」

「しかし、いったい何を？　そして何がそれを引き起こしているというのだ？」羅は険しい顔で相手をにらみつけた。「私は知っていることをすべて明かした。今度は君の番だ」

祭はしばらく視線をそらさずにいたが、やがて何かを決心したかのように小さくうなずいた。「少し待ってほしい」

小校が体を起こして片手を上げ、父親の注意を引こうとした。年配の男性は少し離れたところで謝上校とともに立っている。二人は何やら話をしていて、窓の奥に見える王中士の動かない体を観察していた。

病室内では林看護師が昏睡状態の患者の監視と世話を続けていた。黒い硬化現象は患者の体を着実に蝕み続けていて、あと一日ないし二日のうちに黒い波が患者を完全に覆い尽くしてしまいそうだった。

その光景を目にして祭が顔をしかめた。「どうしてあのような状態なのに生かしているのだ？」

「私に選択権はない。これまでに彼を五回も蘇生させなければならなかった。謝上校の命令で」羅は首を左右に振った。「変化の過程は彼が生きていようが死んでいようが継続するだろう。王中士をあのような目に遭わさなくても、同じように経過を観察できるのに」

祭の父親がようやくこちらに顔を向けた。息子はポケットからＵＳＢメモリを取り出し、父親に見せた。今まで秘密にしてきたことを明かしてもいいか、許可を求めているのだろう。天体物理学者は息子の判断を尊重してうなずいた。

祭が羅の方に向き直り、コンピューターを指差した。「いいかな？」

「もちろん」

祭はUSBメモリを挿し込み、ファイルを開いた。素早く中身を確認し、「嫦娥5号」と記されたフォルダーをクリックする。

羅は眉をひそめた。フォルダー名になっていたのは中国の月面探査船の名前だ。

祭はフォルダーから一枚の画像を呼び出し、画面に表示させた。角のとがった直方晶系の結晶をとらえた鮮明な写真だ。

羅は標本の大きさに気づいた。〈五ミクロン〉塵の粒子と同じくらいだ。「微結晶？　アラゴナイトなのか？」

祭がうなずいた。「そうだ。ついさっき、君が見せてくれたサンプルと同じで、奇妙な結晶の基質だ」

「どこで見つけたのだ？」羅は真相に備えて身構えた。

フォルダーの名前から答えの予想はついている。

祭がその不安を裏付けた。「微結晶は月の石のサンプルから分離した粒子に由来する」

羅は息をのんだ。ありえないと主張したかったが、隣の部屋で目撃した現象が事実だということもわかっている。「私たちは何を扱っているというのだ」羅はつぶやいた。

祭は首を横に振るだけだった。

趙が近づいてきたので、二人はそちらに注意を向けた。彼女は声を落として伝えた。「俊中尉の様子がおかしい」

羅と祭はカメラマンの方を見た。中尉は死体安置所で撮影したデータをアップロードしているところだった。すると片方の手を振り、ズボンにこすりつけた。離れたところから見ても、中尉のそちら側の手の人差し指が灰色っぽくなっているとわかる。

羅は急いで駆け寄った。趙と祭も後に続く。

羅は俊の手首をつかみ、中尉の手のひらをもっと明るいところに引っ張った。その指は明らかに変色していた。

「何をするんだ？」俊が訊ねた。

「死体安置所の中にいる時、防護服に傷をつけたのか？」

俊は腕を引き戻そうとした。「小さな穴が開いただけだ。電極の針のうちの一本が刺さって」

「その後で死体に触れたりしたのか？」

中尉の目に狼狽の色が浮かんだ。「いや……それは絶対にない。君が死体を切断したテーブルには触れたかもしれないが、それだけだ」

祭が近くにいるのを恐れるかのように後ずさりした。「解剖中に放出された微粒子に触れた可能性はある」

羅は中尉の手を動かし、あらゆる角度から調べた。指先は明らかに色が濃くなっていて、先端のほぼ黒に近い部分は針が刺さったところかもしれない。

謝上校と祭の父親も騒ぎに気づいて近づいてきた。

「何があった？」謝が訊ねた。

羅は指を調べ続けた。「俊中尉が感染したかもしれません。開いた傷口から。しかし、いったいどういうことなのか。ほかの人たちは死体に触れても何ともなかったのに」

この施設にやってくる前、羅は潜水艦の脱出ポッドからの回収作業の映像を見た。乗組員たちの死体が運び出される時、救出に当たった隊員たちは手袋をしていなかった。それなのに、病気は隊員たちの間には広がらなかった。

ここに到着後も、王中士や死体から採取した血液、唾液、組織に実験用のラットをさらす検査を繰り返した。だが、変調を来すラットは一匹もいなかった。そのように感染の兆候が一向に見られなかったことで、この症状の原因の特定がより困難になっていた。

〈それなのに、なぜ今になって俊が感染したのか〉

羅は隣の部屋のおぞましい光景を思い返した。病状が神経系の変異にまで進行すると感染力を持つようになるのだろうか？　俊は散乱した脳脊髄液に触れたことで、病原性を持つ何かが体内に入り込むのを許してしまったということなのか？

祭が父親を押しのけるようにして近づいてきた。医学上の謎に意識が集中していたため、羅は祭がその場を離れ、何かを取りにいっていたことに気づかなかったのだ。戻ってきた祭の手には消防用の斧《おの》が握られていた。

「彼の腕をテーブルの上で押さえておいてくれ」祭が指示した。

羅はその意図を理解し、中尉の手首をいっそう強くつかんだ。

「やめろ、やめてくれ……」俊がうめいた。

「指を一本失うくらいならまだましだ」羅は隣の部屋の方を顎でしゃくった。「汚染された指は取り除かなければならない」

中尉は目を丸くした。もがくのをやめ、すぐそばの作業台の上に手を固定しようとする羅に素直に従う。そして顔をそむけた。

「指を大きく開いておくように」羅は注意を与えた。

祭がその向かい側に歩み寄り、斧を振り上げた。「林看護師を呼んできてくれ」趙に指示を出す。「止血帯の準備を」

趙は逃げるように研究室のエアロックへと向かった。

祭は斧をさらに高く持ち上げ、深呼吸をしてから一気に振り下ろした。刃が皮膚と骨をきれいに切り裂く――そして指一本だけでなく、手首から先を切り落とした。

俊が痛みと体の一部を失ったショックで悲鳴をあげた。

羅は流れ出る血を止めようと、中尉の前腕部をきつく握り締めた。祭を見上げて説明を求める。

祭が斧を下げ、さっきの羅の言葉を真似て返した。「片手を失うくらいならまだましだ」

祭は病室に向かって頭を傾けた。

羅は吐き気を催したものの、相手の言う通りだと理解した。

祭が切り落とされた手を見下ろした。「この切断でも十分ではなかったかもしれない」

午後四時四分

謝黛玉上校は会議用テーブルの端から端を行ったり来たりしながら、いらだちと憤りを静めようとしていた。祭学から情報を聞かされる羅の顔に浮かぶ当惑の表情に、少しだけだが満足感を覚える。月着陸船の不具合、月の石に含まれていた謎の粒子、世界を脅かす原始惑星の塊、長征24号が失われた本当の理由。それらについては父親の天体物理学者からすでに聞かされていた。

息子の話ははるかに専門的な内容にまで踏み込んだものだったが、謝はそちらに注意力を維持し続けることができなかった。祭小校の父親に視線を移す。廊下に立って身振りを交えながら電話をしているところで、何らかの問題が発生した様子だ。謝は祭愛国の狼狽をほくそ笑んだ。あの男はうぬぼれが強すぎるし、今の地位まで育て上げた息子を自慢に思う気持ちも強すぎて、どうにも気に食わない。ともかく、電話の内容がこの件に関係していることは間違いなさそうだった。

謝は相手の様子をじっとうかがった。

〈何かまずいことが起きたのならば、それをこちらに有利な形で利用できないだろうか？〉

俊中尉はすでに病室に収容されていた。さらなる感染の兆候が見られないか、注意深く監視されることになる。切断された手もこの先の研究用として生理食塩水の容器に保存されていた。

だが、謝はもはやそのいずれに対しても関心がなかった。

外の世界ではより大きな出来事が進行中で、それとともに途方もない栄光をつかむチャンスも生まれようとしている。

謝は祭愛国の主張を思い返した。

〈世界の核兵器を時代遅れの代物に変えてしまうような武器〉

祭が電話を顔から離し、そのまま一分間ほど無言で立っていたが、ようやく会議室に戻ってきた。全員の注目を浴びながら、天体物理学者は室内の人たちを見回した。

「シンガポールの襲撃チームから連絡が入った」祭愛国が言った。「博物館の遺物を確保できた。一八二三年の鋼鉄製の箱だ」

息子が立ち上がった。「中には何が?」

謝はこの歴史的な観点を明らかにしたのが息子だと聞かされていた。若者の目は期待で輝いている。

父親がため息を漏らした。「大した意味はなさそうなものだ。サンゴの枝が一本、入っていた。あるいは、かつて人間の指だったものかもしれない。すぐには判断がつかない。確かめるためにはもっと詳しく調べる必要がある」その視線が息子に留まった。「しかし、もしそうだとすれば、おまえの意見が正しかったという証拠になる——この現象は以前にも起きたことがあったのだ。タンボラ山の噴火中に」

息子が父親に歩み寄った。「箱の中にはほかに何もなかったのですか?」

「もう一つの遺物があったのだが、もっと意味を成さないものだ」眉間にしわが寄る。「襲撃チームのリーダーによると、色を塗った古い槍《やり》の穂が入っていて、紐が何重にも巻き付けてあったらしい。いったいどんな関係があるのか理解できないし、誤って入れられたとも考えられる」

「文書のようなものは？」羅が若者を見ながら訊ねた。「あなたの息子さんが発見した古い博物館の目録を見ました。そこには箱のほかにも記されているものがあったのですが」

祭愛国の表情が険しいしかめっ面に変わった。「失ってしまった」

「何ですって？」謝は聞き返した。「どういうことですか？」

「アメリカ人の工作員の邪魔が入った。前の晩に身柄を確保しようと試みた一団だ」

「つまり、同じ道筋をたどっている人物がほかにもいるのですね」羅が言った。「協力を要請すれば――」

「今となってはもう遅い」父親が意味ありげな目で謝を見た。「すでにあまりにも多くの血が流されたのだ」

この男が新しい武器への野望を羅から隠しておきたいと考えているのは明らかだった。息子にも伝えていないのかもしれない。

父親は説明を続けた。「だが、襲撃チームのリーダーは、アメリカ人の工作員に文書を手渡すように圧力をかける方法があると考えている。人質を確保していて、奪われた秘録と交換できると期待しているそうだ」

「それはいつ？」息子が訊ねた。

「午前零時に、ジャワ島のジャカルタで」

「スタンフォード・ラッフルズがかつて副総督を務めていたところだ」息子が指摘した。「私がそこを取引の場所に指定したのも、まさにその理由からだ。ラッフルズが遺物を回収したところでもあるし、タンボラ山が噴火した時に居を構えていたところでもある。今もなお、同地にはラッフルズの歴史的な存在感が大きく、市内の博物館の多くに彼の寄贈品が所蔵されている。素早く評価を下すためには、この一件のそもそもの始まりの地に近い方が有益だろうと思われる」祭愛国が息子の方を向いた。「その目的のために、学、おまえも取引の現場にいてもらいたい」

息子がうなずいた。「もちろん」

「あと、ドクター羅も連れていくように」

羅が後ずさりした。「待ってください！　いったい何を？」

祭学が羅の方を見た。「君の見解が必要なんだ」

羅の返事を待つことなく、祭愛国は話を進めた。「君たち二人にはファルコン部隊の分隊が同行する。保護とさらなる支援のためだ」

「なぜそのような兵力を？」息子が訊ねた。

父親は眉をひそめた。「私が前回雇ったのは傭兵で、我々の関与を気づかれないようにするのが目的だった。だが、もはやそのことは重要ではない。そのような策を弄するにはあまりにも多くのことが動き出している。複数の戦線に対応しなければならないことだし」

「どういう意味ですか？」羅が訊ねた。

「各国の科学者たちを乗せた調査船がトンガ海溝に向かっているとの情報が入った。厄介なことになりそうだ。我が軍のもう一隻の潜水艦――元級の攻撃型潜水艦が、深夜にはその海域に到着する予定になっている。あと、新しい０７６型強襲揚陸艦の大洋《ダァヤンシー》も」

謝ははっとした。大洋のことは聞き及んでいる。自らが手がけたドローン空母「朱海雲」の技術を使用して設計された船だ。新型の強襲揚陸艦には自律型のドローンや潜水艇が装備されている。無人戦闘機用の電磁カタパルトとアレスティングギアまでもが備わっていて、謝はそのすべての設計に関わっていた。

祭が彼女の反応に気づいた。そしてあたかも心を読んでいるかのように――心の中の願望までも見通しているかのように告げた。「だから私は謝上校に海溝での作戦を統括してほしいと要請したのだ。あの海域を封鎖する必要がある。それには接近中の調査船――さらには船が出港した場所の制圧も含まれる」

謝は姿勢を正した。頭の中で上将に昇進するまでのこの先の十年計画を振り返る。この作戦が成功すれば、肩章と星の獲得にはその半分もかからないだろう――もっと短時間での実現も可能かもしれない。

その一方で、謝はこの任務の範囲と不確定要素をよりはっきりと定めておきたいと考えた。「海上の敵から想定以上の抵抗もしくは脅威が認められる場合には――」

祭愛国は彼女の言わんとするところを理解してくれたようだ。「事故のように見せかければいい」

第三部

14

一月二十三日　ニュージーランド夏時間午後七時四十六分
オークランドの北東千キロの太平洋

フィービー・リードは螺旋階段を下っていた。階段は「サイエンスシティ」と命名された十三階建てのガラス製の球体の中心部分を貫いている。球体が位置するのは全長三百メートルのタイタンXの船尾部分だ。こんな時間にもかかわらず、内部は活気にあふれている。百人以上の科学者たちが最新鋭の研究室内で作業に取り組んでいた。

フィービーは階段を行き交う人たちをよけながら移動しなければならなかった。全員が同じネイビーブルーのジャンプスーツを着用している。違いは研究分野を表す記章と、縫い付けた各自の名前だけだった。

前を歩いているのはアダムと、ＤＡＲＰＡから派遣された科学者のモンク・コッカリスだ。フィービーは仲間外れにされたような気分だった。二人は早口の小声で会話を続けている。シンガポールの博物館の名前が聞こえたが、まわりの騒々しさのせいで会話の内容まで聞き取ることは難しかった。

五階を通り過ぎる時、フィービーは四方向に延びる通路に視線を向けた。それぞれの先端は球体のガラス部分まで延びていて、そこからは太平洋の景色が一望できる。西側の通路には水平線の近くに位置する太陽の光が差し込み、まばゆいほどの輝きを放っていた。

あと一時間で日没を迎える。

〈どうやら見られそうにないけれど〉

三人は二十分後に潜水する予定になっていた。安全のための講習を終えたところで、シミュレーターの中に入っての基本的な操作訓練も受けた。通常ならば潜水前には数週間の準備期間が必要なのだが、差し迫った状況のために正規の進め方は省くことになった。しかも、翌朝を待たずに出発する――もっとも、太陽の光が届かない深海に潜航するのであれば、一日のうちのどの時間帯であってもあまり変わりはない。

フィービーたちがタイタンXに到着したのは午後の早い時間だった。船がトンガ海溝まで到着するには、それからさらに二時間ほどを要した。フィービーはただちにＤＳＶ――深海探査艇に乗り込む気でいた。探査艇はウィリアム・バードが直々に製造を依頼したものので、潜水艦の製造に関しては世界でもトップの実績を誇るトライトン・サブマリーンズにプロジェクト用の探査艇を特注するには相当な金額が必要だったに違いない。

最終的な指揮権は探査艇の操縦士が持っていて、その指示により三人は午後から夕方にかけての時間を準備のために費やさなければならなかったのだ。

〈でも、もういつでも出発できる〉

フィービーたちはサイエンスシティの一階に到着し、エレベーターに向かった。エレベーターで下った先は船尾の船倉に通じていて、そこに探査艇の投入・揚収用のクレーンが設置されている。

三人がエレベーターに乗り込むと、ネイビーブルーのジャンプスーツを着たもう一人の科学者がすでに中で待っていた。地球とその上に浮かぶ魚がデザインされた記章から、生物学チームの一人だとわかる。見覚えのない顔だったので、おそらくこれまでほとんどの時間をタイタンXの船内で過ごしていたものと思われる。アジア系の男性は年齢が二十代後半、ジャンプスーツに覆われた体は痩せていて、身長は一メートル六十センチあるかないかだ。小柄な体つきながらも、その全身から熱意があふれ出ていた。

男性の笑顔でエレベーター内がぱっと明るくなったように感じられた。少しでも背を高く見せようとするかのように、つま先立った姿勢になっている。目の前に垂れた髪を払ったものの、その拍子に鼻先に乗せた眼鏡が外れそうになったし、髪もまた元の位置に戻ってしまった。若者は眼鏡をかけ直すと、三人の顔を見回した。

「あなたたちはドクター・リード、ドクター金子、ドクター・コッカリスだね」男性は片手を突き出したものの、最初に誰と握手すればいいか戸惑っているのか、その手を落ち着きなく左右に動かした。「僕はドクター・ダトゥク・リー、マレーシアサインズ大学の生化学者だ」

エレベーターの扉が閉まるのに合わせて、フィービーが最初に男性の手を握った。「会えて光栄です、ドクター・リー。でも、どうしてあなたは私たちの名前を知っているの？」

フィービーには答えの予想がついていた。大学の学生寮と同じように、サイエンスシティの住民たちも噂話やゴシップが大好きだ。タイタンXが突如としてこの海域に移動したことは、活発な話のネタとなったに違いない。

しかし、それが答えではなかった。

「僕はドクター・イスマイルの代役なんだ」

アダムとモンクがさっと顔を見合わせた。

「ドクター・イスマイルに何があったの？」フィービーは訊ねた。

「具合が悪くなったみたい。胃腸炎だとか。すでにDSVの訓練を終えていた僕が、彼女の代わりに潜るように頼まれたのさ。それに僕の専門は好圧性細菌だし」

アダムとモンクがフィービーの方を見て説明を求めた。

フィービーはうなずいた。なぜこの男性が代役に選ばれたのか、そしてなぜすでに訓練を終えていたのか、どちらも理解できる。「好圧性細菌は極端に高い圧力下でも生き延びられる微生物のこと。例えば、深い海溝の内部とか」

「僕がそんな種を研究してきたのは、地球の地質がどのようにして生命と共進化したのかをもっとよく理解するためなんだ。でも、僕の主な資金提供者が支援している研究は――」

エレベーターががくんと揺れて停止した。

言葉が途切れた隙を利用してモンクが新しい仲間に質問した。「君の研究に資金を提供しているのはどこなんだ、ドクター・リー？　大学かい？」

「もちろん。でも、ＰＬＡＳＳＦからもたくさんの助成金をもらっている」

フィービーはその頭字語に聞き覚えがなかった。

アダムは知っていたようだ。「中国軍の戦略支援部隊か？」

ダトゥクがうなずいた。「あと、ＮＡＳＡからも」

モンクの顔にアダムと同じ困惑の表情が浮かんだ。「君は二つの異なる宇宙機関から資金援助を受けているのか？」

生化学者が答えるよりも早くエレベーターの扉が開くと、その向こうにあったのは動きのあわただしい船尾の広い船倉だった。ほかの人たちがエレベーターに乗り込もうとするので、フィービーたちは急いで外に出なければならなかった。

フィービーは遅れないように三人の後を追いながら、この突然のメンバーの変更に考えを巡らせた。船倉内の空気は海水とディーゼル燃料のにおいがする。四人が向かう先にあるのは温度と湿度が管理された格納庫で、船の航行中はそこにDSVが収容されている。探査艇はすでに固定が外されていて、鋼鉄製のA型フレームで海面の上に吊るされていた。

その姿を目にしたフィービーはほかの人たちのことなど忘れてしまった。

〈どんな人間でもあれにはかなわない〉

フィービーは転びそうになりながら船尾甲板に出て、自分たちの移動手段をうっとりと見つめた。操縦士――筋肉質の体形で鳶色の髪をしたブライアン・フィンチという名前のオーストラリア人が、探査艇の上に立っていた。操縦士が大声でわめきながらまわりのスタッフに身振りを交えて指示を与える間も、探査艇はゆっくりと海面に下ろされていく。

フィービーはDSVをまじまじと眺めた。深海探査艇はトライトン36000／2に基づいて建造された。ただし、この探査艇の方が少し大きく、通常の二人ではなく五人まで乗り込めるように設計されている。もとになった探査艇と同じ箱型の外殻が、中心にあるグレード23チタンの中空の球体を保護していて、フィービーたちが乗り込むのはその球体の中だ。球体の先端部分は船体の前部から突き出ていて、同じチタンのフレームを持つ分厚いアクリルガラスでできた貝殻のように見える。

DSVのもう一つの特徴が二枚のガルウイングで、今は船体に密着しているが、海中を航行中は水平に広げることができる。その下部にはライトとカメラも備わっている。深海でガルウイングを使用すると、十本のスラスターで進む探査艇をより精密に動かすことが可能だ。

探査艇の名前「コーモラント」の由来はその翼にあった。ウ科の鳥は五十メートルの深さにまで潜ることができる。

フィービーの顔に笑みが浮かんだ。

〈こっちの鳥はもっとはるかに深いところまで潜れるけれど〉

午後八時十五分

アダムはチタン製の球体内にある座席に腰を下ろした。これまで自分が閉所恐怖症だと思ったことはない。そんなことではしばしば地下に潜らなければならない地質学者などやっていけない。しかし、操縦士が頭上のハッチを密閉した時、アダムは息苦しさを覚えた。心臓の鼓動も大きくなる。

その反応は広さ三立方メートルの球体内に閉じ込められたことによるものではなく、その球体とともにこれから向かう予定の場所によるものだった。

〈深さ一万メートル〉

操縦士のブライアン・フィンチが体を横向きにして乗客たちの間をすり抜け、操縦桿の向かいの席に座った。フィービーはその左側の副操縦士席を陣取っている。モンクが彼女の真後ろに座り、その隣はダトゥク・リーが確保した。

アダムの席はいちばん後ろの一つしか残っていなかったが、そのことは気にならなかった。むしろ、前に座るマレーシア人の生化学者を見張るには都合がいい。この男性が急遽参加することになったと知った時点からアダムの猜疑《さいぎ》心は高まっていたが、この科学者と中国との間につながりがあるとわかり、しかもこれから向かうところにある沈没した潜水艦のことを思うと、その気持ちはなおさら大きくなった。

モンクからシンガポールで彼の仲間に起きた話を聞いていたので、アダムはすでに神経がぴりぴりしていた。流血の事態と入念な策略、投入された戦力から考えると、中国側では行方不明になった潜水艦の隠蔽《いんぺい》工作以上の何かが動いているに違いない。

「トランキングとバラストタンクに注水」最終点検とシステムチェックを終えると、ブライアンが全員に伝えた。

ゴボゴボというこもった音がコーモラントの周囲から聞こえてきた。後方の座席にもそれぞれ膝の高さに窓があるが、最前列の二人は貝殻のようなドーム状の窓を通してもっと広い景色を楽しむことができる。ＤＳＶが潜航を開始すると、海水面がガラスの高さまで達し、やがて乗り物をすっぽりと包み込んだ。

「さあ、潜るぞ」ブライアンが満面の笑みを浮かべて言った。

アダムは深呼吸を繰り返し、別のパニックの波を抑えつけようとした。炭素繊維で強化された酸素ボンベの列を見つめる。三日分の酸素があると聞かされていて、コーモラントのバッテリーが十六時間しか持たないことを考えると十分すぎる量だ。

ブライアンはジョイスティックを使って探査艇を潜航させている。今日の午後、三人も深海潜水艇のシミュレーターの内部で操作訓練を行った。操作はヘリコプターの操縦と似ていた。それでも、アダムは潜水艇を五回も海底に衝突させてしまった。一方でモンクとフィービーは、苦戦する自分が恥ずかしくなるような見事な腕前を披露した。モンクはグリーンベレー時代にヘリコプターを操縦していたという話だったので、コーモラントのシステムにも問題なく対応できるのだろう。同じように、フィービーも深海探査の経験が豊富なため、のみ込みが早かったようだ。

〈私はいちばん後ろに座っているのがお似合いのようだ〉

ブライアンはタイタンXに無線で連絡を入れ、降下の状況を海上の船に逐一伝えている。また、前面に並んだスイッチ、ライト、液晶パネルに目を配り、刻々と更新されつつある操縦データも監視していた。

コーモラントは超深海探査システムの一要素にすぎない。海上の巨大な船舶に加えて、DriXのUSVが二隻、このあたりを二匹の鋼鉄製のサメのように旋回している。そのうちの一隻はマルチビームソナーを使用して直下の海底地形の測定を継続する。もう一隻には通信モデムが搭載されていて、タイタンXに装備されている同じシステムに障害が発生した場合にはその代わりを務める。こうした通信設備のおかげでコーモラントは外の世界と絶えず連絡を取ることができる——ただし、深く潜航するにつれて時間差が大きくなっていく。最深部まで達するとSOSを送っても海面に届くまでに七秒かかり、タイタンXからの「何があった？」の応答が返ってくるのはそのさらに七秒後になる。

超深海探査システムの最後の要素は、タイタンXがここに到着した後に投下された三台の四角形のランダーだ。重量のあるランダーはそのまま海底まで沈む。三台はディズニーのアヒルのキャラクターにちなんで、それぞれヒューイ、デューイ、ルーイと名づけられた——科学者たちが自分たちにもユーモアのセンスがあることを示したかったからなのだが、かえってセンスのなさを証明する結果となった。

ランダーは航行の支援以外にも、科学的な調査の道具も兼ねていた。小型のスコップ、堆積《たいせき》物コア掘削機、サンプル収集器具が搭載されているほか、海洋生物をおびき寄せるための餌の箱も備わっている。

「みんな、少しゆっくりしてくれ」ブライアンが言った。「海底に着くまでに三時間ほどかかる」

その指示を自ら率先するかのように、操縦士は座席の背もたれに寄りかかり、ダイエットコークのキャップを開けた。効率を第一に考えた設計なのを知っているアダムは、飲み干した後の空のペットボトルがいざという時にはトイレ代わりになるのだろうと思った――ただし、狙いが正確でないと大変なことになりそうだ。

最初のうちは誰も言葉を発しなかった。各自が考えごとをしていたか、あるいは操縦士の注意が散漫になってはいけないと思ったのだろう。だが、ブライアンがスマートフォンを取り出し、事前にダウンロードしてあったネットフリックスの映画を見始めたので、そんな心配は無用だったようだ。

数分後、フィービーが沈黙を破って声をあげた。彼女はずっと窓に顔をくっつけていた。「実に素敵ね」

すでに探査艇は明るい海域を通り過ぎ、薄暮の世界に突入していた。アダムはフィービーの感嘆に共感できずにいた。外の光景はこれといった特徴のない濃い青色が広がっているだけで、見えるものは探査艇のライトが照らし出す雪くらいだ。アダムはこの雪の正体が、オキアミと微小なエビ類とプランクトンだということを知っていた。好奇心に誘われた魚が姿を見せることもあるが、すぐにどこかに消えてしまう。数匹のクラゲがしばらく視界にとどまっていたが、コーモラントが水中に浮かぶ傘の前を通り過ぎると見えなくなった。

そのうちに薄暮が夜に変わった。

「水温躍層を脱したよ」画面上で色鮮やかに輝くデータを見つめながらダトゥクが知らせ

た。

「つまりはどういうことなんだ？」モンクが訊ねた。

ダトゥクは眼鏡の位置を直してから画面を指差した。そこに輝く大量の情報は船体外部のニスキン採水器とＣＴＤセンサーからのものだ。画面には刻一刻と変化するデータ――深度、外の水圧、水温、伝導率、塩分濃度、水素イオン指数、酸素濃度が、リアルタイムで表示されている。

「水温躍層は海の中の太陽の光が届く層と、より水温の低い深みの間に位置している」ダトゥクが説明した。「潜航を開始してすぐは水温が急激に下がる。でも、水温躍層の下に出てからは、もっとゆっくりと下がっていくんだ。今は四度だね。海底に達するまでにあと二度か三度くらいしか下がらない。零度を少し上回るくらいまでだ」

アダムはダトゥクの肩越しに画面をのぞき込んだ。水温の数字の下がり方は緩やかになったものの、深度と水圧の値は増え続けている。探査艇がまだ降下していることを示す証拠はそれだけだった。ＤＳＶの中にいると動いているという感覚がまったくない。

フィービーが体をひねって会話に入ってきた。「私たちは海の漸深層に入ったところ。そこは光のない真夜中の世界で、水深千メートルから四千メートルの間。その先は深海帯に入ることになる」

ダトゥクがうなずいた。「水深六千メートルを超えると海の最も深い領域――超深海帯になる。そんな未踏の深さが海の半分近くを占めているんだ。でも、少し前まではそうした深海を訪れた人よりも、月面を歩いた人の数の方が多かった。だけど今は、月面が十二人に対して、最も深い海溝の底まで行った人が二十二人と、逆転したけれど」

薄暗い明かりの中でもフィービーの目は興奮で輝いていた。「その数字が今日にも増えることになるかもしれない」

アダムは自分もそこまで夢中になれればいいのにと思った。安全のための講習を受けている時、降下中の最大の危険は二つあると聞かされた。火災と水の流入だ。水圧がすべてを押しつぶしてしまうこの深海では、救助隊が駆けつけてくれる可能性はない。最大の防御は早期発見だった。

降下を続ける間、ブライアンは十五分おきに映画の再生を停止し、海上に連絡を入れた。アダムはそのたびに聞き耳を立てた――専門的な話を聞きたかったわけではないし、聞いたところで内容のほとんどはちんぷんかんぷんだ。それよりも操縦士の声の調子が重要だった。不安に駆られたり怯えたりしている様子がないか、アダムは聞き漏らすまいとした。

だが、さらに一時間が経過する頃には、そんな集中力や緊張感を維持することなどできなくなった。自分でも驚いたことに、いつの間にかまぶたが閉じ、アダムはうとうとと居眠りをしていた。

フィービーの声――驚きに満ちたその調子ではっと目が覚め、アダムは全神経を集中させた。「塩水層に入ったみたい」フィービーの声はそう伝えていた。

アダムは背筋を伸ばした。前面の窓の向こうでは船外ライトの明かりで黒い水が照らされている。ただし、その景色はぼんやりともやがかかった状態になっていて、濁ったスープの中を沈んでいるかのようだった。

ダトゥクが口を開いた。その目は隣にある画面を見つめたままだ。「あなたの言う通りだね、ドクター・リード。塩分濃度が八倍に跳ね上がった。塩分をより多く含んだ海水の層なのは間違いない」

「それは心配なことなのか？」アダムは身を乗り出して訊ねた。

「私たちにとっては問題ない」フィービーが答えた。「だけど、そのような地点は海洋生物にとっては死の危険がある。塩分濃度が高すぎることと、酸素不足のために」

ダトゥクがうなずいた。「でも、このような塩分濃度の高い層にはあらゆる種類の不思議な化学合成生物が生息している。独特の酵素を持つことから、それらの生物は医薬品や産業用に研究されてきた。僕が研究している好圧性細菌も同じだけれど」

モンクが生化学者を見つめた。「高圧下でも生き延びられる生物のことか？」

「そうだよ」ダトゥクは笑みを浮かべた。「ここみたいな層は高い電気伝導率も示す。そんな変わった特性は火星の大気から水を採取するのに使われる予定なんだ。欧州宇宙機関のエクソマーズ計画の着陸船『カザチョフ』が一、二年のうちに火星に送られるんだけれど、その時にそれを実証することになっている」

モンクがアダムの方を見て、片方の眉を吊り上げた。二人はこれまでこの科学者と中国の宇宙機関との関係について、あえて触れないようにしていた。この男性がスパイだとしたら、警戒させたくなかったからだ。ところが、ダトゥクの方からその話題に切り込む格好のきっかけを提供してくれた。

〈それにこの状況では逃げようがないわけだし〉

午後九時五十分

フィービーが塩分濃度の高い濁った層を凝視していると、ガラスに反射した船内の動きが目に留まった。いちばん後ろの座席からアダムが前に身を乗り出している。

「ドクター・リー」アダムが言った。「さっき話していたけれど、好圧性細菌に関する君の研究が宇宙産業の関心を集めているそうだね。なぜだい？」

フィービーも同じことが気になっていた。好奇心を覚え、彼女は体をひねってほかの人たちの方を見た。

　ダトゥクの顔には大きな笑みが浮かび、その目はきらきらと輝いていた。ほとんどの科学者と同じように、彼も自らの研究内容を披露するのがうれしくてたまらないのだ。「僕はアグノスティック・バイオシグネチャー研究所――略してＬＡＢと呼ばれる調査チームの一員なんだ。世界各地の宇宙生物学計画から資金を得ている。僕たちの任務は『生命とは何か』に関する現在の理解の向こう側を探索すること――生命の定義を拡大することにある。その一環として、この惑星の隅々まで調査して、生命など存在するはずがないと思われていた場所でそれを探すことも含まれる」

　フィービーは窓の外に視線を動かした。「例えば、私たちがこれから向かおうとしている場所とか」

「そういうこと。下の捜索は上に目を向けるための――僕たちの世界の向こう側を見るための方法も提供してくれる。地球外生命体の奇抜なバイオシグネチャーを求めて星を調べるための新しいアプローチを提供してくれるのさ。これまでのところは、地球以外の惑星で水を探したり、メタンやそのほかの有機化合物を追い求めたりすることくらいだった。ＬＡＢはそのような捜索範囲を拡大したいと考えているんだ」

「だから君はここのような深海を研究しているということなのか？」モンクが言った。

　ダトゥクがうなずいた。「僕たちのグループは定説の壁を打ち破ろうと試みてきた。例えば、何十年もの間、生命が誕生したのは地球の表面近くだと考えられていた。水と空気が太陽光線と紫外線を浴びているところで生まれたのだと。僕の目標はそうではないと証明することにある。生命はもっと下で、化学エネルギーの力をもらって始まった可能性もあると示すことにある。そのことをきっかけとして僕が興味を持つようになったのが、地球のピエゾスフィア——深海および海底から五千メートル下までの層なのさ。深い海成堆積物中の、海底からさらに何千メートルもの地下には、生命なんて存在するはずがないのに、僕たちはそこでも生命を見つけた。代謝がとてもゆっくりなために、一つの細胞が分裂するのに千年もかかるような生き物がいたんだ」

フィービーは眉をひそめた。「そのような不思議な生命の研究が、地球外のバイオシグネチャーの捜索を拡大させると期待しているわけなの?」

「できると信じているよ。地下深くでゆっくりと成長する生命を捜索すれば、ほかの惑星で生命を発見できる可能性がより大きくなると確信している。表面近くの成長が速い生命は、短い時間で現れては消えるを繰り返す。惑星の表面は恒星からたくさんのエネルギーをもらえるけれど、隕石の衝突あるいは恒星のフレアによって壊滅するおそれもある。一方で表面よりも下の生命はそのような破壊から守られるから、より安定していることになるよね」

フィービーは目をぱちくりさせながら今の情報を受け止めた。

ダトゥクが彼女の背中側に目を向け、窓の方に顎をしゃくった。「見通しのいい海域に戻ったみたいだ」

フィービーは後ろを振り返った。

濁りがすっかり消えていた。

ダトゥクがセンサーの数値を見て報告した。「塩分濃度は通常に戻っている」その声にいぶかしげな調子が加わった。「その後も下がり続けているね。しかも、酸素濃度が上昇している」

フィービーは暗い海を見つめた。すでに水深は七千メートル以上で、超深海帯に入ってからかなりの時間が経過している。「このくらいの深さなら当然そうなるはず」フィービーは指摘した。「深い海溝内の海水は低い塩分濃度と高い水圧のせいで酸素濃度が高まるから」

「でも、この数値を見てよ」ダトゥクが言った。

フィービーは窓の外の海から光を発する小さな画面に視線を移した。ＤＯ――溶存酸素の数値が上昇を続けている。フィービーが見ている間に12 Mg／Lを超えた――本来より二割も高い数値だ。塩分濃度も二十九パーセントを下回った。このようなかなりの深海でも、海水の塩分濃度が三十三パーセント以下になることはまずない。

フィービーは首を左右に振った。「船外センサーの具合がおかしくなったに違いないわ。こんな数字はありえないもの」

操縦席のブライアンの声が二人のやり取りを遮った。「俺たちの下に見えるあれは何だ?」

フィービーは体の向きを変えた。ほかの人たちも体を曲げ、各自の座席の近くの窓をのぞいている。フィービーは左右の膝の間から下を見た。湾曲したドーム状の窓の端がすぐ下まで来ているので、探査艇の真下を見ることができる。

まわりの人たちから「あっ」という声があがる。

フィービーはあまりの驚きで声も出なかった。

真下に見えるのは――それも急速に距離が縮まりつつあるのは、ゆらゆらと輝く世界だった。エメラルド色や明るい青色の炎の筋が絡み合いながら広がっていて、何百という数があらゆる方向に流れている。そのほかにも光り輝く万華鏡をのぞいているかのように脈打っているところもあった。

フィービーは自分の目に映るものの正体を理解した。

〈生物発光〉

探査艇は輝きを放つこの世のものとは思えない光景に向かって降下を続けた。その間も光る世界はあらゆる方向に広がっていき、その先端部分は暗がりと一体化している。

フィービーは両側にそびえる壁――トンガ海溝の断崖を思い浮かべた。岩盤と接触するリスクを避けるため、探査艇は海溝の中央部を進んでいるところだった。

「あれは私が思っているものなのか？」後ろからアダムが問いかけた。

フィービーの脳裏に海溝の海底地形図に表示された黒い油のような広がりがよみがえった。あれは高さ三百メートル以上、面積にして五百二十平方キロメートルにも及ぶ、とてつもなく大きなサンゴの森の存在を示していた。

ただし、この森は黒くない。

コーモラントが海底に向かって降下を続けるうちに、生物発光のジャングルの姿が鮮明になった。そこは濃い色の枝が作り出す光のおとぎの国で、鮮やかな色合いで点滅し、揺らめき、輝いている。サンゴの幹はセコイアほどの太さがあり、それがはるか下から何本も伸びていた。根はさらに深いところにあり、森のまばゆい明るさをもってしても、そこまでは光が届かない。コーモラントの真下では絡み合った枝が織物のような林冠を形成していて、凹凸のある景色が視界いっぱいに広がっていた。

「バラストを排出」ブライアンが言った。「中性浮力に移る」

ブライアンはスイッチを切り替え、五キロ分の重量を次々に排出した。

降下速度が緩やかになるなかで、フィービーは目をそらすことができずにいた。コーモラントの降下が止まり、輝く林冠の真上で静止した。光の奥に目を凝らすと、いちばん近くにある黒い枝に密生したポリプの先端が確認できる。

ポリプはどれもエメラルド色で、サンゴの黒くてかたい外骨格から伸びていた。

フィービーの頭に前の日の記憶がよみがえった。タイタンステーション・ダウンの外に一本だけ、あたかも見張りのように生えていたサンゴからサンプルを採取した。これも同じ種なのだろうか？　この距離からでははっきりとしたことは言えない。昨日は施設の近くのサンゴを見て、古くから存在する巨人だと思った。けれども、もし真下の森が同じ種だとしたら、昨日の高さのあるサンゴですらもまだ苗木にすぎない。

フィービーはジャズもこの場にいて、この景色をじかに見ることができていたらいいのにと思った。

すぐ後ろでダトゥクがつぶやいた。「アカー・バハル」

「何て言ったんだい？」アダムが訊ねた。

「クロサンゴのマレー語での名前だよ――まさにその通りっていう感じだな」

フィービーは外に視線を向け続けた。「どうして？　どういう意味なの？」

「『海の根っこ』という意味なんだ」

フィービーはどこまでも広がるサンゴの森を眺め、もっとふさわしい名前を教えた。「ここにあるのは『世界の根っこ』と呼ぶ方がよさそうね」

15

一月二十三日　ニューカレドニア時間午後九時五十五分
珊瑚海の水深三千メートル地点

ジャスリーン・パテルは光学顕微鏡から顔を離し、左右の目をこすった。フィービーと一緒に採取した十七のサンプルのスライドを、二時間ぶっ通しで見続けていた。両目の奥の痛みが治まらない。きっと夕食を取らなかったために血糖値が下がったせいだ。けれども、彼女はボスの期待を裏切りたくなかった。

首筋を伸ばして凝りをほぐし、すぐ横にある画面を開いたままのラップトップ・コンピューターで時間を確認する。そろそろフィービーが海溝の底に到達している頃だ。ジャズはふとうらやましさを覚えた。だが、すぐにそんな思いを打ち消す。

〈すぐに私にもチャンスが巡ってくる〉

ジャズはコンピューターの方に向きを変え、作業の見直しに取りかかった。朝からずっと、サンプルの形態学的および生理学的な特徴の分類にかかり切りだった。そのためにはベンチックチャンバー——高圧に保たれた保管用タンクに収納したサンゴの塊から、直径一センチのコアを慎重に抽出する必要があった。さらには、微小なサンプルは調査前にゆっくり時間をかけてステーション内の一気圧に合わせなければならなかった。

忍耐を必要とする作業だ。

この日はずっと、それぞれのサンプルを観察し、ポリプの触手の本数を数え、その色を記録し、長さと太さを測定してきた。サンプルをＮａｖａＳｅｑ６０００のＤＮＡシーケンサーにかけた。研究室の解剖顕微鏡を使って触手の刺胞——毒を含む細胞をほぐす作業まで行なった。刺胞は指紋のように一つとして同じものがないため、分類するうえで大いに役立った。

ラップトップ・コンピューターからチャイムの音が鳴り、メールの着信を知らせるポップアップが表示された。

〈ようやく……〉

ジャズはメールに添付されたファイルを開いた。施設の走査電子顕微鏡を扱うチームから送られてきたものだ。ジャズはそれぞれのサンゴのサンプルを預け、その骨片——石灰質の骨格を複数の角度から撮影してほしいと依頼していた。これもまた、種を分類するための方法の一つだ。同一の炭酸カルシウムの構造を持つサンゴは存在しない。

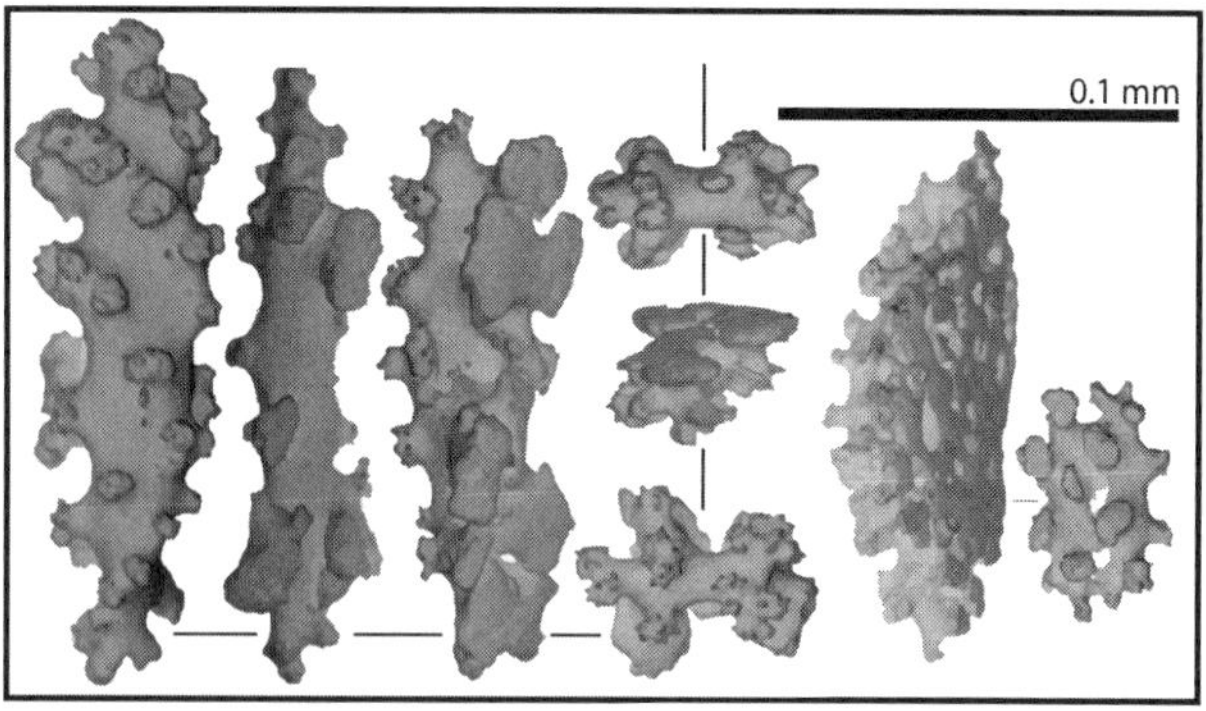

ジャズは顕微鏡写真を次々に見ていったが、特に気になっていたのはサンプルA17だった。英数字は採取した四分円状の区画からつけたものだ。ジャズはそびえ立つ黒い巨大サンゴを思い返した。エメラルド色のポリプという装飾を施され、暗闇でゆっくりと成長する一本のクリスマスツリーのようだった。

ジャズはそのサンゴの骨片のスキャン結果を呼び出した。サンプルは複数の角度からとらえられている。顕微鏡チームは素晴らしい仕事をしてくれた。

ジャズは眼鏡の位置を直しながら画面に顔を近づけた。「あなたは何者なの?」目の前にある謎に向かって小声で問いかける。

サンプルA17は彼女を当惑させ、混乱させ、魅了し続けていた。クロサンゴに見られる特徴のすべてを備えているにもかかわらず、六本のはずの触手の数が八本なのだ。それに加えて、スイーパー触手は異常なまでに長いうえに、その先端にある刺胞はほかと比べて四倍もの大きさがある。骨片のスキャン結果からも、これまでに見たことのないほどポリプが密生していた。

〈あなたたち緑のおチビさんが脱出のための手段を進化させたのも当然ね。こんなに混み合っていたら息が詰まってしまう〉

フィービーがサンプルを採取しようと試みた時、小さなポリプが警戒していっせいに飛び出し、採取用のアームを攻撃した光景が頭によみがえる。

しかし、この日のいちばんのいらだちの原因は、この種のＤＮＡを解析しようという試みにあった。何度シーケンサーにかけてもエラーが表示されてしまうのだ。ほかにも記録しなければならないサンプルがあったので、ジャズはあきらめることにした。フィービーが戻るのを待って、改めて行なうことにしたのだった。

ジャズは再び時間を確認した。

〈もう一回くらい、自分でやってもいいかも〉

ジャズは友人でもあるフィービーを落胆させたくなかった。今日中に自分の作業を終わらせ、結果をタイタンＸのフィービーに送信し、彼女が深海から戻ってきた時にはすでに届いているようにしておきたかった。

そうしようと決めると、ジャズはキャスター付きの椅子を動かしてコンピューターの前から離れた。遅い時間にもかかわらず、生物学の研究室にはまだ多くの人たちが残っていて、思い思いの姿勢で作業に集中している。ジャズは顎が外れそうなほど大きなあくびをしながら立ち上がり、研究室を出た。中央の階段に向かい、一つ下の階に移動する。生物学関係のウエットラボと高圧のベンチチックチャンバーはそのフロアにある。同じ階にはROV用の作業スペースが半円状に連なっている。

こんな時間にもかかわらず、ROVのスペースはすべて使用中だった。

ジャズはそちら側に背を向け、高圧室に入った。まるで水族館の中に足を踏み入れたかのような感じだ。フロアの外周を取り囲むガラスの前に、積み重ねた四個のタンクを一列として横に十列、合計で四十個のタンクが並んでいる。それぞれのチャンバーの下からは、ゲームセンターにあるクレーンゲームのような二本のレバーが突き出ている。研究者はそのレバーを動かして、高圧タンク内にあるドリルやコア採取器や吸引管を操作する。

サンプルA17をもう一度DNAシーケンサーにかけるには、新しいサンプルの方がいい。中ではほかに二人の生物学者が作業中だったが、うまい具合にジャズたちのタンクの前には誰もいない。これなら順番を待たずにすむ。

ジャズはベンチチックチャンバーに近づいた。自分たちの名前――「リード、パテル」がタンクのガラスの上の隅に、黒の消せるマーカーペンで記してある。研究者たちはそうやってこれは自分が使っているタンクだということを示す。原始的だがわかりやすいやり方だ。

ところが、今は二人の名前の下に新たな名前が書いてあった。ジャズはアジアの言語の文字にあまり詳しくなかったものの、それがハングル文字だということはわかった。その研究者はきっとドクター金鍾錫《キム・ジョンソク》で、甲殻類、特にエビが専門だ。意地が悪く人との応対も乱暴なことで知られていて、特に女性の研究者に対してはその傾向が顕著だった。

ジャズは採取したサンゴのサンプルを一つずつプラスチックのトレイに分け、タンクの底にきちんと並べておいた。ところが、ドクター金は半透明のピンク色の殻を持つ大型のエビ二十数匹を、ただタンクの中に突っ込んでいた。ジャズが見たところ、その種は日本のサクラの花が名前の由来になったサクラエビのようだった。エビはタンク内を泳いだり暴れたり這ったりしている。熱心すぎるウエイターがペッパーミルを余計に回したかのように、タンクの底にはエビの糞《ふん》が点々と散らばっていた。

ジャズは怒りのため息をついた。ベンチックチャンバーをほかの研究者と共同で使用する可能性があることは事前に知らされていたが、未使用のタンクはまだ四つもある。タンクの準備には一時間かかるのだが、金はそんな余計な手間をかけたくないと思い、自分のサンプルをジャズたちのタンクに放り込んだのだろう。

「嫌なやつ」ジャズはつぶやきながら操作レバーをつかんだ。

フィービーがこの場にいたら、同じように憤慨していたはずだ。

ジャズは自分たちのトレイを確認した。せわしないエビたちのせいで位置が動いてしまっている。サンプルの一つ――G5はトレイから飛び出していた。ジャズはアームを使ってサンゴの塊を元の場所に戻した。続いてA17に注意を向け、作業に取りかかろうとペンチとドリルを動かした。

少なくとも、A17のサンプルは被害を受けていないようだった。プラスチックのトレイ内にコショウの粒のような糞が数個、落ちているだけだ。その近くにピンク色のエビが三匹、ひっくり返っているのを見て、ジャズは頭を左右に振った。脚も触角も動いていない。死んでいる。

ドクター金は同僚への対応だけでなく、自分のサンプルの取り扱いも心得ていないようだ。荒っぽい扱い方でサンプルを殺してしまったに違いない。しかも、生きているエビと死んだエビを分けることすらしていなかった。ほかのエビたちは死んだ仲間を恐れるかのように、タンクのその一角に近寄ろうとしない。

ジャズは死んだエビのうちの一匹をペンチでつついた。するとピンク色のエビから緑色の小さな塊が飛び出てきた。〈ポリプだ〉ポリプたちはぴくぴくと体を動かしながら、とげを持つサンゴの黒い枝という本来の住みかに急いで戻っていった。

ジャズは顔をしかめた。〈ポリプがエビを食べていたということ？〉エビの体を仰向《あおむ》けにする。半透明のはずの脚がどれも黒くなっていた。そのうちの一本は折れて少し離れたところにある。たぶん何日も前に死んでいたに違いない。これもまた、作業に対する金の注意力の欠如を示す証拠だ。

ジャズはため息をつき、自分の仕事に意識を集中させた。A17の太い枝をペンチでつかみ、ドリルでコアサンプルを採取すると同時に、数体のポリプの確保も試みる。そのためには逃げようとするポリプを吸入管で追いかけなければならなかった。そして集めたすべてを取り出し用の容器に移す。それを密閉してからボタンを押し、容器内の圧力をゆっくりと抜き始めた。減圧には四分という長い時間がかかる。

それが終わるのを待つ間、ジャズはタンクに額を押し当てた。ピンク色のエビの滑稽《こっけい》な動きを見つめる。この闖入《ちんにゅう》者に対して怒りをぶつけるのは無理だった。タンク内を泳ぎながらくるくると回っている様子は、腕白な子供たちがはしゃぐのを見ているかのようだ。そのうちの一匹がA17に近づきすぎた。十数体のポリプが黒い枝から飛び出し、鞭のようにしなるスイーパー触手を伸ばした。侵入者を激しく打ちつけて攻撃する。

エビは脚をばたつかせ、甲殻を震わせながら、苦しそうにもがき始めた。やがてゆっくりと底に沈んでいった。その先には仲間の死体がある。数体のポリプがエビの動きを追い、そのほかはサンゴの中の住みかに戻っていった。攻撃を受けたエビが仰向けになってタンクの底に横たわった時、ジャズは半透明の殻を通して赤い輝きが見えることに気づいた。あたかも内側から燃えているかのようだった。ジャズはもっとよく見ようと体を動かしたが、すぐに腹部は黒くなってしまった。

ジャズは眉をひそめた。〈ただの目の錯覚で、室内の照明がガラスに反射したからに違いない〉そう思いながらも、ジャズは朝からずっと頭を悩ませている疑問を繰り返した。答えを教えてくれないクロサンゴのかけらをじっと見つめる。

「あなたは何者なの？」

別の質問が聞こえてきた。「君は私のサンプルに何をしているのかね？」強い口調の声だ。

驚いたジャズはあわてて振り返った。

ドクター金鍾錫がにらみつけていた。怒りが険しい眼差しに現れている。背丈はジャズよりも七、八センチ高いだけなのに、二メートルを超える長身の持ち主であるかのような態度だ。

ジャズはひるまなかった。「あなたのサンプル？　あなたはこれを夜食用に採取したんだと思っていました。自分の研究対象をこんな風に荒っぽく扱う研究者なんていないはずですから」

黒くて細い口ひげの下できつく結んだ金の唇から赤みが消えていく。この男性はKAIST――韓国科学技術院の教授だ。ほかの人から盾突かれることに慣れていないのだろう。しかも相手は大学院生で、それも女性ときている。

「ミズ・パテル」金が冷ややかに言った。ジャズがまだ博士号を取得していないことを当てつけるかのような呼び方だった。「私は一刻を争う研究を抱えていて、ちょうど君のベンチックチャンバーがほとんど空っぽなのを見つけた。しかも、ドクター・リードは留守にしているから、ここで科学的に重要な作業が進められることはないだろうと判断した。その間はタンクを有効活用する方がいいと思ってね。ドクター・リードが君にどれほどたいそうな仕事を割り当てたのかは知らないが、正当な研究を優先させてもらってもかまわないはずだ」

見下すような言葉を浴びせられても、ジャズは相手から目をそらすことなく、ただ笑みを返しただけだった。「私たちは刺胞動物のまったく新しい亜門を発見しようとしているところなんです。一方あなたは、何年も研究されてきたエビの種で遊んでいるみたいですね。あなたの研究は何ですか？　新しい料理法を発見することとか？」

「ミズ・パテル、どうやら君には身をもって――」

「それにあなたはまだこのタイタンステーション・ダウンにいますけれど、私のボスは海底一万メートルの地点でまったく新しい生物圏の探査をしているところです。より重要で正当な研究はどちらでしょうかね？」

その頃には室内にいたほかの研究者たちも二人のことを見ていた。ジャズはこのやり取りの件が施設全体に広まるに違いないと思った。

金が両手をきつく握り締めた。

ジャズの笑みが大きくなった。〈やってみな、おっさん〉ジャズには三人の兄がいたので、喧嘩のやり方ならば心得ている。

背後のタンクからのカチッという大きな音で二人の対決は中断された。振り返るとタンクの下部にある減圧室の扉が開いている。サンプルはいつでも回収できるようになっていた。

ジャズは金に背を向け、サンゴのかけらが入った広口のナルゲンボトルを慎重に取り出した。もっとドクター金をやり込めたいところだが、まだ大切な作業が残っている。ジャズは減圧室の扉を閉め、瓶のサイズに合うふたを手に取ってから向き直った。

金は目の前にいた。さっさとそこをどけと言いたげで、自分の方が地位は上なのだと示そうとしている。ジャズはその場を動こうとせず、ボトルの中身を見下ろした。相手の鼻息が聞こえるが、そこに立ったまま容器を揺らし、サンゴから取り出した黒いかけらが海水の中で動くのをじっと見つめる。

「そこをどいてもらえないだろうか?」金が依頼した。この程度の頼みごとをするだけでも我慢がならない様子だ。

ジャズはようやく折れた。ここが自分の縄張りだということは十分に主張できたはずだ。ところが、ジャズが横に移動するよりも早く、床が大きく震動した。激しい揺れでジャズの体が金の方に飛ばされる。金はとっさに彼女の手をつかんで体を支えたが、そのはずみでサンプルが入った容器を突き飛ばしてしまった。中身が二人の指にかかる。

揺れは五秒間ほど続いた。

地震が収まると、ジャズは相手を押しのけるようにして金の腕から離れた。恥ずかしさで頬が熱い。ジャズは濡れた指を振り、床に転がった瓶を見下ろした。サンゴのサンプルがまだ中にあることを祈りながら、体をかがめて拾い上げようとする。

瓶に触れようとした時、何かが中指を刺した。スズメバチに刺されたよりも強い痛みだ。ジャズは思わず声をあげて片膝を突いた。強い痛みが焼けつくような熱さに変わる。手のひらを上に向けると、一ミリほどの大きさの緑色の点が指にくっついている。ジャズは顔をしかめ、ポリプを払い落とした。

金が手を自分の胸にこすりつけながら後ずさりした。痛みをこらえているのか、表情はひきつったままだ。彼も刺されたのは間違いなさそうだった。「それは何だ？」

ジャズが瓶を持ち上げると、まだ中に入っていたサンプルのかけらがカタカタと音を立てた。「サンゴに刺されただけですよ」ジャズは平静を装って相手をたしなめたが、指は強い熱を持ったままだ。

ジャズはプラスチックのふたも拾い、しっかりと回して閉めた。そのうちに痛みがゆっくりと引いていく。金は顔をしかめたまま外に出ていった。どうやら一刻を争う研究は本人が主張するほど急ぎではなかったらしい。

ジャズは洗面所に行ってペーパータオルと消毒液のスプレーを手に取ると、汚れをふき取った。使用したものはバイオ廃棄物用のダストシュートに放り込む。その中身は焼却処分されることになる。

清掃作業が終わると、落ち着きを取り戻したジャズは気まずさを感じながらその場を離れた。今の出来事も施設の各フロアに話が広まることだろう。敗北感のようなものを覚えつつ、ジャズは研究室まで戻り、サンプルを夜の間はそのまま保管しておくことにした。

〈明日の朝から始めればいい〉

ジャズは女性の研究者用の部屋がある上の階に向かった。手のひらを開いたり閉じたりしながら、まだ指先に残る熱さをやりすごそうとする。安全基準をしっかりと守らなかった自分が情けない。減圧室から取り出したら、ただちにボトルを密閉するべきだったのだ。

ジャズは階段を上りながら、エメラルド色のポリプに追われて高圧タンクの底に沈んだ小さなピンク色のエビを思い返した。刺された指先の焼けつくような痛みから、今ならば小さな甲殻類がなぜあの攻撃で倒されたのか理解できる。

ポリプの毒はかなり強いものなのだ。

〈私がエビでなくてよかった〉

午後十時四十四分

コワルスキは言い争いの仲裁役をするタイプの人間ではなかった。たいていはそのきっかけを作る側だった。

大男は地質学研究室の中にいて、葉巻を上下の奥歯に挟んでいた。火気の使用が厳しく制限されているため、葉巻に火はついていない。どっちにしろ、コワルスキは葉巻を吹かすことができなかった。医者に禁煙を命じられているからだ。それでも、コワルスキはキューバ産のタバコの葉の味と香りを味わっていた。

目の前ではウィリアム・バードが年配の火山学者を激しく責め立てていた。金子春夫が座る前にはモニターが並んでいて、グラフや地図や地震のデータが表示されている。室内にいる全員がつい先ほどの揺れを感じた。どうやら金子は今の地震がとどめのひと揺れとでも言うべきもので、より大きな地質学的事象が確実に訪れると信じているらしい。

「複数の予測プログラムの結果だ」金子はきっぱりとした口調で断言した。「この地域一帯が危険なまでの速さで不安定になりつつある。私の以前のモデルが予測していたよりも速い」

「しかし、すぐに収束する可能性もあるじゃないか」バードが反論した。「スタンフォード大学とＭＩＴの地震学者の見解を読んだが、そのように評価していた」

「彼らの解釈が少数派だということは君も承知のはずだ。多くの学者は私の予測と同意見なのだぞ――多少の誤差はあるにせよ」

「その誤差の範囲に関して言うと、変動の起こる可能性は数日以内から数年後と幅がある」

「だが、最も悲観的な予測を出しているのは、私と同じ火山学者たちだ。火山の噴火は最大の脅威に当たる。それにこの地域の調査に私ほど深く関わっている地質学者はほかにほとんどいないし、過去数週間にわたってこの海溝をモニターしているのは私だけだ。私の予測モデルでは八十三パーセントの確率で十二時間以内に破局的な事象が発生する。ことによるとそれよりも早いかもしれない」

バードがこれ見よがしにため息をつき、譲歩した。「それなら、君のチームに状況の監視を夜通し継続してもらおう。朝になっても君がここまで不安なようならば、日の出とともに退避を開始しようじゃないか」

二人がコワルスキの方を向き、意見があれば言ってほしいと求めた。彼が伝えたいことは一つだけだった。これまでその人生哲学に従ったことはほとんどない――しかし、今はそれが妥当なように思われた。

「用心するに越したことはないぞ」コワルスキはぶっきらぼうに警告した。

金子がうなずいた。

「さっさとここからおさらばするべきだ」コワルスキは促した。「この施設から退避するのにどのくらいの時間がかかるんだ?」

バードが頭の中で計算しながら指折り数えて答えを導き出した。「下にいる人員と潜水艇の数、それに海面までの往復の時間を考えると——約三時間といったところだ」

コワルスキは顔をしかめた。「そんなに長くかかるのか?」

「我々は水深三千メートルの地点にいるんだぞ」億万長者が言い聞かせた。

「だったら言い争いをしている場合じゃない」コワルスキは言った。「みんなに荷物をまとめさせろ」

バードが最後に虚《むな》しい抵抗を試みた。「仮に退避した場合、すべてを再び準備するには何週間もかかる。何百万ドルもの費用が余計に必要になる。無数のプロジェクトが中断される。しかも、我々の判断が間違っていたら、無用なパニックを引き起こしたとしてマスコミが大喜びすることだろう」

コワルスキはかまわず扉を指差した。「マスコミに叩かれるくらいですめば、何百人もの科学者が死ぬよりもましだ」

コワルスキににらまれたバードは肩を落とした。「そうだな、君の言う通りだ」

金子はかなり安堵したらしく、それは室内にいるほかの地質学者たちも同じだった。そんな彼らの大いに安心した様子を見て、コワルスキはグラフや地図からの情報以上に不安を覚えた。

扉の方に向かってバードが部屋を出ようとした時、背が高く肌の黒い男性が研究室に駆け込んできて、きびきびとした身のこなしで億万長者に歩み寄った。コワルスキと同じくらいの背丈があり、大きな体でジャンプスーツが張り裂けそうだ。服の色がチャコールグレーなのは、男性が施設の警備を担当するチームの所属だということを示している。携帯している武器は腰に留めた折りたたみ式の警棒だけだ。危険を承知でこんなところに銃を持ち込むような人間はいない。

〈ほとんどいない、と言うべきだけれどな〉

「報告します」警備主任と思われる男性が言った。

「どうしたのだ、ジャラー？」

「上からの連絡です」ジャラーが伝えた。「大型の軍用船が我々の方に接近中です」

「それで？」

「こちらからの呼びかけに応答しません」

コワルスキは話に割り込んだ。「どこの軍だ？」

「暗いのでそこまでは確認できませんでした。何でもないのかもしれませんが」

そんなはずはないと思い、コワルスキは眉をひそめた。

〈何でもないなんてありえない〉

「連絡を絶やさないよう上に伝えろ」バードが指示した。「あと、下にいる我々が退避を開始することも知らせるように」

ジャラーは左右の眉を吊り上げたが、すぐにうなずくと回れ右をして立ち去った。

バードが室内に向き直った。「君たちの言う通りのようだ。事態が鎮静化するまで、上で待機する方がみんなにとっても安全だろう」

コワルスキはその判断にすんなりとうなずけなかった。胃がむかむかするような嫌な予感がする――たいていの場合、そんな予感は的中する。コワルスキは腕時計を確認した。ほかにも危険を知らせなければならない人たちがいる。

コワルスキは火山学者の方を見た。「海溝に潜っているチームはどうなんだ?」モンクたちのことを思い浮かべる。「いつ大爆発してもおかしくない状態だと、彼らにも知らせるべきじゃないのか?」

その提案を後押しするかのように、施設がまたしても激しく揺れた。テーブルの上の装置がカタカタと動き、ガラス製品がぶつかって音を立て、床が震動する。

全員が息をのんで揺れが止まるのを待った。

地震が収まり、コワルスキが口を開こうとすると――再び揺れが始まった。

揺れは何度も繰り返し襲ってくる。

コワルスキは研究室内の無線を指差した。「すぐに連絡を入れろ」

16

一月二十三日　ニュージーランド夏時間午後十一時七分
オークランドの北東千キロの太平洋

フィービーは座席から身を乗り出した。外ではスラスターが単調な機械音を発しながらコーモラントを前に進めていて、真下には光り輝く世界が広がっている。熱帯雨林の上空を飛んでいるみたいだが、ここの森は蛍光塗料のパレットを手にした半狂乱のアーチストが絵の具を塗りたくったかのような光景だ。どこに目を向けてもサンゴのジャングルが揺れたりまばゆく輝いたりしていて、金属を思わせる光の筋がはるか下にまで通じていた。

ブライアンが探査艇をおとぎの世界の数メートル上にまで近づけた。コーモラントのガルウイングはすでに開いていて、ＤＳＶはその名前の由来となった鳥が滑空するように水中を進んでいた。

探査艇からのライトが前方と下を照らしている。

最後部の座席にいるアダムは、船に搭載されているサムボトムプロファイラーからのスキャン結果が映っている画面を監視していた。ウォーターカラムのここまで低い地点からスキャンすることで、トンガ海溝の本当の底をようやく発見できるのではないかと期待しているところだ。

「何かわかったか？」モンクが訊ねた。

アダムがうなずいた。「海底をとらえつつある。ここから約五百メートル下だ。このサンゴの広がりを通り抜けた先にある」

ダトゥクが興奮を抑え切れない様子で片膝を上下させた。「その深さはトンガ海溝の最深部と同じくらいだ」

「しかも、海底はどんどん下がり続けている」

フィービーは膝の間から下をのぞいた。サンゴの森の下まで見通せるプロファイラーと同じくらいの視力があればいいのにと思う。実際には密生した林冠の下はあまりよく見えなかった。ただし、深くなるほどエメラルドグリーンのポリプが成長していて、より大きくなっているらしいのはわかる。林冠の表面に広がっているのはいちばん若い個体で、このコロニーの最年少のポリプに違いない。

フィービーは下の方のより大きなポリプが、森の生物発光の光源のほとんどを担っているらしいことにも気づいた。幼いポリプはその特性を有していないようだ。沿岸域のサンゴは褐虫藻と呼ばれる微細藻類と共生関係を築き、褐虫藻が太陽光線を光合成することで双方に栄養分を供給する。フィービーはここでも同じような共生関係が、ただし褐虫藻ではなく発光性の藻類との間で築かれているのだろうかと思った。あるいは、ある種の化学反応のようなものが内在していて、ポリプが成長するにつれてその力が発露するのだろうか？

〈わからないことばかり……〉

サンゴの森の上を進んでいると、何かがフィービーの目に留まった。大きな影がコーモラントの動きを追うかのように移動していて、サンゴの巨大な幹の間を縫って森の中を進んでいた。少し前にもその存在を目にしていたのだが、正体は依然としてわからない。探査艇のライトが作り出す影のせいでそう見えているだけなのかもしれなかった。そもそもその存在は、嵐の黒雲が星を隠すかのように生物発光の輝きを遮る黒い塊としてしか確認できていない。改めて目を凝らしても、実態を伴う何かがそこにいるとは言い切れなかった。

それでもなお、フィービーは感嘆した。

〈こんな深海にどのような生き物が生息しているのだろうか？〉

それを突き止める方法は一つある。フィービーはブライアンを見た。「ランダーまでの距離はあとどのくらいなの？　餌の箱を使って森の中から生き物をおびき寄せたいんだけれど」

操縦士はソナーをチェックした。海底の地形図の上に三つの光が輝いている。「ルーイが五百メートル前方にある」ブライアンが返答した。「沈没した潜水艦までの針路上に位置している。だが、餌が必要ならばそこまで待たなくてもいいと思うぞ」

「どういうこと？　何が言いたいの？」

林冠が黒く盛り上がったところに近づいたため、ブライアンがスラスターを操作して探査艇を上昇させた——だが、そこは森の一部ではなかった。

「前方に沈んだクジラがいる」操縦士が知らせた。

ダトゥクとモンクが肩越しに前をのぞき込んだ。

「あれは何だ？」モンクが訊ねた。

「今の言葉通りのもの」フィービーは答えた。「死んだクジラは海底まで沈み、深海生物にとってはありがたいごちそうになるの」

コーモラントがクジラに近づく間、フィービーは船外の複数の４Ｋカメラがすべてをちゃんと録画できているか確認した。間もなく黒いふくらみはマッコウクジラの巨体だと判明した。サンゴの森の上に体の側面を下にして横たわっている。その相当な重量をもってしても、林冠を完全に突き抜けることはできなかったようだ。

ほかの沈んだクジラと同じように、マッコウクジラもここの生き物たちにとってのごちそうになっていて、栄養分の乏しいこの深海では貴重な獲物だった。死骸の半分はすでに食い荒らされ、湾曲した肋骨《ろっこつ》や長い顎の骨が露出している。残った部分に生き物がたかり、その上を這い回っていた。ついばんだり、引き裂いたり、切り取ったり、潜り込んだり。

「どういうことなんだ？」モンクが訊ねた。「ここでこんなにもたくさんの生き物が見られるのは当たり前のことなのか？」

「そうね」フィービーは見入ったまま小声で答えた。「でも、そうじゃないとも言える」

モンクは唖然として彼女の肩越しに見つめたままだ。「どういう意味だ？」

フィービーは骨を思わせる白い色の大型甲殻類の一群が肉を切り裂いているところを指差した。小型のエビのような見た目なのに、その大きさはロブスター並みだ。頭の前で長い触角を左右に揺すっている。

「あれは端脚類。深い海溝内に生息していて、このくらいの深度でも生き延びることができる。浅瀬に生息する仲間は親指の爪くらいの大きさしかないけれど、深い海溝内では約三十センチにまで成長することもある」

モンクが首を左右に振った。「あそこの大物は一メートル近い長さがあるぞ」

フィービーはうなずいた。「さっき『そうね』と答えたのは、このあたりでもあのような生き物が見つかるという意味――でも、『そうじゃない』と言ったのは、これほどの大きさのものは初めてという意味」

端脚類のうちの一匹が甲殻を丸めてボールのような形になった――遠い仲間に当たるダンゴムシを思わせる形状だ。そしてクジラの体を転がり落ちた。

「悪夢から飛び出してきたかのような生き物だな」アダムが指差す先を見ると、分解しかけた肉の上をまたいで歩く真っ赤なカニの姿があった。体の下には節を持つ長い脚があり、広げたその長さは四メートルを超えそうだ。「あの生き物も普通よりかなり大きいのか?」

「そうでもないかな」フィービーは答えた。「あれはタカアシガニ。こんなにも深いところに生息しているという報告はこれまでないけれど。でも、前にも言ったように、このような深い海溝のうちで今までに調査されたのは――人間の目によるものと機械の目によるものを合わせても、全体の一パーセントに満たない」

フィービーはクジラの死骸の上を悠然と泳ぐ大きなアカエイを目で追った。体の幅はほぼ二メートル、とげを持つ尾も含めた長さはその二倍はある。

通常は単独行動を好むタコが群れを成し、空洞になった死骸の内部に潜り込んでうごめいていた。フィービーはそのタコの種がミズダコだとわかった。体長は九メートル以上、体重は一匹が三百キロほどありそうだ。

フィービーは驚きと感嘆で首を左右に振った。

〈こんなにも深いところでどうやって生きているんだろう?〉

深い海溝は孤島に似た役割を果たしている。遠く離れた地にあって過酷な環境下でもあるため、生き物はほかの海溝との間を行き来できず、抜け出すことのできないそれぞれの生息域に適応せざるをえないのだ。

〈そしてここはその極みに相当する〉

この海溝内に隔絶された生き物たちは、極限の水圧に対抗するために独自の適応戦術を発達させたに違いない。

その見解を証明するかのように、一匹のイカが視界に現れた。縄張りを主張して泳ぐその姿は近づくにつれてますます大きくなる。ダイオウホウズキイカの中でもかなり巨大な個体で、体重は優に一トンはありそうだ。黒い目は皿のような大きさで、水晶体のまわりの発光器がやわらかい輝きを放っている。触手にも明るい青の燐光《りんこう》が連なり、光のショーでまわりを威嚇していた。

巨大なイカとすれ違いながら、フィービーはサンゴの森の輝きの一部がそこに生息するこのような発光生物によってもたらされているのだろうかと思った。

そのことについてさらに考えを巡らす間もなく、低い地響きがコーモラントを揺さぶった。眼下のサンゴの森も震動で揺れている。サンゴの一部が折れて落下していった。

フィービーが窓を手のひらで押さえると、ブライアンがＤＳＶを上昇させた。

地震から逃れようとするのは人間たちだけではなかった。

死骸にたかっていた生き物たちが散り散りになった。揺れる森の中に隠れようと潜っていく生き物もいれば、たちまち暗闇に泳ぎ去る生き物もいる。数匹のタコはクジラの腹部を避難所代わりにして、そのさらに奥に潜り込む。大きなアカエイがコーモラントの頭上を通過し、まるで逃げろと警告するかのように、とげのある尾で探査艇の上部を打ちつけていった。

ブライアンはその警告に従おうと最善を尽くし、探査艇と激しく揺れる森の間に十分な距離を取った。一分もすると海震の揺れは止まり、まわりの世界も静かになる。それでもなお、ブライアンはサンゴから離れた高さを航行した。

「みんな、大丈夫か？」ブライアンが訊ねた。

うなずきと親指を立てる仕草が質問に答えた。

「このまま進み続けるか？」再び問いかけがあった。

モンクが前に身を乗り出した。「潜水艦までの距離はどのくらいだ？」

「あと三キロだ」

潜航を開始する前、モンクが沈没した潜水艦の真上からは降下しない方がいいと主張した。原子力潜水艦だった場合には放射性物質の漏洩のおそれがあるためだ。アダムも同じ意見だった。二人が密かに目線を合わせるのに気づいたフィービーは、彼らが潜水艦に関して教えてくれた以上のことを知っているのではないかと勘繰った。とはいえ、フィービーもその進め方に反対しなかった。そのおかげでサンゴの森を探査する時間がより多く取れるからだった。

クジラの死骸が後方に遠ざかると、モンクがそちらを振り返った。彼もここの生き物に好奇心を覚えているようだ。「どうしてここでは何もかもがあんなにも大きいんだ?」

「それは深海巨大症と呼ばれているの」フィービーは説明した。「分類学上の種を問わず、深海の動物たちは浅瀬に暮らす同じ仲間よりも大きく成長する。冷たい海水温と高い水圧のせい。それによって細胞がより大きく成長し、寿命もより長くなる。あと、食べ物が少ないことも影響している。大きな動物は代謝がより緩やかで効率的なの」

「つまり、食べる量が少なくてもいいということか」モンクが言った。

「しかも、それだけじゃない」高い圧力下で暮らす生き物についての自らの知識を披露しようと、ダトゥクが話に加わった。「海洋生物の体の大きさは溶存酸素の量に比例する。酸素の量が多ければ多いほど、生き物はより大きくなる」生化学者はディスプレイ上のセンサーの数値を指差した。「この海域の数字を見てよ。とんでもない量だ。ほかの海溝で報告されたものより三割も高い」

フィービーは体をひねって数値を観察した。「塩分濃度も同じくらいの割合で下がっている」

ダトゥクがうなずいた。「このあたりの海水は酸素の量がはるかに高く、塩分が少ない。血漿中と同じくらいの値だね」

「そうだとしたら、あれは巨大な赤血球といったところかな」モンクが右手に見えるクラゲの大きな赤い傘を指差した。その直径は一メートル近くあり、縁からは肉厚の触手が生えている。

「ユビアシクラゲね」フィービーは教えた。「太平洋に生息している。でも、あの個体はこれまでに報告されたものと比べると二倍の大きさがある」

「ここは酸素が豊富だからね、別に驚かないよ」ダトゥクが言った。「それに採取した水からマイクロプラスチックがまったく検出されない。まるで下のサンゴの森が海水をはるか昔のままの状態に浄化したみたいだ」

フィービーは下を見た。今のはなかなか興味深い意見だ。南米ブラジルの熱帯雨林は地球の肺の一つとして機能していて、二酸化炭素を吸収して酸素を放出している。

〈このサンゴの森も似たようなことをしているのだろうか?〉

ブライアンが背筋を伸ばした。「間もなくランダーの一つ、ルーイの地点に到達する。そこで速度を落とし、システムチェックをしてから先に進む。それでいいな?」

誰からも反対意見は出なかった。

反対する人などいるはずがなかった。

午後十一時三十分

スラスターの奏でる音が変化し、フィービーは真下を過ぎゆく光景から注意を移した。コーモラントの船体が軽く揺れ、彼女の体も前に振られる。

「間もなくルーイに到達する」ブライアンが報告した。「ランダーはすぐ前方にあるはずだ」

スラスターの発する機械音がなおも小さくなっていく。ブライアンの巧みな操縦技術で探査艇が滑るように停止した地点は、海底地形図上でランダーの所在地を示す光が輝いているところだった。

海中で静止した状態になると、フィービーはまわりの地形を見回した。「どこにあるの？」

ブライアンが下を指差した。「俺たちの真下だ」

フィービーは前かがみの姿勢になってつま先の下を見た。

〈そうか……〉

四角形のランダーは林冠の最上部を突き抜け、二メートルほど下で止まっていた。折れた枝に挟まって斜めになっている。フィービーははるか昔から存在するサンゴの森が傷ついたことにぞっとした——だが、そのことがいい機会を提供してもくれた。

ブライアンがシステムチェックをしている間に、フィービーはガルウイングの下部のライトを動かしてランダーに向けた。林冠にできた隙間から森のもっと下の方まで見えるのではないかと思ったのだ。ライトの光をランダーの鋼鉄製の本体に当てる。

水中にうっすらとした緑色のもやがかかっていた。フィービーはもやの正体が水中を漂うエメラルド色のポリプだと気づいた。林冠部分を覆っていた数ミリほどの大きさの幼いポリプが、ランダーの激しい落下によって飛ばされてしまったのだろう。

フィービーはタイタンステーション・ダウンでＲＯＶを操作中、サンゴの枝を切断した時に同じエメラルド色のポリプが機械のアームを攻撃してきたことを思い出した。これもまた、二つが同じサンゴの種に違いないという証拠だ。フィービーはブライアンが作業をしている間にサンプルを採取する時間があるだろうかと考えた。そのためにはもっと近くに寄る必要がある。

フィービーはコーモラントの油圧式アームに手を伸ばした。「ねえ、もう少し——」

真下の森の隙間から巨大な黒いウナギが飛び出してきた。フィービーの太腿《ふともも》と同じくらいの太さがあり、その体側には光が脈打っている。大きく開いた口の中には、長さ七、八センチはあろうかという針のように鋭い歯が並んでいた。ウナギは強靱な体を振って激しい威嚇の姿勢を示しながら、コーモラントに向かって牙を剝《む》いた。

ライトの光がおびき寄せたに違いない。

しかも、引き寄せられたのはウナギだけではなかった。

その後を追うように、何千という数のポリプが濃い霧となって渦を巻きながら出現した。すでにいらだっていたポリプは新たな攻撃対象を見つけ、一気にウナギに襲いかかった。ほんの数秒でウナギの全身がポリプで覆われ、黒い体は不気味な緑色に変わった。ウナギはなおも激しく体を振っているが、それは威嚇の目的ではなく苦痛のせいだ。その動きとともにウナギの光が怯えたように点滅し、それが全身に広がっていく。

フィービーはウナギの苦しみを想像して顔をしかめた。光でおびき寄せてしまったことに罪悪感を覚える。

後ろに座るダトゥクが口を開いた。「海水温が急激に上昇しているよ」

画面を注視していた生化学者はＤＳＶの船外センサーの近くで繰り広げられている攻撃に気づいていないのだ。

「外を見て」フィービーは指示した。「たぶんウナギの体温を検知しているんだと思う」

ダトゥクは眼鏡を手で押さえながら窓に顔を近づけた。そのまましばらくじっと見つめている。「ニ・ティダク・ムングキン」信じられないという調子のつぶやき声が漏れた。

「この深さだと海水温が低いから、すさまじいまでの代謝熱が発生していないと外部センサーで検知されない。これが水面近くで起きていたら、あのウナギは燃え上がりはしないにしても焼け焦げてしまうかもしれないな」

すでにウナギが発する光は消えかかっていた。身をよじる動きも静かになっている。フィービーはまだ罪悪感に苛《さいな》まれながら口を手で覆った。あの生き物はここで何十年もの間、生き続けていたのだ。〈それなのに、私たちが押しかけてきたせいで〉

森の中から別の何かがくねりながら上昇してきた。フィービーは別のウナギが現れたのだと思った。だが、どうやらそれは触手のようで、濃い緑色をしていて、様々な色合いの生物発光がきらめきを放っている。その何かはウナギのところまでやってくると体に巻き付き、獲物を林冠の隙間まで引き戻した。続いてもう一本、さらにもう一本の光る触手が森の中から現れた。その先端でウナギの皮膚を優しくさすっている。

そのうちにウナギの表面で泡立つようにうごめいていた緑色が離れ始めた。見る見るうちにポリプがウナギの黒い皮膚から追い払われていく。最初に巻き付いた触手もウナギの体から離れた。ただし、その下部から伸びる細い巻きひげ状のものが触手と体を結びつけたままだ。その細い糸に沿って点滅する光は、心臓が鼓動を打っているかのように見える。

ウナギがゆっくりと動き、触手に見守られながら体をくねらせ始めた。その体側に再び光の筋が現れる。ようやくウナギは触手から自由になり、サンゴの森の奥深くへと帰っていった。光る触手もウナギとともに戻っていき、やがて見えなくなった。

　ブライアンも含めて全員がそれを目撃した。

　モンクが最初に言葉を発した。「あの生き物はウナギを手当てして元気にしてやったのか？」

「それにあれはいったい何だ？」アダムが訊ねた。「タコが下に隠れていたのか？」

　フィーバーは首を横に振った。あまりの驚きですぐに言葉が出てこないが、正体はわかっている。フィーバーは唾を飲み込んでから質問に答えた。「違う、タコじゃない。ポリプだと思う」

　ダトゥクがさっとフィーバーを見た。「ポリプだって？　サンゴの？」

「ずっと深いところの」フィーバーは言った。「サンゴの森では下の方ほどポリプが大きく成長していることは、さっきから気づいていた。海底近くではとてつもない大きさのはず」

　誰一人として納得していない様子だった。

　フィーバーはそれでもかまわなかった。自らの直感と科学を信用している。「ポリプは運動能力があることをすでに見せてくれていた。石灰質の枝から離れることができる。それに触手の外側から伸びていた細い巻きひげのようなものは、スイーパー触手が適応変化したものかもしれない。以前にこの種のサンゴで目にしたことがあるの」

「目にしたことがあるって、いつのこと？」ダトゥクが訊ねた。「どこで？」

フィービーはタイタンステーションの外で発見したサンゴについて説明した。「これもきっと同じ種だと思う」

アダムが眉をひそめた。「それでも私にはあの触手がタコの腕のように思えた。もしかすると原始的な触手で、まだ吸盤が発達していないのかもしれない」

「あれはポリプ」フィービーは言い張った。

「両方かもね」ダトゥクが言った。

全員が生化学者に注目した。

ダトゥクはセンサーのデータから目を離し、全員の方に向き直った。「タコは頭足類として分類されているけれど、進化の面ではまったく筋が通らない存在なんだ。巨大な脳、複雑な神経系、カメラのような目、さらには擬態の能力――これらの特徴はどれも進化の過程で突如として出現した。タコは環境に適応するため自らのRNAを編集することまで可能で、そんなことができる生き物はほかにいない。同じ頭足類の動物と比べると、進化の面ではあらゆる点においてはるかに先行した存在なのさ」

「それはつまりどういう意味だ?」モンクが訊ねた。「君は何を言いたいんだ?」

「タコがどのようにして誕生したのか、僕たちはまだ理解していないということ。あまりにも不思議な存在のため、科学者たちはタコが地球外からやってきたのではないかとの仮説を立てている」

「宇宙生物だっていうのか？」アダムがからかうような調子で聞き返した。

「間接的な意味でね。しかも、その意見は厳しい査読を経て発表された科学的な論文によるものなんだ」ダトゥクが手のひらを見せた。「でも、僕が本当に指摘したいのはそこじゃない。タコがどのようにして誕生したのか、僕たちはまだ理解できていないということなんだよ。わかっているのは、タコが進化の流れの中で登場したのは最初のサンゴが海に現れてから間もない頃だったということだけ」

「あなたの言う通り」フィービーは言った。

ダトゥクが真下を指差した。「しかも、あれはかなり昔からあるサンゴだ」

フィービーはうなずいた。「それもあなたの言う通り」

アダムがサンゴを見下ろした。「君はあの大きなポリプが現代のタコの先祖かもしれないと主張しているのか？　タコの進化の歴史における失われた環に相当すると？」

「僕は何も主張していないよ。推測しているだけさ」

フィービーはこのサンゴに特有のもう一つの側面を思い出した。クロサンゴの種として分類を試みた時にぶつかった問題だ。

このポリプには八本の触手があった。

〈タコと同じように〉

フィービーは光る触手がウナギを優しく蘇生させた時のことを思い返した。あのような利他的な行動はダトゥクの言い分をさらに裏付けることになるかもしれない。研究が進むにしたがって、タコがどれほど複雑で知的な生き物なのかに関する理解が広がりつつある。タコは驚くほど面倒見がよく、仲間を思いやることができるし、愛情や共感を示す。精神的な痛みも感じ、悲しみに暮れることすらある。

フィービーは眼下の森を見つめた。

〈ダトゥクの推測が正しいとしたら？〉

若いポリプがウナギを襲ったのは、若さゆえの攻撃性の現れだったのだろうか？　幼いガラガラヘビは成長した大人のヘビよりも危険だという。子供のガラガラヘビはところかまわず攻撃を仕掛け、嚙みつくとすべての毒液を相手に注入するのだが、成長するにつれて身を隠して慎重に行動する方が生きるうえで役に立つと理解するようになる。また、大人のガラガラヘビは毒液の量を調節し、使い切ってしまわないようにする。時には相手に警告を与えて追い払うため、嚙みつくだけで毒液を注入しない「ドライストライキング」をすることもある。

〈私たちはたった今、別の生物によるそのような行為を目撃したのだろうか？　大人たちは子供たちの攻撃的な行ないを正してやったということなの？　自分たちの世界の治安を維持していて、森の中の住民たちを守っているのだろうか？〉

フィービーは恐怖と驚嘆の思いから首を左右に振った。

けれども、そのような謎の解明は後回しにしなければならない。

ブライアンが操縦席で姿勢を正し、フィービーたちはこの先に控える任務へと注意を戻した。「よし、すべて問題ない。前進を続ける準備はオーケーだ」

17

一月二十三日　ニュージーランド夏時間午後十一時五十八分
オークランドの北東千キロの太平洋

コーモラントが潜水艦の沈没地点に近づく間、モンクはのぞき窓から外を見つめていた。光るサンゴの森があらゆる方角に広がっている。ふと気づくと、モンクは左手首をさすっていた。不安を覚えている時に出てしまう癖だ。指先がつい古傷に動いてしまうのは、手首から先を失う以上のつらい経験をしたくなければ警戒を怠るなと、無意識のうちに伝えようとしているかのようだった。

それとも、新しい義手がまだしっくりきていないだけなのかもしれない。

この義手を装着するようになってまだ三カ月しかたっていない。ＤＡＲＰＡの最新技術の結晶は磁気で手首の切断面に装着されていて、腕の運動神経および感覚神経とつながっている。研究所で培養した皮膚と、大脳皮質に埋め込んだ義手のすべてを操作するワイヤレスのチップのおかげで、本人でも義手と自分の手の区別がほとんどつかない。見た目は本物そっくりだ。コーモラントに乗っている誰一人として、モンクの左手に疑いの目を向けなかった。

義手には普通の手をはるかにしのぐ能力が備わっていた。指でクルミを砕くことができる。手のひらの下には強力なＣ４爆薬が隠されている。ＤＡＲＰＡのエンジニアたちはハッキングツールなど電子戦用の対抗手段も埋め込んだ。

文字通りの意味で常に携帯可能な武器だった。

〈ただし、ここでは役に立たないものばかりだけれどな〉

モンクは右手の指を左の手首から離すと座ったまま体の向きを変え、操縦士の肩越しに見える海底地形図を眺めた。緑色の三角形が潜水艦の位置を示している。

〈あと五百メートルで現場まで到達する〉

モンクは窓の外に視線を戻したが、隣に座る男性の監視も横目で続けた。これまでのところ、ダトゥク・リーが中国のスパイだという証拠はうかがえない。それでも、潜水艦に接近するまでの間、モンクは彼を厳重に見張り、その陽気な振る舞いの下から別の何かが顔をのぞかせた場合には見逃すまいとした。

モンクの背後では最後部の座席からアダムも同じことをしていたが、彼の方は用心深く見張ろうという気などない様子だった。タウの隊員は生化学者をずっと凝視していて、ほとんど目をそらすことがない。もっとも、ダトゥクは注目されていることにまったく気づかなかった。センサーの数値の監視を続けていて、時々ぶつぶつと独り言をつぶやくばかりだった。

動きが目に留まり、モンクは下に注意を向けた。しかし、それは案ずるようなものではなかった。探査艇の通過で発生した流れに押されて、キットカットの真っ赤な包み紙がサンゴの林冠の上を転がっていく。人間の影響がこんなところにまで及んでいることを示す証拠は、それまでにも何度か目にしていた。ビールの缶、ビニール袋、大きなタイヤ。これほどの水深でも地上の世界のごみから逃れることはできないという、実に悲しい現実だ。

しかし、それらが最悪の被害なのではなかった。

前の座席でフィービーが息をのんだ。

モンクにもそれが見えた。

前方では濃い色の傷口がまばゆい光景を黒一色に変えていた。サンゴの林冠に悪い病巣のごとく大きく広がっている。

「潜水艦の位置まであと少しだ」ブライアンが知らせた。

前方に見える損害は潜水艦の衝突が原因にしては予想をはるかに上回る規模だった。ランダーのルーイの墜落地点では、まわりの森はまだ輝きを放っていた。

ここは違う。

前方に見えるサンゴの広がりは死んで黒くなっていた。近づくにつれて変色は広範囲に及んでいることが明らかになり、円を描くように外側に広がっている。

ダトゥクがその理由を説明した。「ガンマ線を検出」

全員が彼の方を見た。

「どのくらいひどいんだ？」モンクは訊ねた。

「十八レム」ダトゥクが答えた。「この中にいればそんなに危険じゃない。でも、数値は上がり続けている。あの潜水艦にはあまり近づきすぎない方がよさそうだね」

ダトゥクが最初に警告した時点で、ブライアンはスラスターを停止させていた。コーモラントは惰性でゆっくりと前進を続け、死の円の端に到達した。

「二十レム」ダトゥクが数値を読み上げた。「三十……」

「引き返せ」モンクは命令した。

ブライアンがスラスターを逆向きに作動させ、船体が後退を始めた。

「何があそこのサンゴを殺したのかは予想できるな」アダムが言った。「沈没した潜水艦から大量の放射性物質の漏洩があったに違いない。それでも、海が優秀な絶縁体の役割を果たしてくれている。上に一万メートル分の水があるから、海面では放射線の危険はまったくないはずだ——局所的な海洋生物だけが影響を受けている」

「そういうことなら、俺たちがそこに含まれないようにしないとな」モンクは補足した。

フィービーが二人の方を見た。「アダム、放射線は外のもっと大きな世界にとっては危険に当たらないかもしれないけれど、ここの何かがあなたのおじさんを不安にさせている。地震が集中しているのはトンガ海溝のこの一帯。潜水艦の沈没は単なる偶然の一致だという可能性もあるけれど、私はそうは思わない。仮にこの潜水艦の沈没が二週間前だとしたら、なおさらそう」

モンクはアダムを一瞥した。二人とも潜水艦が沈没したのはその前後だということを知っている。

「この森は何千年もの間、ずっとここに存在していた」フィービーが黒く変色した範囲を指し示した。「この傷は新しい。あの潜水艦の何かに原因があるのよ。私はそうだと確信している」

「でも、僕たちが調査しようにもこれ以上は近づけない」ダトゥクが言った。

「コーモラントの船体下部に取り付けられているROVはどうなんだ？」アダムが訊ねた。

フィービーは首を横に振った。「光ファイバーのケーブルは長さが八十メートルしかない。でも、潜水艦まではまだ四百メートルある。ROVを活用するためにはコーモラントをもっと近づけないと」

「それはだめだよ」ダトゥクが警告した。「放射線の値がさっきと同じ割合で上昇した場合、その距離だと致死量になる」

「でも、すぐに死ぬわけじゃない」フィービーが補足した。

ブライアンもうなずいたが、あまりうれしそうな顔は見せなかった。「球体のチタンと鉛ガラスがある程度なら保護してくれる。限度はあるけれどな」

フィービーがうなずいた。「つまり、私たちが調査して地震の原因を突き止め、可能ならばその活動を止めるための方法を発見するまでは生きていられるかもしれない」

「ただし、後になって放射線障害で死ぬことになる」アダムが付け加えた。

フィービーは肩をすくめた。「それで何百万人もの命が救えるならかまわない」

モンクは手を上げて制止した。「話が先走りしているぞ。まずは潜水艦がどこから来たものなのかを突き止めようじゃないか。潜水艦を失った何者かは、俺たちが命を犠牲にしなくても得られる答えを持っているかもしれない」

ブライアンが前を指差した。「この距離ならば、ここからでも４Kカメラをあの地点にズームさせて、潜水艦の種類を特定できるかもしれない」

「やってみてくれ」モンクは言った。

フィービーとブライアンがすぐさま作業に取りかかり、コーモラントに搭載されている八台のカメラを順番にチェックした。また、高さ二メートル五十センチの照明塔も立てた。

「シーカムがいちばん有望そうだな」ブライアンが決断した。「ズームの倍率が最大だし、少ない光量でも問題ない」

「そうね」

操縦席の前のモニターにぼやけた映像が現れた。微調整を繰り返すうちに映像は鮮明になり、前方のまぶしい景色の中に広がる黒いしみがはっきりと見て取れる。

「これから拡大する」フィービーが言った。

モニター上の映像が前方に動いていき、照明塔の二千ルーメンの光が届かない暗闇に向かっていく。

何も現れない。

フィービーがいらだった様子でため息をつき、カメラを右に左にと動かした。

「待て」モンクは呼びかけた。「反対側に動かしてくれ」

映像が揺れて止まり、逆向きに動き始めた。

「そこだ！」モンクは前に身を乗り出し、黒一色の中に見えるやや色の薄い点を指差した。「それを拡大してくれ」

フィービーがうなずいた。「ちょっと待って」

再び映像が前方に大きく動いた。黒いサンゴの間から突き出した灰色の塔が画素の荒い映像となって現れる。潜水艦のほかの部分はサンゴの間に埋もれたままだが、それだけ見えれば十分だった。モンクとアダムは渤海造船所の衛星写真を見せてもらっていた。中国の０９６型戦略原子力潜水艦は独特の形状の艦橋を持つ。

モンクはアダムと顔を見合わせた。

〈まさにあれと同じ形だ〉

アダムは小さく確認のうなずきを返しながら、ダトゥクのことをなおもにらみ続けた。生化学者からは何の反応も見られない。

「潜水艦を特定できる？」フィービーが訊ねた。

この段階になってまで嘘をついても意味がない。「中国の潜水艦だ」

フィービーが眉をひそめた。「だったら、こちらが期待できることは中国が――」

大きな地響きが聞こえたかと思うと、前方の景色がつんのめるように動いた。サンゴの森が巨大な波のように揺れて上昇し、見る見るうちにモンクたちの方に迫ってくる。ブライアンがスラスターを操作して探査艇を急上昇させ、揺れから逃れようとした。それはぎりぎりのタイミングだった。大きく盛り上がった森の林冠がコーモラントの下部をかすめて通過していく。

海はＤＳＶを激しく揺さぶり続けた。今回の地震はこれまでのものと比べてはるかに規模が大きい。

しかし、危険はそれだけではなかった。

「放射線の値が急上昇している！」ダトゥクが悲鳴をあげた。

ブライアンは急いでコーモラントの向きを変えて離脱させた。

「八十レム！」

モンクは地震で潜水艦の原子炉の遮蔽《しゃへい》が壊れ、破損がさらに広がる様子を想像した。逃げ切るのはとても無理だ。

このままでは。

「百レム！　これ以上高くなったら僕たちにも放射線中毒の危険が生じる。たとえこの中にいたとしても」

「全バラストを排出」ブライアンが伝えた。「船外のバッテリーパックもすべて捨てる」

ＤＳＶの外で小さな爆発音が響くとともに分離ボルトが破壊され、余分な重量が廃棄された。コーモラントはシャンパンを開けた時のコルクのように水中を急上昇した。

下に目を移すと光る景色が遠ざかっていく。漏洩する放射線が繊細なサンゴをさらに痛めつけ、黒いしみが外側に広がった。

新たな音が割り込んできた。無線のモデムからの声だ。緊急のメッセージを伝える声からは焦りがはっきりと伝わってくる。「コーモラント、こちらはタイタンＸ！　ただちにトンガ海溝から脱出せよ！　今すぐに！」

モンクはこれだけの深さだと通信に遅れが生じることを知っていた。警告が発せられたのは今から七秒前だ。

すでに手遅れではないことを祈るしかなかった。

第四部

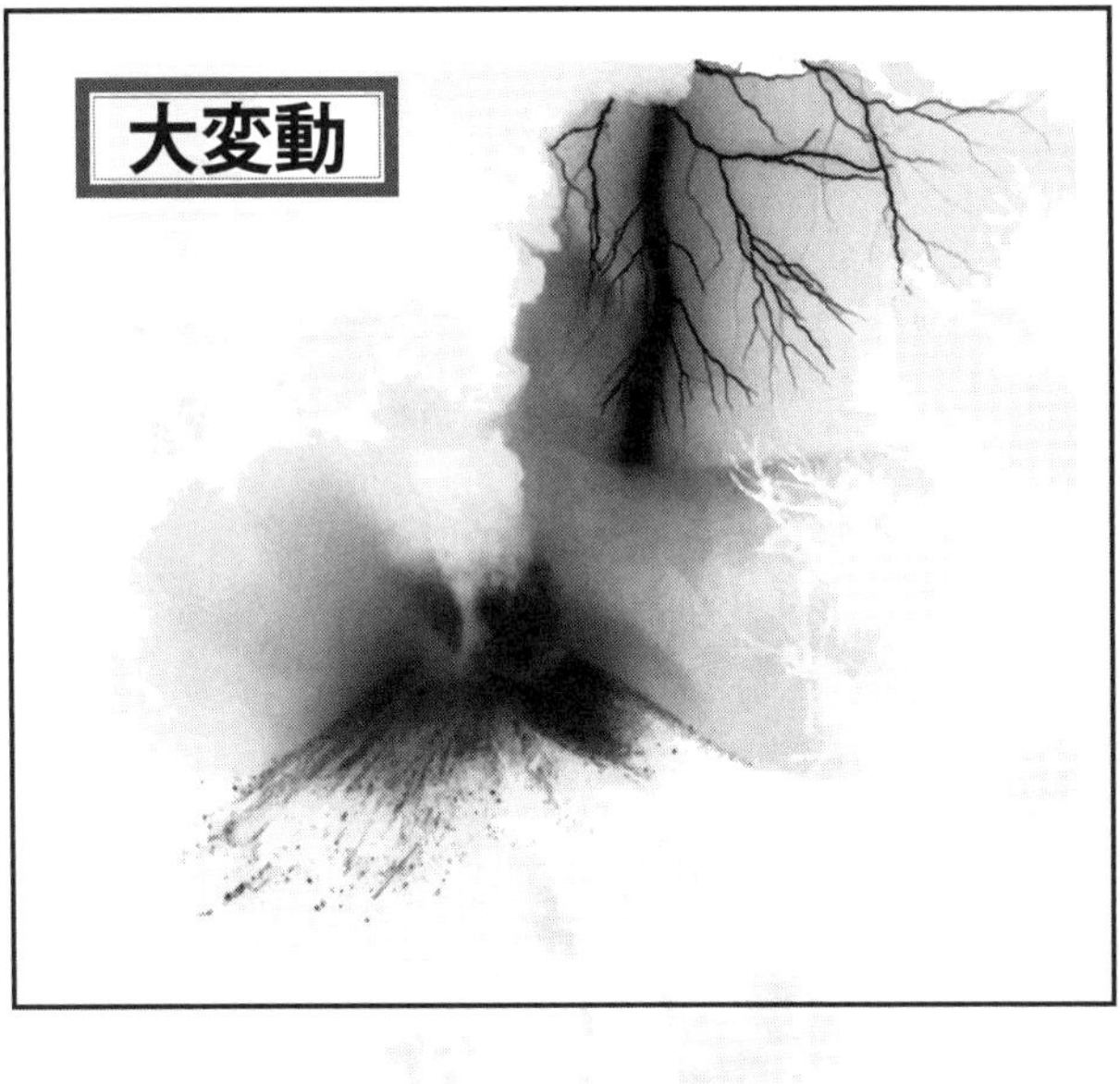

18

一月二十四日　インドネシア時間午前零時二分
インドネシア　ジャワ島　ジャカルタ

グレイは今回の人質交換用に選ばれた場所が何とも皮肉な名前なのを痛感した。ジャカルタ北部のビーチリゾート、アンチョールにある観光名所のラブブリッジだ。

グレイが立つのはジャカルタ湾に突き出たU字型の木橋の西側のたもとだ。橋のもう一方のたもとは三百メートルほど離れた向かい側の砂浜にある。橋の内側には砂浜が緩やかに弧を描いていて、連続する二つのU字型の木橋と砂浜の輪郭が巨大なハートのマークに見えることから、ラブブリッジ――「愛の橋」と名づけられた。

「罠《わな》に間違いない」セイチャンが言った。

「愛というのはだいたいがそうだ」グレイはセイチャンを横目で見た。

二人がここにいるのは愛のためだ。ヴァーリヤはシンガポールでセイチャンの母親を拉《ら》致《ち》した。ロシア人の女は三合会のネットワークを通じて接触を図り、人質が生きている証拠を示すと同時に、この取引を持ちかけた。短いビデオに映っていたグアン・インの顔は激しい怒りに満ちていて、片目は腫《は》れてふさがっていた。ヴァーリャはグレイたちにシンガポールからジャカルタまで移動する時間の猶予をほとんど与えなかった。女からの要求が届いたのはほんの六時間前のことだ。グレイたちがジャカルタを訪れ、博物館で確保した文書を引き渡すこと、さもないとグアン・インは体を切り刻まれたうえで少しずつ返却されることになる。それが向こうの要求だった。設定された期限に間に合わせるため、グレイたちは大急ぎでジャワ島に移動することしかできなかった。

セイチャンの不安と怒りは手に取るように伝わってきた。彼女の横にはジュワンと、ドゥアン・ジー三合会の構成員十二人がいる。橋のこちら側に通じる道沿いにはさらに何人もの銃を持った構成員が配置されていた。ジュワンが手にしているのはヘッケラー＆コッホのアサルトライフルで、ほかの仲間たちも様々な銃を携帯している。

三百メートル離れた橋の向かい側も、敵側が同じく厳重に守りを固めている。グレイはすでに双眼鏡で相手を観察していた。グアン・インの横に立つヴァーリャはすぐに確認できた。ギルドの元暗殺者はもはや変装していない。透き通るような白い肌と真っ白な髪は向こう側の街灯の光を浴びて輝き、暗闇の中の目印となっていた。ヴァーリャが引き連れているのはロシア人と東欧系の手下だけでなく、武装した中国人の一団もあった。物腰と携帯している95式自動小銃から判断する限り、中国人たちはおそらく軍人、それも人民解放軍の精鋭で構成される攻撃部隊の一員と思われる。

双方の陣営が両端の守りを固めるなか、交換は橋の中央で行なわれる。湾内に浮かぶハートのマークを形成する二本のU字型の木橋が接しているところだ。そこには『ル・ブリッジ』という名前のレストランがあり、素晴らしい食事と景色を楽しめるが、すでに店は閉まっていて明かりもついていない。両陣営は店の近くの橋の上で落ち合うことになっていた。

グレイは腕時計を確認した。「準備はいいか?」

「行こう」セイチャンが答えた。

二人は歩き始めた。ジュワンのほか、三合会の構成員二人があとに続く。そのうちの一人は三合会の実戦部隊のトップに当たる冷たい目をしたヨンで、大きな体に大量の武器を携帯していた。

橋の向こう側でも同じく少人数のグループが大勢の一団から離れ、指定の場所に向かって歩き出した。ヴァーリャからは橋の上で落ち合う人数について具体的な指示があった。橋の中央に近づくヴァーリャには彼女の手下が二人と中国人兵士が二人、同行している。手下の一人はグアン・インの後頭部に銃口を突きつけていた。

グレイの上着の下にはグアン・インの身柄を解放してもらうための交換条件があった。

紙の束は博物館に保管されていた時と同じ、プラスチック製の保護カバーに収められている。すでに文書はコピー済みなので、セイチャンの母親と引き換えに手渡してもあまり実害はない。時間が限られていたため、グレイは内容を流し読みすることくらいしかできなかった。

ざっと目を通した範囲でわかったのは、化石化した人間、奇妙な解剖、そして治療法および地下の神々をなだめることができるかもしれない方法といった、突拍子もない話が記されているということくらいだった。そのほかにはサンゴの一種と思われるものの手描きのスケッチ、島の絵、それと子供が描いたようなヘビの絵があった。

どれもまったく意味を成さない。おそらくはあえてわかりにくい形で記されているのだろう。

〈しかし、それらがどうつながってくるのか？〉

その答えを知る術はないため、グレイは目先の脅威に意識を集中させた。湾の黒い水面には波一つ立っておらず、夜空に浮かぶ三日月を反射している。グレイは危険の兆しがないか、水中に身を隠している敵がいないか探した。だが、遅い時間なので湾内に浮かぶ船は一艘もない。水深が浅いので潜水艇は入ってこられない。ダイバーがいるとしたら、まったく音を立てることなく、気泡すら出さずに泳いでいるとしか考えられない。また、橋の中央にある明かりの消えた小さなレストランにも目を凝らし、敵が内部に潜んでいる気配がないか探した。だが、体から発する熱を感知できる赤外線スコープを使用しても、人の姿はまったく確認できなかった。

これまでのところ、ヴァーリャは約束を守っているようだ。

それでも、グレイは気を緩めなかった。セイチャンの判断は絶対に正しい。

〈これは罠だ〉

しかし、どのような形で罠が作動するのかまでは見抜けなかった。

重武装した両陣営が指定の場所に近づいていく。取引は身を隠せるような場所のない開けた橋の上で行なわれる。双方が協力するという唯一の保証は相互確証破壊だった――どちらかが裏切ればグアン・インの命も文書もともに失われるため、指示通りに動くしかない。

営業の終了したレストランに近づくと、グレイの心臓の鼓動がひときわ大きくなった。ジュワンがライフルを構え、店内からの奇襲に備える。だが、建物は小さく、喫茶店くらいの広さしかない。ヨンがレストランに駆け寄り、ライフルに装着した明かりで窓の奥を照らした。中には誰も隠れていなかった。

一行はヴァーリャ側の一団と落ち合う場所に向かって歩き続けた。

双方が武器を構えた。

グレイはこの取引が悪い結末を迎えるのではないかという予感がした。

午前零時六分

　ドクター羅恒は首筋に止まった一匹の蚊を手のひらで叩いた。その音でファルコン部隊の隊員がびくっと身構える。兵士はアサルトライフルを肩の高さで構え、望遠機能付きの照準器でそれぞれのグループが近づくのを見つめていた。

　まわりでは十二人の男たち――傭兵と兵士たちが、橋のこちら側の守りを固めている。祭学小校が対テロ部隊のリーダーの温《ウェン》上尉に小声で何かを伝えると、上尉はまわりのロシア人たちをにらみつけた。隊長がホルスターに収めた92式拳銃に手のひらを添える。すべてはこの先の数分間がうまくいくかどうかにかかっているのだが、温が今回の取引の味方を見下していることははっきりと見て取れた。

　羅は温上尉の不満を理解できた。盗まれた文書を奪還するための計画を知らされたのは、カンボジアからの移動中のことだった。傭兵たちは博物館に所蔵されていた秘録を失ったものの、人質の身柄を確保した――ほかにスタンフォード・ラッフルズのものとされる鋼鉄製の箱という遺物も入手していた。

　着陸後、羅は箱の中身をざっと調べた。一見したところ、二百年前のサンゴの枝は症状の出ている潜水艦の乗組員に見つかった炭酸カルシウムと同じ、アラゴナイト構造を持っているらしかったが、電子顕微鏡で結晶パターンを調べないことには正確な判断はできなかった。箱の中にあったもう一つの遺物に関しては、まったく手がかりがつかめなかった。木でできた槍の穂はかなり古いものらしい。無関係だという可能性もあり、長い年月が経過する間のどこかの時点でこの箱に入れられ、そのまま忘れられてしまっていたとも考えられる。

祭が羅の方に近づいた。「文書を回収して本物だという確認が取れたら、君が調査を進められるようにこのジャカルタで研究所を手配する」

「カンボジアに戻らないのか？」羅は二人の患者――俊中尉と王中士の経過を見守ってもらうために、趙敏を海軍基地に残してきた。「向こうでやらなければならない調査がまだたくさんある」

「まずは二百年前のその古い文書が今の出来事と何らかの関係があるかどうかを確かめなければならない。関係があるならば、私としてはこの歴史的な角度からの調査を継続したい。スタンフォード・ラッフルズは副総督時代にこのジャカルタの地で遺物を手に入れた。ほかに何か手がかりを残したとすれば、この地に隠されているのではないかと思う」

羅は相手の要望を受け入れてうなずいた。それに正直なところ、古いサンゴのかけらを今すぐにでも調べたいという思いもある。

羅は湾の先を見つめた。二つのグループは交換のために橋の中央まで到達したところだ。祭もそちらに視線を向けていて、指先で落ち着きなく太腿を叩いているのはいらだちと不安の現れだろう。どうにも気になっていることがある様子だった。

祭が暗い水面に向かってその思いを口にした。「あのアメリカ人は何者だ？」

午前零時八分

セイチャンはきつく歯を食いしばっていた。今にも奥歯が砕けてしまいそうだ。右手にグロック45を握り、指先はトリガーガードにしっかりと添えている。いつでも発砲できるし、今すぐにでも発砲したい。だが、セイチャンは自分の気持ちを抑えた。

母を拘束しているのは太い眉毛とくすんだ金髪のロシア人の男だ。母のローブの背中側を自分の手首に巻き付けて、銃口を後頭部に押し当てている。母は後ろ手に縛られていて、シルクのニカブが頭と顔から剝ぎ取られているので紫色の傷跡と竜のタトゥーがあらわになっていた。

ヴァーリャも一切の変装をしていない。雪のように白い髪をポニーテールに結んでいるため、額の生え際がV字になっている。肌は透き通っているかのように思えるほどの白さだ。ヴァーリャはアルビニズム――先天性色素欠乏症だが、アルビノの目は赤いという固定概念を覆す氷のような青い瞳をしている。セイチャンに向けられたその瞳からは憎悪があふれ出ていた。

その時初めて、セイチャンは自分の母とこのロシア人の女がよく似ていることに気づいた。顔の左側にタトゥーが施されているところまで同じだ。ヴァーリャの顔に黒いインクで彫られているのは太陽を半分に切った模様で、先端部分が直角に曲がった光線は頬と額まで延びている。ただし、その表面には新しい傷跡が刻まれていて、一本の線が太陽の中心を貫いていた。どちらの女性も同じようにつらい人生を送り、運命によって故郷を追われてからは必死に生き延びてきた。ヴァーリャはギルドという血も涙もない世界に足を踏み入れた。グアン・インは三合会という残酷さと犯罪の中に生きる術を見出した。どちらの女性も二度と傷つけられることのない役割に就き、それぞれの組織を率いてきた。

グアン・インの解放を交渉するため、グレイが前に進み出てヴァーリャに対峙した。セイチャンは女暗殺者から一瞬たりとも目をそらすことなく、筋肉の震え、重心の移動、目線の動きを見逃すまいとした。それでもなお、グレイの体臭が鼻に届く。息づかいが聞こえる。前に足を踏み出した彼の体が肩に触れた時にはその熱も感じた。セイチャンは視線をヴァーリャに向けたまま、もしグレイと出会っていなかったら自分はどうなっていただろうかと考えた。

〈今この瞬間、向こう側にいたかもしれない〉

グレイがヴァーリャに歩み寄りながら左右の手のひらを見せた。薄手のウインドブレーカーの裾が海風ではためき、腰のホルスターに収めたシグ・ザウエルが見える――折りたたんだ紙の束もベルトに挟んであった。グレイはゆっくりと手を下げ、文書の入ったプラスチック製の保護カバーを引き抜いたが、敵の手が届かない距離を保った。

「グアン・インを解放しろ」グレイが強い口調で伝えた。体をかがめて文書の入ったカバーを木橋の上に置き、そのまま後ずさりする。拳銃を抜くが、太腿の横に添えたままだ。

「まず文書を調べる必要がある」ヴァーリャが警告した。「これがいかさまではないことを確かめるために。博物館の目録には十四枚と記されていた。全部が揃っていてもらいたいものだな」

「俺は約束を守った。そっちにも同じことを期待する」

ヴァーリャが一度だけうなずき、母を前に押し出した。ただし、母の肘をつかんだままで、ベレッタの銃口を脇腹に突きつけている。二人の手下は武器をグレイに向けていた。グレイがさらに一歩、後ずさりした。この期に及んで誤解を招くことは許されない。

セイチャンは指先を拳銃の引き金に動かした。

ヴァーリャが紙の束の方に片手を下げた。目はグレイを見たまま、銃口は母の心臓を狙ったままだ。ヴァーリャが保護カバーを拾い上げ、重心を右脚に移した。その目がほんの少しだけ険しくなる。

〈まずい……〉

セイチャンにはこれから何が起ころうとしているのかわかった――正確には、わかったと思った。グアン・インも何かを察知したに違いなかった。母は片膝を突いて体をひねり、後ろにいる敵の方を向いた。持ち上げた右手には小型の拳銃が握られている。母は両手を縛られていたわけではなく、そう見せかけていただけだったのだ。結束バンドのかけらが橋の上に落下した。

ヴァーリャも素早く同じ方向に体をひねった。

二人の女性が同時に発砲する。

武装した中国人兵士が二人、額を撃ち抜かれて倒れた。

ヴァーリャが右足で木橋を蹴り、セイチャンとグレイに突っ込んできた。「走れ！」紙の束を握り締めたまま、二人に向かって大声で叫ぶ。

グアン・インもすぐ後ろを走り、さらにヴァーリャの部下の二人が続く。

「パォ！」グアン・インがほかの人たちにも逃げるように伝えた。

グレイがその勢いに押されながら走り出した。セイチャンも母の隣を走りながらグロックをヴァーリャに向けた。グアン・インがセイチャンの腕を下げさせた。「ウンホウ」二人の手下が左右に付き添っている。

詳しい説明は後回しにしなければならなかった。逃げるセイチャンたちのもとに銃声が届く。橋の東側の中国人たちからの攻撃だ。橋の上と水面に着弾するが、狙いが定まっていないのは向こうで激しい銃撃戦が発生していたからだった。ヴァーリャの手下たちはあちら側でも中国人部隊を奇襲したらしい。

しかし、その戦いは長く続きそうもなかった。

すでに中国側が優位に立っていた。セイチャンが振り返ると、ヴァーリャの手下たちは湾岸の暗い通りに逃げ込もうとしている。セイチャンたちがレストランを通り過ぎて橋のもう一方の側に入ると、狙いがより正確になり始めた。前に目を向けると、三合会の構成員がアサルトライフルで援護していて、その標的になっている中国人部隊はこちら側に近づこうにも橋を渡れずにいる。

二人の兵士が砂浜を横切って回り込もうと試みた。ジュワンもそのことに気づいた。グアン・インの隣を走りながらライフルを構える。砂浜に向かって発砲すると砂が飛び散る。兵士の一人が倒れた。もう一人は引き返さざるをえなくなった。

セイチャンはグロックをきつく握り締めたまま木橋の上を走った。グレイと顔を見合わせる。二人ともすでに何が起きたのかを理解していた。ヴァーリャはグアン・インの命と文書の取引が目的でここにやってきたわけではなかった。自分の命を守るための交換条件として母を利用したのだ。

中国軍の攻撃部隊がジャカルタに到着した時点で、ヴァーリャは危険から逃げ切れないと悟ったに違いない。もはや傭兵の陰に隠れて行動する必要はなくなったと中国人たちが判断したのは明らかだった。そのことと、自分たちのチームがしくじったこと――それも香港とシンガポールの博物館で二回、作戦に失敗したことを考え合わせたヴァーリャは、中国側が自分を用済みと見なすのは近いと察知したのだろう。

そんなヴァーリャにグアン・インが方法を提供した。彼女が逃げるのを三合会が支援すると約束したのだ。

命と命のやり取りだ。

橋の西側のたもとが近づいたところで、セイチャンは拳銃を構えた。

〈私はそんな約束をしていない〉

背中を向けていたにもかかわらず、ヴァーリャは脅威に気づいたようだ。振り返ると橋の上で横滑りしながら立ち止まり、ベレッタの銃口をセイチャンに向ける。

「撃つな！」グアン・インが命令し、二人の間に体を入れて止まった。「私はミハイロフに対して、彼女がこの地域を離れるまでの間、身の安全を保障すると誓った」

そのような誓約は三合会の世界においては神聖なものと見なされる。破ろうものならグアン・インとドゥアン・ジー三合会の評判は地に落ちるだろう。

ジュワンがこちら側に残っていた構成員たちに合図を送り、この一時的な膠着《こうちゃく》状態が続く間、橋を守るように指示した。銃弾が中国人たちを食い止めているものの、長くは持ちそうにない。

「早く行け！」グアン・インがヴァーリャに向かって手で合図した。自ら彼女の前に立ちはだかってもなお、女暗殺者への怒りと憎しみで口調がきつくなる。「手下も連れていけ。ジュワン、ほかの構成員たちを割り振ってこの女たちの逃げ道を確保してやるように」

ヴァーリャはセイチャンに向かって拳銃を構えたまま後ずさりを続け、橋を渡り終えた。セイチャンも銃を下ろさなかった。怒りで全身を震わせながらも、銃を握る手はぴくりとも動かさない。セイチャンは相手から目をそらさなかった。どちらの女性もいつでも撃てる状態にあるが、同時に復讐はまたの機会を待たなければならないとわかっている。

それでもやはり、セイチャンはこの暗殺者をまたしても逃がすわけにはいかなかった。氷のように青い相手の両目の間に狙いを定める。

〈今回は逃がさない〉

午前零時二十一分

身の安全を保障したグアン・インの約束が破られた場合に起きる事態を恐れながら、グレイはセイチャンに向かって突進した。だが、彼女のもとまで行き着く前に世界が激しく揺れた。

木の裂ける大きな音とともに橋が持ち上がった。市内にサイレンが鳴り響く。グレイたちのまわりで橋が波打ち、ばらばらになっていく。

〈また地震が……〉

ヴァーリャは橋からしっかりとした陸地に逃れた。ジュワンを含めた三合会の構成員がそのまわりを取り囲んでいる。

グレイはセイチャンとグアン・インのもとに駆け寄った。ヨンの助けを借りつつ、崩れながら揺れる橋を伝って岸に向かう。「海岸の近くにいる時に津波が襲ってきたら……」

あたかも世界が真っ二つに割れたかのような、雷鳴を思わせる轟音がとどろいた。足もとが激しく揺れ、全員が橋から海に振り落とされる。グレイの体も浅瀬に落下した。海岸にほど近い場所のため、水深は膝のあたりまでしかない。

グレイは立ち上がるとグアン・インのもとに向かい、手を貸して立たせた。

近づいてきたセイチャンはまだ拳銃を握り締めたままだ。

グレイは岸を指差した。外海の側に投げ出されたので、橋の支柱の陰に身を隠すことができる。揺れが続いているにもかかわらず、向こう側からの銃声は鳴りやまない。

四人は揺れる水際を歩いて進んだ。岸までの距離は遠くないが、地震の揺れで足もとの砂が液状化現象を起こしていて、ぬかるみ同然の状態になっていた。足を引き抜きながら一歩、また一歩と進む間も、地響きのような轟音が鳴り響く。音源までかなりの距離があるのに、爆音がとどろくたびに腹にパンチを食らったかのような衝撃が伝わる。四人はどうにか岸にたどり着き、海から上がった。

ジュワンがすぐに駆け寄り、急いで移動するようグレイたちを促した。グアン・インの誓約を守るため、ヴァーリャたちには三合会の構成員を付き添わせて先に行かせたに違いない。

「俺たちはどこへ?」グレイは訊ねた。

その頃には中国人たちも橋の向こう側から姿をくらましていた。グレイたちは油断なく目を配り続けなければならなかった。中国人たちに提供できるものはもはや何もない。ヴァーリャは橋の上で拾った文書を手にしたまま去ってしまった。最初からそれが彼女の計画だったのかもしれない。今回の取引はすべてが戦利品を独り占めするための策略で、後でそれを中国人に売りつけようという魂胆だとも考えられる。

グレイはそのような作戦の可能性を否定することができなかった。相手があの女だからなおさらだ。

「こっちだ」行き先をわかっているらしいジュワンの案内で、グレイたちは砂浜から離れた。ジャカルタに到着する前、ジュワンは三合会の隠れ家が市内にあることをほのめかしていた。

グレイはそれが嘘ではないことを祈った。

すでに地震の揺れは収まっていたが、大砲を思わせる轟音は依然として続いていた。近くから聞こえる音もあれば、かなり遠くから響く音もある。

「何が起きているの？」グアン・インが湾の方を振り返りながら訊ねた。

グレイは東を指差した。日の出を迎えているかのように、夜空が炎で明るくなっている。「火山の噴火です」

しかも、それは東の空だけではなかった。どの方角を見ても、遠くの炎が水平線や地平線を点々と赤く染めている。鳴りやむことのない轟音は世界の終わりを告げているかのようだった。

グレイたちは市内に入り、なおも海岸から離れた。新たな津波が襲ってくるのは確実だ。地震の揺れはそれほど強くなく、長くもなかったが、地質学者たちが予測していた通り、火山弧一帯での連鎖反応の引き金になったに違いない。ひときわ明るい炎が輝く方角から湾を抜けて吹きつける強い風に乗って、すでに硫黄のにおいが漂い始めていた。

グレイたちが市内を逃げるにつれて、通りは多くの住民たちであふれ始めた。誰もが赤く燃える空を見ている。稲妻が夜空にジグザグの閃光を放ち、赤々と光るカルデラから噴出する黒煙を照らし出している。

「こっちだ！」ジュワンが叫んだ。

周囲のパニックと悲鳴が大きくなるなか、三合会の副龍頭はグレイたちを通りから脇道に案内した。路地に入って曲がりくねった道を抜けた後、これといった特徴のない高い門の前で立ち止まる。

「ここまで来れば安全だ」ジュワンが言った。

グレイはその判断が怪しいと思ったものの、ほかの人たちの後に続いてこぢんまりとした中庭に入った。中庭のまわりをバルコニーの付いた三階建ての建物が取り囲んでいる。空を見上げると星が噴煙にかき消されてゆっくりと消えていった。

上空から火山灰が降ってきた。まだ噴火の熱を持っているため、頬や額に触れると痛みを感じる。

ようやく轟音が鳴りやんだものの、ハルマゲドンを吐き出す前に世界が一呼吸置いているだけのようにも思える。

グレイは上着の内ポケットから振動が伝わるのを感じた。シンガポールで支給された衛星電話を取り出す。この番号を知っている人物は一人しかいない。

グレイは電話を耳に押し当てた。「クロウ司令官ですね」

「グレイか」ペインターの声が返ってきた。「よかった、まだ無事なようだな。君たちはただちにその一帯を離れる必要がある。予測によるとこれまでに類を見ないような地質学的大変動が迫っている。そっちは文字通りの意味でこの世の地獄になるだろう」

「中国人たちは、やつらの潜水艦は――」

「誰一人としてそんなことは気にしていない」

グレイは街中を見つめた。

〈中国人たちは例外だ〉

そう思いつつも、グレイには別の心配があった。「モンクとコワルスキに警告を伝えることはできたんですか？」

しばらくの間、答えが返ってこなかった。グレイは通信が途切れてしまったのではないかと不安になった。

ようやくペインターの声が聞こえた。「キャットはＤＣに戻るとすぐ、二人に連絡を試みた。タイタンＸからも珊瑚海にあるプロジェクトの拠点からも応答がない。国家安全保障局の監視衛星にアクセスしようとしているところだが、その近隣の島々では――トンガ海溝に近いケルマデック諸島も、タイタンプロジェクトの拠点に近いソロモン諸島も、二時間前に噴火が始まっている」

グレイは息をのんだ。どちらもここで地震が発生するよりもかなり前のことだ。

「報告によるとその周辺は大量の火山灰に覆われているようだ」ペインターが続けた。「現在のところ、現地の状況を映像などで確認することは不可能だ。厚い雲や煙を見通せる合成開口レーダー衛星でさえも、火山灰の雲に含まれる大量の静電気の影響でまともな映像を提供できなくなっている。あるいは、敵による電波妨害の可能性も考えられる。おそらく両方だろう」

グレイは空を見上げた。今では星がすっかり隠れてしまっている。火山灰の量が多くなり、火の粉を伴って渦を巻き始めたので、グレイはバルコニーの下に避難した。

「二人との連絡は試み続ける」ペインターが約束した。「とにかく今は、空の便がすべて離陸停止になる前に君たちもその地域から離れることだけを考えろ」

「もう手遅れかもしれませんね」

「それなら船を使え」

湾の方角から遠い重低音とバリバリという音が聞こえてきた。何かを引き裂くうなり声にも似た音は、つい昨日も聞いたばかりだ。津波が海岸に押し寄せているに違いない。近くの火山噴火によって発生したものだろう。

グレイは自らの経験だけでなく、タンボラ山が噴火した二百年前に書かれた文書のことも思い出した。その時この地に誰がいたのかもわかっている。スタンフォード・ラッフルズ卿だ。その歴史が繰り返すことになる。ただし、何百倍もの規模で。

博物館から回収した文書に目を通す時間は少ししかなかったが、秘録の前書きに記されていたラッフルズの言葉は覚えていた。〈世界にとっての唯一の希望はこれに続くページ

の中にある〉

「グレイ?」ペインターが呼びかけた。「どうするつもりなんだ?」

「ここに残ります」

「なぜだ?」

当然の質問だった。ラッフルズの秘録を十分に読み込むだけの時間はなかったが、あれが重要だという予感がする。セイチャンは「一風変わった考え方」と表現したが、グレイのその能力はすでにパズルを解き始めていた。ただし、まだピースの数が圧倒的に足りない。しかし、そのページの中でラッフルズは救済のための方法――「地下の神々をなだめる」ための方法のヒントをほのめかしていた。

グレイは水平線の方からなおもとどろく轟音に耳を傾けた。

ペインターが質問を繰り返した。「なぜそこに残る必要があるんだ?」

グレイはなるべくわかってもらえるように答えた。それこそが真相だと信じていた。

「神々と話をする方法を見つけるためです」

19

一月二十四日　ニューカレドニア時間午前二時二十八分
珊瑚海の水深三千メートル地点

タイタンステーション・ダウンからの退避が始まって三時間以上が経過した頃、コワルスキは生物学研究室の中をうろうろと歩き回っていた。早く移動を開始したいと思いながら、ずっと葉巻の端を嚙み続けている。頭上に三千メートル分の海水があるという事実が頭から抜けない。

研究室の外ではダッフルバッグやラップトップ・コンピューターを抱えた人たちが中央の螺旋階段を駆け上がったり駆け下りたりしていた。あちこちから叫び声や呼びかける声がこだまする。まだ施設の人員の四分の一がここに残っている。退避は予定よりも大幅に遅れていた。

〈何でまたこんなにも時間がかかっているんだ?〉

三十分ごとに警報音が施設内に鳴り響き、研究者やスタッフの一団をタイタンステーション・アップまでシャトル輸送している潜水艇の到着を知らせた。ウィリアム・バードは館内放送を通じて全員に落ち着くように伝え、退避は念のための措置だということを強調した。

その言葉はあまり効果がなかった。

地震がその後も繰り返し発生しているからなおさらだ。

コワルスキは最初の潜水艇で脱出したいという誘惑に駆られたものの、金子春夫は自分の率いる地質学チームには退避を指示した一方で、自らは持ち場から離れることを拒んだ。ウィリアム・バードもここにとどまっていて、警備主任のジャラーも残っている。船長は船と運命を共にするという伝統を、この億万長者は守る気でいるらしい——ただし、この船はすでに海底に沈んでいるのだが。

絶え間ない地震が退避を妨げ続けていた。ほとんどは小さな揺れだったが、かなり大きな地震もあり、施設を海底に固定している六本のアンカーケーブルのうちの二本がちぎれるほどの強い揺れも襲ってきた。しかし、たとえ小さな揺れであっても、潜水艇がステーションのエアロックと安全にドッキングするうえでの支障になる。そればかりか、上からの報告によると大量の噴煙が上空を漂っているという。二時間前に始まった近隣の島々の噴火によって発生したものだ。水に濡れた火山灰は導電性が高くなり、それがタイタンステーション・アップの絶縁体の放電や発電機の度重なる遮断を引き起こしているせいで、通信が混乱している。

簡単に言うと、くそ忌々しい状況にある。

バードもそのことを認識していた。「海上の通信はまだダウンしたままだ」億万長者が火山学者の隣のモニターの前から報告した。「すまなかった、春夫。君の言葉にもっと早く耳を傾けておくべきだった。退避を遅らせるべきではなかったよ。今頃は全員がここを離れていたはずなのに」

金子はコンピューターの前に立ち、前かがみになってキーボードを操作していた。「まあ、ここならばソノブイや地震計からのデータをまだ受け取ることができるよ」

コワルスキは金子の肩越しにのぞき込んだ。「その中にいい知らせはないのか？」

火山学者はため息をついた。「ソノブイはトンガ海溝沿いの海底の大規模な隆起を記録している。五十メートルを超えてなおも上昇中だ。海底の地震計と受振器も地震の増加を示し続けている。ただし、今ではそれがトンガ海溝の一部だけにとどまらない。長さ二千キロに及ぶトンガ・ケルマデック沈み込み帯の全域で、新たな地震のクラスターがいくつも発生している」

コワルスキは眉をひそめた。「素人でもわかるように説明してくれ」

「最悪の状況には至っていないということだ」金子が答えた。「これからもっともっと、ひどくなる」

「あとどのくらいひどくなるというのだ？」バードが訊ねた。

金子が二人の方を振り返った。「火山の噴火の規模はＶＥＩ――火山爆発指数で示される。その値に上限はない。ＶＥＩ０は溶岩のゆっくりとした流出で、ハワイのキラウエア火山で見られるような噴火だ。その上には小規模な噴火から超超巨大噴火まで、八つの区分がある。何万年もの間、ＶＥＩ８の噴火は発生していない。いちばん最近は七万年前のトバカルデラの噴火だ。噴火のあまりのすさまじさで、人類はわずか三万人にまで減ったとされる」

コワルスキは急に胃が重たくなるような不快感を覚えた。「それで今は？」

火山学者はコンピューターに向き直り、この付近の地図を呼び出した。そこには危険度の高い火山を表す数多くの三角形が記されていた。

「この二時間で二十四の山が噴火した。ほとんどはＶＥＩで３ないしは４だが、６もいくつかある。６でも巨大噴火と見なされる」金子がキーボードを叩いた。「これは私の甥が作成した予測プログラムだ。地殻変動の拡大がこの先も継続した場合の、二日後あるいは三日後の状況を表している」

金子がボタンを押した。

地図上の火山を示す三角形の上に数字が表示された。

コワルスキが目を凝らすと、４や５の数字が見えた。６もかなりの数がある。だが、７もいくつか、さらには８も二つある。しかし、そこで終わりではなかった。

「そんなまさか……」バードが画面上の数字を否定しようとするかのようにうめいた。

「その地図上には９が三つあるぞ」コワルスキは金子に視線を向けた。「それに10も一つ」

火山学者はうなずいた。「10はスンダ火山弧の中心にあるタンボラ山だ。十九世紀に噴火して十万人の死者が出た。だが、その時のＶＥＩは７にすぎなかった」

バードが椅子を倒しながら狼狽した

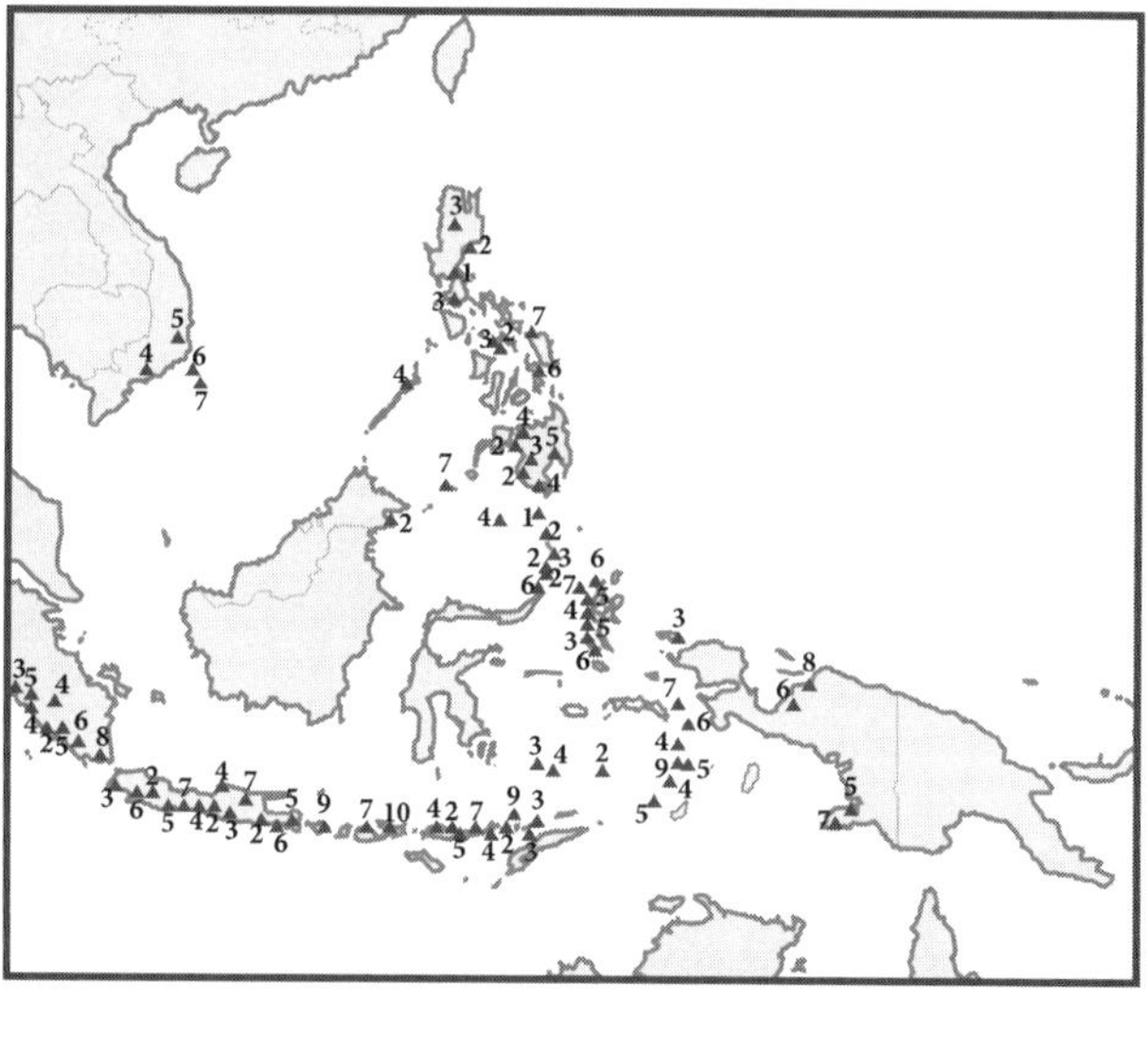

様子で立ち上がった。「我々はどうすればいいのだ?」

コワルスキには答えがわかっていた。

ライターを取り出し、葉巻に火をつける。

〈少しは気分が落ち着いたぜ〉

誰もコワルスキをとがめなかった。

金子はただ首を左右に振るだけだった。「この海溝が突如として、説明のつかない何かの理由によって再び静かにならない限り、我々にできることは何もない。差し迫った大地殻変動の先には、噴火による大量の火山灰の雲が地球をすっぽりと覆い尽くす。おそらく何十年もその状態が続くだろう。そうなれば地球上の生き物はおしまいだ。唯一の希望は――」

大きな警報音が鳴り響き、全員がびくっと体を震わせた。

短く三回繰り返された音が鳴りやむ。次の数隻の潜水艇が間もなく到着することを知らせる合図だ。最終便の一つ前の船団の座席を確保しようと、退避の遅れた数人が中央の螺旋階段を駆け上がっていく。

コワルスキはコンピューターの画面に表示された監視カメラの映像を眺めた。一つ上のフロアの様子が映っている。まだここに残っているスタッフたちが環状に並んだエアロックの前でひしめき合っていた。全員が一刻も早くここを離れたいと思っている――ただし、海上の方がここよりも安全だと言えるのは、あとどのくらいの時間だろうか。

バードが扉の方に顔を向けた。「上に行って退避する人たちの整理に当たってくる。乗り切れなかった人たちには安心するよう伝えてから、またここに戻ってくる」

上のフロアの秩序を守る手伝いとしてジャラーにも一緒に来るよう合図してから、バードが立ち去りかけた。だが、二人が歩き始めるより早く、コワルスキはバードの腕をつかみ、監視カメラの映像を指差した。

「お客さんが来たみたいだ」

すでにいくつかのエアロックが開いていた。集まっていた人たちが中に入ろうと駆け寄る――しかし、彼らを押し戻して黒い防弾チョッキ姿の男たちがステーション内に入ってきた。ヘルメットと覆面で顔を隠し、ライフルを手にしている。上からこもった数発の銃声が聞こえた。数人の研究者たちが倒れる。それに続いて悲鳴が聞こえた。

襲撃者たちはどこに向けて発砲するかに気を配っていて、この深さでの流れ弾の危険を十分に承知しているのは間違いなさそうだ。しかし、彼らの制圧手段はそれだけではなかった。すべての武器に銃剣が備わっている。テーザーが装着されているものもあり、新たに数人の研究者が体を震わせて倒れ、抵抗できない状態になった。

コワルスキは軍用船が接近中で、こちらからの呼びかけに応じないというジャラーからの報告を思い出した。その後の退避と地震と火山の噴火で、近くの海上を航行中だった沈黙の船には誰もそれ以上の注意を払わなかった。

〈その船は通り過ぎたわけじゃなかったということか〉

コワルスキは三十分前から海上との通信がダウンしているのも、停電のせいではないのだろうと思った。軍用船が通信を妨害していたに違いない。

コワルスキはバードを扉の方に押した。「ここにいるとまずい」

ジャラーもうなずいてその意見に同意した。腰に手を伸ばして鋼鉄製の警棒をつかみ、折りたたんであった武器を最大長にまで伸ばす。警備主任は金子をつかみ、一緒に来るよう引っ張った。四人は急いで研究室を出たが、中央の階段には慎重に近づいた。

エアロックのあるデルフィン階はすぐ上に位置している。自分たちと襲撃者たちとの間に距離を置く必要があった。これまでのところ、敵はまず上の階の制圧を目指しているようだが、そんなに長い時間がかかるとは思えない。

コワルスキはコートの下に手を突っ込み、Ｍａｒｋ ＸＩＸデザートイーグルを取り出した。50口径弾の入った武器を上に向け、階段をのぞき込む。動く複数の人影が見えた。一発の銃声がとどろいてびくっとしたが、誰も下には目を向けていないようだ。コワルスキは小さく息を吐いて三人の注意を引き、階段を下りるよう合図した。

三人が足早に移動し、コワルスキもその後を追う。長い螺旋階段を下って次の階で立ち止まる。誰もいないようだったが、退避の遅れた人が研究室の中にこもって隠れているかもしれない。

バードはタブレット端末を手にしている。コワルスキは肩越しに画面をのぞいた。億万長者は監視カメラの映像をタブレット端末でも見られるように設定していた。さらに多くの人数の攻撃部隊が乗り込んできていて、ステーションの研究者やスタッフたちは銃で脅されて調理室や共同寝室に追いやられている。数人の襲撃者が階段の入口を見張っているものの、下の階を捜索しようとする素振りは見せず、コワルスキはそのことにかえって不安を覚えた。

「彼らは何者だ？」バードがかすれた声で問いかけた。

「厄介者だな」コワルスキは答えた。「今のところは、それだけ知っておけばいい」

「私たちはどうすればいいのだろう？」金子が訊ねた。

バードがタブレット端末を下ろしたが、コワルスキは再び引っ張り上げた。

画面上では男たちの一団が二つのプラスチック製の容器のまわりに集まっていた。長方形の物体を配り始める。それぞれに電子機器の小さな突起がある。

コワルスキは罰当たりな言葉を吐き捨てた。爆発物の専門家として、脅威は一目でわかる。

〈セムテックスと雷管〉

襲撃者たちはフロア内に爆薬を仕掛ける作業に取りかかった。数人が階段の方に向かっていく。この施設全体を内側から爆破するには一つか二つの爆弾でも事足りるが、やつらは確実を期している。

コワルスキは再び三人を下の階に向かって移動させた。「施設からのほかの出口はないのか？　各階に緊急退避用のドックがあったはずだ」

バードが首を横に振った。「そのためにはまず潜水艇をドッキングさせなければならない」

コワルスキは顔をしかめた。

〈すぐにはできそうもないな〉

バードが急いで階段を駆け下りていく。「我々の唯一の希望は施設のいちばん下の階まで行くことだ」

コワルスキはその後を追ったが、さらに二つ下の階に隠れることが何の役に立つのかはわからなかった。ただし、最深部のフロアはいちばん小さいので、どこよりも防御に適しているかもしれない。

四人はもう一つ下のフロア――カリステ階に到達した。するとラップトップ・コンピューターを両手で抱え、バックパックを背負った若い女性が行く手をふさいだ。

女性は怯えているというより、いらついている様子だった。

午前二時三十八分

ジャズは男性たちの一団に疑問をぶつけた。「いったい何がどうなっているの？」

「一緒に来たまえ」バードが指示し、ジャズを下のテテュス階に通じる階段の方に押した。

困惑しながらも、ジャズは促されるままに同行した。反論したくても疲れ切っていたし、頭もぼーっとしていた。額の汗をぬぐうと、体に震えが走る。恐怖のせいではなく、微熱によるものだ。右手の中指はずきずきと痛み、こわばっているような感覚もある。ジャズは手のひらを開いたり閉じたりしながら、血流が悪くなっているのではと案じ、血が固まってしまったのだろうかと恐れた。中指は不安なまでに灰色っぽくなっている。けれども、それが今の彼女の最大の問題ではないのは明らかだった。

上からの一発の銃声がそのことを裏付ける。

急いで階段を下りながら、ジャズはまわりの男性たちを見回した。ジャラーと金子春夫のことは知っている。残る一人は見上げるような背丈の大男だった。ジョー・コワルスキを直接には紹介してもらっていなかったが、その体型と態度と不機嫌そうなしかめっ面のことは施設内でかなり話題になっていた。ＤＡＲＰＡの一員だという話だ。生物医学の専門家だという彼の相棒は、フィービーに同行してトンガ海溝に向かった。

ジャズはその男性が握る馬鹿でかい拳銃を見つめた。少し前に数発の銃声が聞こえたような気がした。その時は保管用タンクのある部屋の中にいて、地震の揺れで負荷のかかった施設の壁が音を発しただけだろうと思い、特に気にも留めなかった。そうとしか考えようがなかった。すべてを押しつぶしてしまうほどの水圧に囲まれた空間内で銃を発砲するような人間などいるはずがない。

ジャズはコワルスキのいかつい顔を見上げた。口にくわえた葉巻から煙が漂っている。

〈この人ならやりかねない〉

施設のいちばん下の階まで達した時、階段の上から甲高い悲鳴がこだました。それに続いて怒りのこもった中国語の叫び声も。

バードはフロアを横切っていく。「急げ」

環状に連なる窓の向こうの海は外のライトに照らされて今も輝いていた。サンゴ礁がまばゆい輝きを発している。けれども、今ではその海もどこか不気味に映る。きつい口調の叫び声はなおも聞こえ、次第に近づいてくる。

「このフロアを封鎖する必要がある」バードが告げた。

「どうやって？」金子が訊ねた。

ジャラーとコワルスキは階段のすぐ下にとどまっている。

ジャズはそちらとバードを交互に見てから、何よりも重要な疑問を発した。「なぜなの？」

火山学者が簡潔に説明した。「私たちは攻撃を受けている。さっき到着した潜水艇で武装集団が乗り込んできた。全員を銃で脅して監禁している」最後にいちばん悪い知らせが待っていた。「しかも、連中は施設の各所に爆弾を仕掛けている」

唖然としたジャズは、階段の下に残った二人の男性の方を見た。数時間前に退避の第一陣と一緒にここを離れることもできた。退避命令が出されたのは女性用の共同寝室で眠っていた時だった。バードからは心配する必要はなく、あくまでも念のための決定だという知らせがあった。その言葉を信じたジャズは、ただちにここを離れるのではなく、いったん研究室まで下りて調査結果とサンプルを回収することにした。重要な成果を置き去りにすることはできなかったのだ。

〈真面目な性格のせいでこんなことに〉

兄たちを見習うべきだったと悔やむ。ジャズの兄たちは怠惰こそが最大の美徳で、ベッドから起きただけでも人は称賛されるべきだという信念の持ち主だった。

バードがフロアの片側にある斜めに傾いた扉の前に立った。緊急退避用ドックのちょうど向かい側に位置している。ジャズはその扉の先に補助制御装置があることを知っていた。バッテリーや発電機の予備のシステムが備わっており、非常時には各階が独立して機能できる。

今が非常時なのは確かだった。

バードが扉を引き開け、首のチェーンからぶら下がった大きな鍵を手に取った。段を二つ下りてその先の明かりのついていない部屋に入っていく。

金子とジャズは扉の手前に残った。

「早く何とかしてくれ！」コワルスキが拳銃を上に向けて構えながら呼びかけた。

暗い部屋の中でバードが制御盤に鍵を挿し込み、強くひねった。予備の装置の前面で光が点滅し、続けて明るく輝いた。

真後ろから雷鳴のような銃声がとどろき、ジャズはびくっとして首をすくめた。すさまじい音で耳ががんがんと鳴って痛みすら覚える。それでも上の階からの驚きの叫び声は聞こえた。

コワルスキが螺旋階段の下を回り込み、二発目を狙おうとした。

その動きが彼を救った。

直前まで大男がいた場所にいくつもの火花が散った。自動小銃からの銃弾が鋼鉄製の床に当たって跳ね返る。飛び散った銃弾の一部はガラスにも当たった。

ジャズはたじろいで縮こまった。

コワルスキが再び大きな銃を発砲してから、こっちに向かって叫んだ。「今すぐに何とかしろ！」

「ちょっと待ってくれ！」補助制御装置の前にいるバードが「火災」と記された赤いボタンに拳を叩きつけた。

すぐさま施設内に警報音が鳴り響いた。頭上で大きな隔壁扉が次々と閉まり、各階を閉鎖する。扉の閉まる勢いで床が揺れた。

二つの物体が階段を転がり落ちてきた。飛び跳ねながら血しぶきをまき散らしている。物体は階段の下で止まった。

切断された二本の脚だ。

驚いて息をのんだジャズは、段を踏み外してバードのいる補助制御室に落ちてしまいそうになった。銃を撃ってきた敵はちょうど扉が閉まる位置に立っていたに違いない――そして不法侵入の報いを受けたのだ。

コワルスキが平然と二本の脚をまたいだ。丸太が転がっているとしか思っていないかのようだ。大男は火災を知らせる警報音にかき消されまいとして大声でわめいた。「この程度のトリックじゃ大して時間は稼げないぞ。セムテックスの爆薬を一つ、すぐ上に仕掛けるだけでいいんだからな」

バードが二本の赤いレバーの前に移動した。「それならば爆発する時にここにいなければいい」

バードが「アンカー」の文字がある小さい方のレバーを引いた。外でこもった大きな爆発音が何度か響く。窓の向こうを見ると数本の太いケーブルが施設の側面から離れて海底に落ちていった。固定するケーブルから自由になったタイタンステーション・ダウンがゆっくりと回り始めた。スラスターが作動して大きな音を立て、ゆらゆらと動く施設を安定させようとする。

「これが俺たちの脱出にどう役立つっていうんだ?」コワルスキが訊ねた。

「こうするのさ」

バードが四つのスイッチを切り替えると、それぞれに明かりがともる――そして億万長者は大きい方のレバーをつかんだ。レバーを引き下げるには両手を使い、さらに体重をかけて力を加えなければならなかった。レバーには「切り離し」の文字が記されている。

バードがレバーを所定の位置まで動かすと、立て続けに大きな金属音が聞こえ、それに合わせて施設全体が揺れた。ジャズはバランスを失い、扉の枠をつかんで体を支えた。すぐに火災警報が鳴りやむ。その後に訪れた沈黙を破ってスラスターの音量が徐々に大きくなり、床を震わせた。

ジャズが窓の外を見ると、真下のサンゴ礁が動いているように見えた。「何が起きているの?」

「我々はこのようにして施設の五つの階を組み立てた」バードが説明した。「一つずつ動かして、つないでいったのさ」

その背後で操作盤が明るく輝き、億万長者は後ろを振り返った。その上は部屋を覆うような形でガラスが弧を描いている。バードはそちらに移動し、突き出た大きな操縦桿を握った。

「各階は独立した潜水艇としての機能も持つ」説明しながらバードが操縦桿を前に押すと、スラスターの発する音がいちだんと大きくなった。「海中で各階の位置を合わせてつなごうと思ったら、ほかにどんなやり方があるというのだ。我々には各階を操縦して所定の場所に移動し、上下に並べるための方法が必要だった」

ジャズは扉の枠から手を離し、おぼつかない足取りで窓に近づいた。左右の手のひらをガラスに押し当て、光り輝くタイタンステーション・ダウンの本体を啞然として見つめる。暗い海の中でまだ明るく光っているものの、それぞれのフロアが切り離されて位置にずれが生じていた。

「途中で邪魔が入らない限り、各階は自動的に海面まで浮上する」バードが四人の方を振り返った。「前にも言ったように、この施設の建設に際しては何重もの安全装置や予備の機能を組み込んでおいた」

金子の目はずれてばらばらになっていく各階を見つめていた。「向こうにいるみんなはどうなるんだ？」

「階が動いている間、潜水艇用のドックは操作できなくなる。移動中に潜水艇を切り離すのはリスクが高すぎるのでね。海水が流入したりすれば一巻の終わりだ。手動で切り離すことはできるが、ここを訪れて間もないお客さんがそこまで知っているとは思えない」

コワルスキがジャズの隣にやってきて、口笛と同時に葉巻の煙を吐き出した。「つまりはあの悪者たちを施設のスタッフと一緒に閉じ込めたというわけか」

バードが肩をすくめた。「自殺願望の持ち主でもない限り、爆薬のスイッチを入れることは思いとどまるはずだ」

コワルスキが顔をしかめ、海面の方を見上げた。「俺はあの連中のことなど心配していない——問題はやつらを送り込んだ何者かだ。そいつらは下で誰が死のうとかまわないと思っているかもしれないぞ」

20

一月二十四日　ニューカレドニア時間午前二時四十分
オーストラリア領ノーフォーク島の沖合六百五十キロ

謝黛玉上校は大洋のブリッジのソナー群に向かって眉をひそめた。データはこの076型強襲揚陸艦に搭載されている機器からのものではない。珊瑚海に浮かぶ高さのある研究施設の周辺海域に投下したソノブイを通じて送信されてきたものだ。

明るいソナーの画面には、海面の施設の真下に当たる海の３Ｄ地図が表示されている。謝は水深三千メートルの残骸をじっと見つめた。深海の施設は皿のような形の塊がばらばらになって映っていて、彼女の目の前でゆっくりと分解しつつあった。

「わからない」謝は言った。「スノーレパードがすでに海中の施設を爆破したということ？」

青い迷彩服姿の無線技士が謝の背後の操作盤の前に座っていた。片方の耳にヘッドホンを当てている。「依然として状況は混乱しています。海中に送り込まれた部隊はまだ浮上してきていません。ですが、これまでのところ、海面のハイドロフォンでは水中での爆発を検知できずにいます」

「それなら、何が起きたというの？」

「はっきりとはわかりかねます、上校殿。現時点では事故が発生したのかもしれないということくらいしか」

謝の眉間のしわが深くなった。そのような不確かな情報は気に入らない。「海上の施設はまだ我々の完全な制圧下にあるのね？」

技士がしっかりとうなずいた。「はい」

謝は船尾側の窓に歩み寄った。真っ黒な海には波一つ立っておらず、低く垂れこめた暗い空によって上から押さえつけられているかのようだ。大洋の船体のライトの光も降りしきる火山灰のせいで薄暗い。渦巻く噴煙の雲を通して静電放電の閃光が時折走る。

船尾から西の方角に八十海里のところでは、灰を通して輝く小さな松明が見えた。海上の研究施設がある場所で、最初のミサイル攻撃の炎がまだ消えることなく燃えている。スノーレパード部隊がヘリコプターを破壊したおかげで、自分たちが保有するZ-8輸送ヘリコプターの着陸と武装した攻撃部隊の展開が可能になった。それと同時に、それぞれ四十人の隊員が乗り込んだ攻撃艇が三隻、大洋のウェルドックから出撃した。到着した攻撃部隊はすぐさま施設を制圧した。

大洋は攻撃を遠くから見守っていた。すでにガスタービンとディーゼルエンジンの出力を最大にして現場から遠ざかりつつある。謝は研究施設から離れた地点を通過する間も、船の速度をほとんど落とさなかった。あの施設には二次的な重要性しかない。謝が高速で向かっているのは第一の目的地――トンガ海溝だ。

それでも、謝は後方の攻撃を大洋の戦闘情報センターから監視していた。海と空の両方から追加の戦力を送り込む用意はできていた。今も洪都《ホンドゥ》航空工業のステルス戦闘ドローンGJ-11利剣《リージェン》が、飛行甲板の電磁ランチャー上で待機している。ドローンを送り込むまでもなかったことに謝はいくらか落胆していた――もっとも、それは想定通りの結果だった。研究施設の警備と武器が最小限だということは事前にわかっていた。

燃える研究施設をブリッジの窓からさらに数秒間ほど眺めた後、謝はソナーの前に戻った。

すぐに無線技士を指差す。「スノーレパード部隊に伝えて。ダイバーたちが帰還したら海中のすべてを爆破し、海上の施設も破壊して沈めろと。それから大洋に戻るように」

「承知しました」

スノーレパードのヘリコプターと攻撃艇は全長二百メートルの大洋よりもはるかに速度が出る。海溝に向けて航行を続ける強襲揚陸艦との距離を簡単に縮めることができるだろう。謝は一時間のうちに別の高速船を派遣する計画でいた。その船はまだ大洋のウェルドックに格納されている。謝はその船に移り、大洋に先行して海溝まで到達するつもりだった。

下のドックで待機している船を思い、拳を握り締める。

〈私があの船を操ることこそがふさわしい〉

人民解放軍の海軍は謝が開発を手がけたドローン空母「朱海雲」と、それを補完する自律型ドローンの設計と仕様を採用した。そしてその武装版を建造し、726型エアクッション揚陸艇「野馬《イエマア》」に搭載した。揚陸艇は大洋のほぼ三倍の八十ノットで海洋を航行可能だ。五時間もあれば海溝まで到達できる。現地に着いたらハンターキラー潜水艦と共同作戦を取る。潜水艦は謝が到着するまでの間、海域の巡回だけを行なうようにとの命令を受けている。

握り拳にいっそう力が入る。

〈誰にも私の手柄は横取りさせない〉

謝はハンターキラー潜水艦の艦長に長征24号の沈没現場の指揮を執らせまいとした。自らが設計したドローンの軍事的な性能と価値を証明したかったからだ。ウェルドック内で待つ揚陸艇には戦車が一台のほかに、彼女のドローンの一団が積み込まれていて、それぞれが独自の殺傷力を持つ。また、海溝の底まで到達可能な深海潜水艇も搭載されていて、それもまた彼女の設計によるほかの作品と同じく危険な乗り物だった。

そのことを思い、謝の顔に笑みが浮かんだ。彼女はハンターキラーと動きののろい大洋の両方を脇役に追いやるつもりでいた。どちらにも自らの野望を支援するための船になってもらう予定だった。彼女の頭にあるのは、中国政府に対して古くさい兵器の先に目を向けるべき時が訪れたことを証明すること。未来への新しい道筋――より優れた道筋を見せてやること。

〈そしてそこからは私が率いることになる〉

「謝上校殿」技士が呼びかけた。「あなたの命令をスノーレパードに伝達しました。ですが、火山灰が上空を厚く覆うにつれて通信が不安定になっています。空気中の静電気と我々のアンテナへの物理的な影響のせいで、この先さらに悪化する可能性があります」

その危険を強調するかのように、まばゆい光とともに空に稲妻が走った。

謝は低く垂れこめた空に向かって眉をひそめた。左舷側では暗闇の中でいくつもの炎が輝きを放っている。ソロモン諸島に沿って発生している火山の噴火だ。謝はそれらが示す謎――および好機――について考えを巡らせた。

七時間前のこと、大洋に着陸した謝はこの海域を航行する強襲揚陸艦の指揮を執ることになった。報告のあった地震の揺れは、海上ではまったく感じなかった。火山の噴火と夜空がさらに黒く覆われるのは目撃していて、それだけでも十分に不安をあおる光景だった。その後、祭愛国から短い電話が入った。地殻変動は自説のさらなる証明に当たると信じていて、目的地の海中に隠されているかもしれないものに対する期待がさらにふくらんでいるようだった。

謝はつま先に視線を落とし、地球のマントル上部に埋まっているほかの惑星の塊を頭に思い浮かべようとした。祭の話によれば、それが拡大しつつある混乱と噴火の原因だという。謝はまだ半信半疑だった――ただし、周辺各地で発生している火山噴火は彼女の疑いをかき消しつつあった。

謝は自らの野望と同じように、祭が期待しているものも海溝で発見されるだろうと思っていた。祭は長征24号の沈没が今回の一連の出来事の引き金になったと確信していた。それがどのようにして起きたのか――化石化した死体、月の石のサンプルの結晶、奇妙な極低周波とどのように関係しているのかを突き止められれば、大いなる武器への手がかりが、この星の根幹を制御する方法が判明するかもしれない。成功すれば中国は世界の正当な支配者の座に返り咲き、太陽が冷えて消える時まで続く新たな輝かしい王朝が誕生することだろう。

謝は祭の説をすべて受け入れたわけではなかったが、それを馬鹿馬鹿しいと片付けることもできなかった。

〈それが真実だという可能性がほんのわずかでもあるのならば……〉

ソナーの画面上での動きが謝の目に留まった。海中施設の壊れた部分がばらばらになって離れつつある。しかも、皿のような形状の断片はゆっくりと浮上しているように見える。しかし、謝の目を引いたのはその中のいちばん小さな破片だった。ちっぽけなかけらは海中深くを維持したまま、元の位置から遠ざかりつつある。

謝は警戒心と好奇心の両方からその動きを凝視した。

じっと観察しているうちにソナーの映像の画素が荒くなり、何も識別できなくなった。数秒の間を置いた後、再びゆっくりと形が現れる。ただし、焦点が合ったりぼやけたりを繰り返している。

「先ほどまでよりも強い干渉が起きています」ソナーの技士が報告した。「我々が近くを通過している火山噴火からの電磁波の影響によるものかもしれません。少し距離を取れば通信状況はよくなるはずです」

「手を尽くすように」謝は指示した。

姿勢を戻し、進行方向を見つめる。研究施設の運命はもはや気にも留めていない。向こうの問題はスノーレパード部隊が処理してくれるだろう。しかも、巨大な海上施設の周辺海域には念のための保険も掛けてある。そこを離れる前、謝は四隻のUUVを送り込んでおいた。無人潜水艇は自律型で、遠隔操作を必要としない。キャビテーションと呼ばれる水中での異常な気泡の発生を認識し、追跡し、攻撃する能力を持つ。敵に検知された場合は自動誘導式の魚雷になる。

謝は施設の小さなかけらが現場から離れていく様子を思い返した。遠くまで進みすぎた場合は爆破されるはずだ。そのことを思いながら、謝はすべての不安を吹き払い、この先に控えることに意識を集中させた。巨大な調査船――タイタンXを頭に思い浮かべる。

謝は暗い海に向かって笑みを浮かべた。

破壊するべきもう一つのターゲットは、栄光に向けた次の一歩に当たる。

21

一月二十四日　ニュージーランド夏時間午前三時四十八分
オークランドの北東千キロの太平洋

アダムはコーモラントの最後部の座席からダトゥクとモンクの間に身を乗り出していた。額には冷や汗が浮かんでいる——それは緊張のせいだけではなかった。探査艇内部の湿度は浮上するにつれて高くなる一方だった。

「どんな状況だ？」アダムは訊ねた。

ダトゥクがセンサーからのデータを指差した。「もう放射線は検出されていない。塩分濃度の高い塩水層を通過してからは下がり続けていた。この二十分ほどはゼロを維持しているよ。ここならば安全だね」

操縦士は最前部の座席にいて、フィービーはその隣に座っている。放射線の値が許容できる程度にまで下がった後、ブライアンは何度も船体の上昇を中断させた。そのたびにシステムチェックを実行していて、今もその途中だ。操作盤のランプが緑色だったところは、今では半分が赤く点滅していた。それよりも不安なのは数カ所からかすかな煙が出ていることだ。ブライアンは回路が熱くなっただけで心配には及ばないと確約した。

それでもなお、アダムは密閉された乗り物内での火災の危険を強く意識していた。ダトゥクの前の画面を一瞥する。コーモラントはまだ水深千メートルの地点にいた。

「ここから先は海面まで浮上しても問題ないはずだ」ブライアンが告げた。「電動アクチュエーターは使用せずに、手動で残りのバラストを排出した」

探査艇は再び上昇を開始したが、外の真っ暗な海を見る限りでは、そうとはわからなかった。密閉された探査艇内では動いているという感覚がない。唯一の証拠は深度計の数字が減り続けていることだった。

前の座席ではブライアンがスイッチを入れたり切ったりを繰り返している。操作盤の作動しなくなったところを復活させようとしているのだろう。

モンクがそれを見て顔をしかめた。「予備のバッテリーパックをすべて廃棄するのではなく、少し残しておいた方がよかったんじゃないのか？」

アダムは今になって操縦士の判断をあれこれ批判するのは控えた。地震後に放射線の値が急上昇していたことを考えると、ブライアンがバッテリーという余分な荷物をすべて捨てたのは正しかったと思う。

〈離脱を急ぐためなら何でもしなければ〉

ただし、上昇には降下よりも長い時間がかかった。放射線の影響が及ぶ範囲の外に出ると、ブライアンはより慎重な浮上が必要だと主張した。地震の引き起こした波が真下を通過した時、コーモラントがサンゴの林冠と接触したためだ。軽くかすめた程度だったが、そのせいで複数のシステムが損傷してしまっていた。

「海面までたどり着けるだけの電力は残っているの？」フィービーが訊ねた。

ブライアンがうなずき、額の汗をぬぐった。「ほとんどのシステムの電源を落としているから、船内のバッテリーだけで十分なはずだ」

「タイタンXとの通信の方は？」モンクが訊ねた。

フィービーがヘッドホンを外した。「だめね。まだ干渉が入っている。音響モデムではよくあることで……バックグラウンドノイズの影響をかなり受けやすいから。何キロも離れたところを泳ぐクジラの歌のせいで音波がブロックされて、通信が何時間も止まってしまうこともある」

「この干渉の原因は何だろうか？」アダムは質問した。

「いろいろな可能性がある」フィービーが答えた。「海は多くの人が思っているよりも騒がしいから。カリフォルニア州沿岸のサー・リッジで調査していた時には、テッポウエビのコロニーと遭遇してソナーの具合がおかしくなった。テッポウエビは地球上で最も大きな音を出す生き物だと考えられているの。片方のはさみがとても大きくて、それをすさまじい強さで閉じると真空の気泡が発生する。その気泡が崩壊する時にはプラズマとなって破裂し、千度以上の温度に達する。彼らはその時の衝撃波で、その名の通り獲物を撃ち殺すわけ。その際にはかなりの騒音を発生させる。複数のコロニーが集まると、海は何キロにもわたってほかの音が聞こえなくなるくらい」

モンクがうなずいた。「DARPAはそのエビのノイズと、縄張りを主張するグルーパーが発する重低音を研究中だ。水中の脅威を検出するための方法として、船やブイからソナー音を発するのではなく、そうした生き物の出す音を利用できないかと考えている。そのプロジェクトはPALS——『持続的な海洋生物センサー』と呼ばれ、海洋生物による自然界のバックグラウンドノイズをアクティブソナーとして使用し、それらの音が隠れた物体からどのように跳ね返ってくるのかを聞き取れるようにするためのアルゴリズムを、研究者が開発しているところだ」

フィービーがモンクの方を見た。「本当なの?」

モンクが肩をすくめた。「DARPAは常に新機軸を探し求めている。海は地球の表面の七十パーセントを占めていて、戦場としての巨大な潜在性を秘めている。海ではこのところ緊張が急激に高まっているからね。特にこのあたりの海域では」

フィービーの関心が薄れていったことははっきりと見て取れた。自然界が戦場として選ばれることが気に入らないのだろう。

アダムは差し当たっての重要な問題に話を変えた。「それならフィービー、君はモデムのノイズがどこから発生しているのかについて手がかりがないということなんだな？」

「砂利が斜面を滑り落ちているかのような音なの。まるで真下の地殻変動の名残を聞いているような感じ」

ダトゥクが片方の眉を吊り上げた。「地球が歯ぎしりをしているのさ」

アダムはそのたとえを面白いとは思わなかった。

モンクがヘッドホンを渡すように合図した。「聞かせてくれ」そしてヘッドホンを受け取り、眉間にしわを寄せてたっぷり一分間ほど聞き入った後、アダムに手渡した。「君はどう思う？」

アダムはヘッドホンを装着し、左右の手のひらでイヤーパッドを押さえた。その音だけしか聞こえなくなる。目を閉じたアダムは、確かに砂利が崩れる音に似ていると思ったが、この地滑りは止まることなく続いていた。変化は音量がかすかに上下していることくらいだ。アダムは腹部に強い不快感を覚えた。

〈まさか……〉

アダムは息をのみ、ヘッドホンをモンクに返した。シグマの隊員はまばたき一つせずにじっと見つめている。その目はアダムに確認を求めている。

アダムはうなずいた。

モンクが前方の窓の外を見つめた。コーモラントは海中を上昇し続けている。深度計に目を向けると、探査艇は真夜中のように暗い海域を抜けて太陽の光が届く深さに達していた。ただし、日の出前の時間のため、外は海溝の最深部と同じように真っ暗なままだ。

それでも、モンクはその黒い海をじっと見つめていた。どこかに潜んでいるはずの脅威を探しているのだろう。砂利を思わせる音は何でもないのかもしれない。フィービーが言っていたように、真下にあるプレートが地震の影響できしんでいるだけなのかもしれない。その一方で、より差し迫った脅威の可能性もある――その脅威はもっと近い距離に存在する。

ノイズは水中を進むプロペラのキャビテーションにあまりにもよく似ていた。旋回しながら近づいたり遠ざかったりを繰り返していて、その動きに合わせてドップラー効果で音が変化しているのだ。

アダムは自分とモンクの判断が間違っていてほしいと思った。真下にある沈没した潜水艦の国籍を考えるとなおさらだ。アダムは前に身を乗り出し、モンクとともに海を監視した。だが、直感が自分たちの予想は正しいと告げていた。

〈どこかに別の潜水艦が隠れている〉

午前四時十二分

コーモラントが海面から顔をのぞかせると、雷鳴を思わせる轟音がその帰還を出迎えた。探査艇が海面に近づきつつあったこの二分間ほど、フィービーは同じようなこもった爆発音を何度か耳にしていた。海戦の真っただ中に浮上しようとしているかのような音に聞こえた。後ろに座る人たちも前の窓の方に体を近づけている。

「フリーボードウエイトを排出する」ブライアンが言った。

コーモラントの船体が海面からさらに高く持ち上がる。ガラスの向こう側の水位が下がっていき、四分の三が海面から出たあたりで止まった。

海上の景色は理解不能だった。まったく別の世界に浮上してきたかのようだ。星はまったく見えない。空は低く垂れこめて重苦しい。稲妻と閃光が厚い雲の層を明るく照らす——だが、轟音の発生源は雷ではなかった。

東の水平線が燃えていた。暗闇の中で数カ所が明るいオレンジ色に輝いている。いちばん近くでは炎が滝のように流れ出していた。

「火山の噴火」フィービーは言った。

またしてもすさまじい爆発音がとどろき、遠くの輝きが炎のショーに一変する。フィービーはアダムの方を振り返った。彼が見せてくれた地図と、予測していた地殻変動のことを思い返す。

〈それがすでに始まってしまったということなの？〉

アダムがその光景を指差した。「あの火は近くにあるケルマデック諸島に違いない。ニュージーランドからトンガまで海溝に沿って連なる島々だ」

「住んでいる人はいるのか？」モンクが訊ねた。

アダムが首を横に振った。「すべて無人島だ。どこかの島に調査拠点があったと思うが、人が常駐しているわけではない」

「それならよかった」モンクが言った。

フィービーはちっとも安心できなかった。

〈危険が迫っているのはあの島々だけじゃない〉

フィービーはアダムの後方に視線を向けた。海溝の西側の地域と、アダムと彼のおじが大いに危険だと判断した百あまりの火山を思い浮かべる。フィービーが前に向き直ろうとした時、アダムと視線が合った。

「もう手遅れなの？」フィービーはアダムに訊ねた。

それに対してアダムは首を左右に振っただけだった。「その答えを得るためにはタイタンXに戻らないと」

フィービーは前に向き直った。すでに窓には細かい灰がうっすらと積もっている。ガラスの下部を洗う波も火山灰で厚く覆われていた。

ブライアンが座席の横の操縦桿を引くのに合わせて、スラスターが軽快な音を発した。コーモラントが方向転換すると、巨大なヨットが視界に入ってくる。降り注ぐ火山灰に遮られ、船の明かりが鈍い輝きを放っている。サイエンスシティの巨大なガラスの球体の上部にも濃い色の火山灰が降り積もっていた。

操縦士がスイッチを入れるとキセノンのストロボが船体の上部で点滅を始め、探査艇の帰還と居場所を知らせた。潜水前に講習を受けたフィービーは、それと同時にイリジウム衛星のビーコンが作動することを知っていた。

ブライアンが無線機を手に取った。「浮上したのでタイタンXに無線連絡を入れられる。回収用の船を送るように要請するよ」

「急いでくれ」そう言うと、アダムがモンクと不安そうに顔を見合わせ、ダトゥクを警戒するかのように一瞥した。

フィービーはアダムが噴火中の火山以外のことも案じているのではないかという気がした。窓の方を向いた二人の男性は見上げるような高さのタイタンXを無視して、海面をじっと見つめている。

ヨットの無線室とつながると、ブライアンは操縦士だけにしか理解できない言葉で会話をした。略語や省略した指示と思《おぼ》しきものしか聞こえてこない。通話を終えると、ブライアンは座席から立ち上がり、頭上のハッチの大きなハンドルの方に体をひねった。ハンドルを回し、蝶番《ちょうつがい》の付いたハッチをぐいっと押し上げる。続いて短い梯子《はしご》をよじ登って外部ハッチの下に達した。ハッチを少しだけ開いて新鮮な空気を取り込む——だが、新鮮からはほど遠いにおいが入り込んできた。海風は燃える硫黄のにおいに満ちている。探査艇の船内が火山灰で汚れるといけないので、ブライアンはハッチをそれ以上は開こうとしなかった。

外では低い地響きがひっきりなしに聞こえていて、時折その合間に大きな爆発音がとどろく。

「船からの情報は?」アダムが操縦席に戻ってきたブライアンに訊ねた。

「ほとんどの通信機器がダウンしている。無線がつながったのはすぐ隣と言ってもいいくらいの距離にぷかぷかと浮かんでいるおかげだろう」

フィービーは眉間にしわを寄せた。アダムの顔にも同じ表情が浮かんでいる。「タイタンステーションの方の様子はわかっているの?」

「最後の連絡によると、向こうは地震がひどくなってきたため、海中からの退避を開始したらしい。全員が海上の施設で状況を乗り切ろうとしているようだ」

フィービーは大きく息を吐き出した。

〈それなら少なくともジャズは安全ね〉

「その後は何の連絡もないのか？」モンクが訊ねた。

「さっきも言ったように、通信機器がほとんどダウンしている。衛星からの映像も入らないようだ」

フィービーは暗い海を見つめた。

〈つまり、私たちはここで孤立しているわけね〉

午前四時四十四分

モンクは回収ボートの船首に立っていた。コーモラントを後方に牽引《けんいん》する複合型ゴムボートは火山灰に覆われた波間をゆっくりと進んでいる。モンクの隣にはアダムがいる。フィービーとダトゥクは後ろの座席に腰掛け、スタッフが持ってきてくれた熱いコーヒーのカップを膝の上に置いて両手で抱えている。

ブライアンは牽引中のＤＳＶに残った。タイタンの船尾にある投入・揚収クレーンに探査艇を固定する手伝いをすることになっている。再度の潜水のために短時間でコーモラントの準備をする計画だが、それが実現するかどうかはまた別の問題だった。深海の放射線の数値を考えると、再び近づいてすぐに死ぬことはないにしても、かなり危険なのは確かだ。とはいえ、まだ疑問は残ったままだった。〈あの海溝でいったい何が起きているのか?〉

だが、モンクにはより大きな懸念があった。炎上する地平線や降り注ぐ火山灰よりも重要な問題があった。周囲の海を見回し、潜水艦の存在を示す証拠がないか探す。潜水艦が潜航したまま姿を隠しているという事実は、それが中国籍に違いないというモンクの予想を強めることになった。

〈本当に潜水艦がいるならば、の話だが〉

モンクはヨットのソナー室を訪れたいと思っていた。海洋調査船のタイタンXには高度な探査ツールのシステムが備わっていて、コーモラントに搭載されているソナーよりも高性能なのは間違いない。その時、動きが目に留まったモンクは右舷側に注意を向けた。タイタンXの向かい側の海面近くに高さのある赤い棒状のものが突き出ていて、海面を切り裂くように進んでいた。

だが、軍用潜水艦の艦橋にしては小さすぎる。

アダムの言葉がその予想を裏付けた。「あれは二隻あるＤｒｉＸのＵＳＶのうちの一隻だ。ペアを組んで運用されている。タイタンXの周囲を自律的に旋回し、海を見張るようにプログラムされている」アダムがモンクの顔を見た。「我々が聞いた干渉の発生源があの船のプロペラだったという可能性は？」

モンクは首を横に振って否定した。「あの船の音は静かすぎる。それにもしそうだとしたら、降下中にもずっと聞こえていたはずだ。あの二隻のＤｒ・ｉＸが存在を示したのは、俺たちの降下を監視するためにソナーが音波を出した時だけで、しかもその時の音はかなり大きくて独特だった」

アダムもうなずいた。「それなら、ここから先はどうすれば？」

モンクは顔をしかめて赤いマストを見つめた。「とりあえずはあのサメたちに旋回を続けてもらおうじゃないか。念のために」

「つまり、まだ君はこの海域にいるのが我々だけじゃないと確信しているんだな？」

「目を見開いて耳を傾けておくくらいなら損することもないさ」

ボートはタイタンＸまでの残りの距離を走り切った。全員がボートを降り、ヨットの船尾の船倉に移動した。後方ではブライアンがコーモラントの回収の指揮を執っている。

モンクは地平線に連なる赤い炎を振り返った。地響きと爆発音が船にまで伝わってくる。空はさらに低くなり、空気中には煙と灰が充満している。上空で稲妻が走り、雲の中にたまったとてつもないエネルギーを放出する。噴火中の山の一つから新たな炎がひときわ高く噴き上げた。

モンクは顔をしかめた。

〈何がこの状況を引き起こしているのか、突き止めなければならない〉

モンクの脳裏に海溝で沈没した潜水艦、光を放つサンゴの森、拡大する死の領域の光景がよみがえった。それでもなお、間近にあるかもしれない脅威のことが頭から消えない。

四人がエレベーターに向かって歩いていると、フィービーの足がふらついた。睡眠不足で疲労困憊《こんぱい》しているのだろう。モンクは彼女をこれ以上ベッドから遠ざけておきたくはなかったが、どうしても——

エレベーターの扉が開くと、モンクはフィービーの肘に触れた。「フィービー、ちょっと話があるんだが」

ダトゥクがエレベーターに乗り込み、扉を手で押さえたまま待っている。

「次のエレベーターに乗るよ」アダムが伝えた。

ダトゥクは戸惑ったような表情を浮かべたが、彼もまた疲れ果てているのか何も言い返さなかった。手が扉から離れ、エレベーターが閉まった。

モンクはエレベーターが上昇するのを待ってからフィービーの方を見た。「アダムに聞いたんだが、君はＤｒｉＸのＵＳＶの操作に関してはかなりの腕前らしいじゃないか」

フィービーは頭を振って髪にかかった灰を払ってから、モンクの顔を見下ろした。「かなりの腕前というのはほめすぎだけれど、確かに扱ったことはある」

「二隻同時に、というのは？」

フィービーの眉根が寄り、険しい表情になった。「どうして？」視線がアダムの方にも動く。「あなたたち二人は何をそんなにも警戒しているわけ？」

モンクは彼女の勘のよさに感心し、嘘をつく必要はないと判断した。「潜水艦の捜索を手伝ってほしい――ただし、今回は沈没していないやつだ」

フィービーがモンクとアダムを交互に見た。次に発した言葉は彼女の勘のよさを証明するものだった。「あなたたちは中国が別の潜水艦を送り込んだと考えているのね。沈んだ潜水艦を守るために。さっき音響モデムで聞こえたのがその音だと」

「確かなことはわからない」アダムが決まり悪そうに返答した。

フィービーが肩をすくめた。「ならばそれを確かめましょ」

回れ右をしてエレベーターから離れていくフィービーを見て、モンクは笑みを浮かべた。アダムとともに彼女の後を追う。

二隻のＤｒｉＸ用のモニタリングルームは船尾の船倉のすぐ横にある。三人がこぢんまりとした通信室に入ると、オペレーターが一人、電源の入った複数の画面を見守っていた。

三人が入室すると若い技士は目を丸くして立ち上がった。三人の顔を見回している。「潜水はどうだった？」

フィービーが短く答えた。「邪魔が入ったの」

技士が制御装置を指差した。「海面がこれ以上灰に覆われないうちにＵＳＶを呼び戻して、電源を落とそうと思っていたところなんだ」

「俺たちがやっておくよ」モンクは言った。「寝る前に見直しておきたいデータがあるんでね」

「それくらいだったら僕が――」

アダムが男性の腕をつかみ、部屋の外に連れ出した。「我々三人だけで大丈夫だよ」

アダムが扉を後ろ手に閉めると、フィービーが二人を問い詰めた。「どうして技士に手伝ってもらわないの？　彼の方が私よりも扱いに慣れているはずでしょ」

「ひとまずこの件は三人だけの秘密にしておきたいんだ」アダムが言った。

モンクはうなずいた。「この海域に脅威が潜んでいる場合、俺たちが感づいたことを敵に察知されたくない」

「それに我々が間違っていた場合」アダムが付け加えた。「理由もなくパニックを引き起こしかねない。ただでさえ心配しなければならないことがたくさんあるのだから」

フィービーが眉をひそめた。そんなこそこそしたやり方に納得していないのは明らかだ。それでも彼女は制御装置の前の椅子に座り、左右に並んだ二つのモニターを素早くチェックした。ＤｒｉＸ一隻に対してモニターが一つ、割り当てられている。潜水後にマルチビーム・ソナーシステムのスイッチが切られたので、二隻のソナーの画面には何も映っていないが、小さなウィンドウにはそれぞれのＵＳＶの位置データと走行データが表示されていた。

「二隻は距離を取って旋回しているはずだ」モンクは指摘した。「一隻がタイタンXの片側に、もう一隻がその反対側にという具合に」

フィービーがデスクトップコンピューターの小さな画面に顔を近づけた。船から見たDriXの位置が表示されている。「その通りね」

「もっと広い範囲を旋回させることはできるか？　少しずつ広げていくんだ。急激な変化はだめだ」

フィービーが操作用のキーボードに向かい、いくつかキーを叩いてからマウスのカーソルでメニューを操作した。「これで完了。一周するたびに船からの距離が五パーセントずつ広がるように設定した」

モンクはうなずいた。「ソナーの発信間隔を指定することは？　できるだけ等間隔で。自動的な設定をそのまま使用しているかのように」

「そんなの簡単」フィービーが再びキーボードを操作した。「一隻ずつ交互に発信するように設定した。五分間隔で」

アダムがモンクを見た。「それで？」

モンクは肩をすくめた。「待つしかない。狩りをする時には密かな行動や武器と同じくらいに忍耐が大切だからな」

三人はそのまま待機した。五分ごとに一方のＤｒｉＸがソナーを発信し、海底に向かって音波の網を放つ。それぞれの画面に色鮮やかな３Ｄ画像が現れ、深さで色分けされたウォーターカラムと鮮明な海底の様子が表示された。

海溝は高さのある断崖と濃い影になった底の両方が映し出される。サンゴの林冠部分の傷まで見分けられるほどの鮮明さだ。片側がつぶれた中国の潜水艦の滑らかな輪郭までもが現れた。

だが、モンクはウォーターカラムのもっと浅い地点に意識を集中させた。

一時間が経過したが、海に異常は見られないままだった。

「我々が間違っていたのかもしれない」アダムが大きなあくびをしながらようやく言葉を発した。

その時、フィービーが小首をかしげ、片目を細くした。「おかしい」

「何だって？」モンクは聞き返した。

フィービーは画面に顔を近づけ、キーボードの方を見ずに操作した。最初のソナーと最新のソナーが記録した画像を入れ替えては見比べている。視力検査を行なう検眼医のように、フィービーは二つの画像を何度も切り替えた。

「何が見えているんだ？」アダムが訊ねた。モンクと同じように、彼も視力が基準に達していないらしい。

「ちょっと待って。透過度を調整するから」

フィービーがさらにいくつかのキーを操作すると、二枚の画像が重なり合った。画像が透けていて二枚を同時に見ることができる。海溝の壁がぴったりと一致していて、海底の大部分もずれていない――ただし、その中心部分だけは違っていた。最新の画像では林冠とその上に挟まった潜水艦の位置が十メートル下がっている。

「何が起きているんだ？」アダムが訊ねた。

「すべてが沈みつつある」フィービーが眉をひそめた。「放射線の影響でその下のサンゴの森がもろくなって、潜水艦の重量を支え切れなくなったのかも」

「そんなことがあるのか？」モンクは訊ねた。「潜水艦は二週間以上も放射線を漏洩させ続けていたんだぞ。それなのにどうして今になってサンゴが崩れたんだ？」

「地震の影響だろうか？」アダムが意見を述べた。

「そうかもしれない」

もう一方のＤｒｉＸがソナーを発信した。フィービーが新しい画像を手際よく前の二枚の上に重ねた。

「まだ沈み続けている」フィービーが知らせた。「さらに八メートルも」

それから三十分間、三人は画像の監視を続けたが、理解しがたいことに沈下は加速しているようだった。

フィービーが不思議な現象に眉をひそめた。「潜水艦が崩れつつある森の上に挟まっているだけなら、瓦礫がその下にたまるにつれて落下にブレーキがかかり、沈下の速度が落ちるはず。でも、そうはなっていない。たぶん何が原因なのかわかった――」

次のソナーの画像が表示されると、全員が息をのんだ。

画面に顔を近づけ、海底を調べる。

沈没した潜水艦は消えていた。

午前六時三十分

フィービーは二人の男性からの問いかけを無視した。これまで二人には情報を秘密にされてきたのだから、質問を浴びせられてもすぐに答える必要があるとは思わない。

その代わりに一方のＤｒｉＸに搭載されているサブボトムプロファイラーを作動させ、サンゴの森の黒い穴のリアルタイムスキャンを実行した。暗闇を見通す断面図を見つめながら海溝の底を探す。

だが、見つからなかった。

フィービーはいらだちのうめき声をあげて椅子の背もたれに体を預けた。

アダムがその反応を怖がるかのように、彼女の肩に優しく手を触れた。「あそこで何が起きたんだ?」

「私が恐れていた通りのこと」

「というのは?」

「きっとあの下に裂け目ができたんだと思う。それが潜水艦とサンゴの森のかなりの部分をのみ込んだということ」フィービーはモンクとアダムの方を見た。「地震が裂け目を生じさせたのか、それとも以前からあったのかはわからない。その上をまたぐように覆っていたサンゴの森が放射線でもろくなったのかも。そしてついにそれが崩壊し、何もかもが裂け目の中に落ちていった」

アダムは画面をじっと見つめていた。「だが、その下はどうなっているんだろうか?」

フィービーはいらだちのため息を漏らした。「深すぎて何も識別できない」

「俺たちが探し求めているもの――今回の地殻変動の原因がそこに隠されているという可能性は?」モンクが訊ねた。「地震の不可解な集中地域のど真ん中じゃないか」

フィービーは二人の男性を見つめた。「それを突き止められる方法は一つだけ」

アダムが目を閉じた。何が言いたいのかわかったのだろう。「放射線があろうとなかろうと、我々はもう一度そこまで行かなければならない」

フィービーはゆっくりとうなずいた。

Ｄｒ・ｉＸの一方が再びソナーを放った。その結果が現れると、フィービーは画面の方に身を乗り出した。下に何が存在するのか、もしかすると何らかの答えを提供してくれるかもしれない。

ところが、何かが画像の右端を隠していた。細長い物体の先っぽで、そこからひれのようなものが何枚か突き出ている。それがあるのは水深二百メートルほどの地点だ。

フィービーには自分の目に映るものの正体がわかった。「あなたたち二人の考えは正しかったみたい」

三人はもう一隻のＤｒ・ｉＸが旋回して同じ位置に到達し、次のソナーを発信するまで待った。画面上には遮るもののない画像が再び表示された。潜水艦の後部は見えなくなっていた。

「向こうは私たちに見つかったと気づいているの？」フィービーは訊ねた。

モンクが首を左右に振った。「はっきりとは答えようがない。潜水艦がソナー音を聞いたのは間違いないだろうが、自動的に発信されているソナーがまた届いただけだと乗組員が思ってくれることを祈るしかないな。俺たちが船体の後部を確認できたということは、潜水艦の艦長が油断している証拠だ。武装していない調査船のタイタンＸなど脅威に当たらないと過信しているのさ」

「じゃあ、私たちはどうするの？」フィービーは問いかけた。「サメがこの海域をうろついている状況でも、コーモラントで潜るわけ？」

モンクが顎をさすった。「どうもしっくりこないな」

アダムが歩み寄った。「どういう意味だ？」

「どうして潜水艦はあそこでただ待っているんだろうか？　タイタンXの周囲を旋回しているだけだ」

「下の沈没した仲間を守るために来たのかもしれない」アダムが意見を述べた。「誰もあそこまで潜らせないようにするために」

モンクが首を左右に振った。「違うな。あれはほかの何かを待っているんだ」

「何なの？」フィービーは問いただした。

モンクが二人を見つめた。その声からは確信がうかがえる。「増援部隊だ」

22

一月二十四日　西部インドネシア時間午前二時四十五分
インドネシア　ジャワ島　ジャカルタ

セイチャンは隠れ家の中庭に面したバルコニーからぼんやりとかすんだ地獄の景色を見つめていた。市内には火山灰が高熱の粉末となって降り注いでいる。街の向こうでは四つの山が明るく輝いていて、その山腹は炎で真っ赤だ。いずれの山も山腹を流れ落ちる溶岩がはっきり見えるほどの近い距離にある。

セイチャンはそれぞれの山の名前を教えてもらっていた。

〈サラク、ゲデ、セレメ、パパンダヤン〉

インドネシア各地ではほかの火山も噴火しているはずだが、噴煙のせいで目に見える世界はその四峰と、ジャワ海に面した危険が迫るこの都市だけに限られていた。

火山の噴火は続いていて、時折窓ガラスが割れるほどの爆音がとどろく。大地はひっきりなしに揺れていた。火口からの噴煙が、その下を流れ落ちる溶岩と上空で発生する稲光で照らし出される。空気は硫黄臭に満ちている。市内の広い地域で火災が発生していた。

近くに注意を向けると、惨状を嘆く叫び声と悲鳴の合唱が途切れることなく続いていた。荷馬車や多くの荷物を積み込んだ車が煙幕の中をのろのろと動いている。火山灰と濁った空気に備えて誰もがマスクや布で顔を覆っている。しかし、どこに逃げればいいというのだろうか？　降り続ける灰で航空機はすべて離陸できなくなった。船で逃げようにも海岸は依然として危険な状態で、大きな波が繰り返し押し寄せている。

はっきりしていることが一つだけあった。

〈誰もがここから動けずにいる〉

セイチャンはそのことがある人物にも当てはまっていることを願った。橋の上で顔を合わせた時のヴァーリャの自信に満ちあふれた薄ら笑いが頭によみがえる。母を無事に取り戻せたことは喜んでいる一方で、セイチャンはそのことが結果的にはもっと高い代償につながるのではないかと思った。

そんな不安を察したかのように、グアン・インの手がセイチャンのきつく握り締めた拳にそっと触れる。母はバルコニーとの境の扉のところにいるセイチャンの隣にいた。猛烈な暑さと熱気にもかかわらず、母はタバコを吸っていた。

「またの機会がきっとある」グアン・インは大きく煙を吐き出しながら言い聞かせた。何が娘の心を悩ませているのかはお見通しのようだ。「ウォンスンイド・ナムエソ・トロジンダ」

セイチャンは片方の眉を吊り上げた。韓国語のその諺なら知っている。「サルも木から落ちる」

グアン・インがうなずいた。「あのロシア人の女は木の上にいるサルのように自分の腕に自信を持っている。けれども、そんな彼女でもいつかはミスを犯す。あなたはその機会が訪れるまで辛抱強く待たなければだめ」

「あるいは、先に追い詰めて向こうが機会を手にする前に殺すこともできる」セイチャンは母に別の諺を返した。生まれ故郷のベトナムの諺だ。「ビエック・ホム・ナイ・チョー・デー・ガイ・マイ」

ヴァーリヤを相手にしている時はこの諺の方がしっくりくる。

〈今日できることを明日に延ばすな〉

グアン・インが肩をすくめた。「今は明日があることを願うべきね」

セイチャンは室内を振り返った。グレイが椅子に座り、テーブルの上に広げた紙を読み込んでいる。博物館にあった文書をコピーしたものだ。ジュワンは左右の拳をテーブルに置いた姿勢でグレイの向かい側に立っていた。

セイチャンは部屋の中に戻った。「向こうで何か進展があったかどうか見てくる」

午前二時四十九分

グレイは片肘をテーブルに突き、手のひらに額を押し当てた。部屋の中は暑く、息が詰まりそうだ。天井の扇風機がかすかな風を送っている。

植民地時代に造られたこの建物はジャカルタの旧市街地に位置している。外から見た建物は荒れ果てていて、正面側は崩れているし、窓ガラスにはテープが貼ってある。中庭には雑草が生い茂っていた。しかし、そこでは真新しい発電機が稼働していて、三合会の構成員の一人が降り注ぐ灰を懸命に払いながら機械が止まらないようにしている。市内のほかの場所は暗いままで、街を照らす明かりは火災の炎と赤々と燃える火山の山腹くらいしかなかった。

いちばん近いサラク山までの距離は三十キロくらいしかない。規則的に爆音をとどろかせて空を赤く染めるその姿は、この謎を解明できずにいるグレイを叱っているかのようだった。

グレイはテーブルの上の紙をまとめた。丁寧な文字で書かれた消えかけの文章の中に答えを探しながら、すでに四回も目を通した。記述はスタンフォード・ラッフルズ卿《きょう》の手によるものだ。二体の化石化した死体を発見した経緯が記してある。死体はタンボラ山の噴火後に調査のために派遣した船のボートから回収された。検死は地元の医師――ドクター・ジョン・クローファードによって行なわれた。後にラッフルズが宿敵のファークワーを追い出し、その後釜としてシンガポールの統治を任せたのと同じ人物だ。

セイチャンが部屋に戻ってきた。彼女の母親も一緒だ。「何かわかったの？」

グレイはため息をつき、背筋を伸ばした。「納得のいくようなことは何も」

「わかっていることを教えて」セイチャンがグレイの肩に手のひらを置いた。「言葉に出して説明してみて」

すでにセイチャンには内容の一部を伝えていたので、グレイはその続きから話し始めた。「回収された死体はヨハネス・ストゥプカー――バタヴィア協会の会員と、船の給仕係だったアボリジナルの少年マシューのものだった。ドクター・クローファードは化石化の影響を一部しか受けていなかったストゥプカーの死体が、治療薬への手がかりになると確信していたらしい」

「彼はそれを見つけたの？」

「直接には発見していない。ストゥプカーの死体を調べた後、クローファードは何かが化石化のプロセスを止めたのだと信じるようになった。残念ながら、その何かで命は助からなかった。ただし、そのおかげでストゥプカーは記録を残せるだけ生き長らえることができた。そこにはタンボラ山の噴火後の有毒な海と、海中に潜む危険について書かれていた。その危険の正体が何であれ、それが彼の船と海賊船に火をつけたということだ」

「それは何だったの？」

グレイは椅子の背もたれに寄りかかり、首を左右に振った。「ストゥプカーはそれが奇妙なサンゴだと信じていた。ヴァーリャを通じて中国人の手に渡った例の箱には、そのサンゴのかけらが入っていたんじゃないかと思う。あの中からは何かかたいものが入っているような音がした」

「なぜあなたはそれがサンゴのかけらだと思うわけ？」

グレイは重ねた紙の中から一枚を探した。「クローファードは死体を調べたほかに、生物学者を雇って棒状のサンゴの調査を手伝ってもらっていた。これを見てくれ」

グレイは一枚の紙を取り出した。サンゴの枝、およびそのかたい外骨格を顕微鏡で見た結果のスケッチが、クローファードの手によって描かれている。

セイチャンが顔をしかめた。「そのサンゴは指みたいね」

グレイはいい指摘だと思った。「本当にそうかもしれないぞ。クローファードは調査結果から人体がサンゴと同じような形で石化したと信じたようだ」グレイは別の紙を手に取り、その中身を読み上げた。「『死者の骨は一度分解した後、周辺組織とともに新たな結晶として再構成されたかのようだった。それによって肉が不自然なまでにもろい質感に変

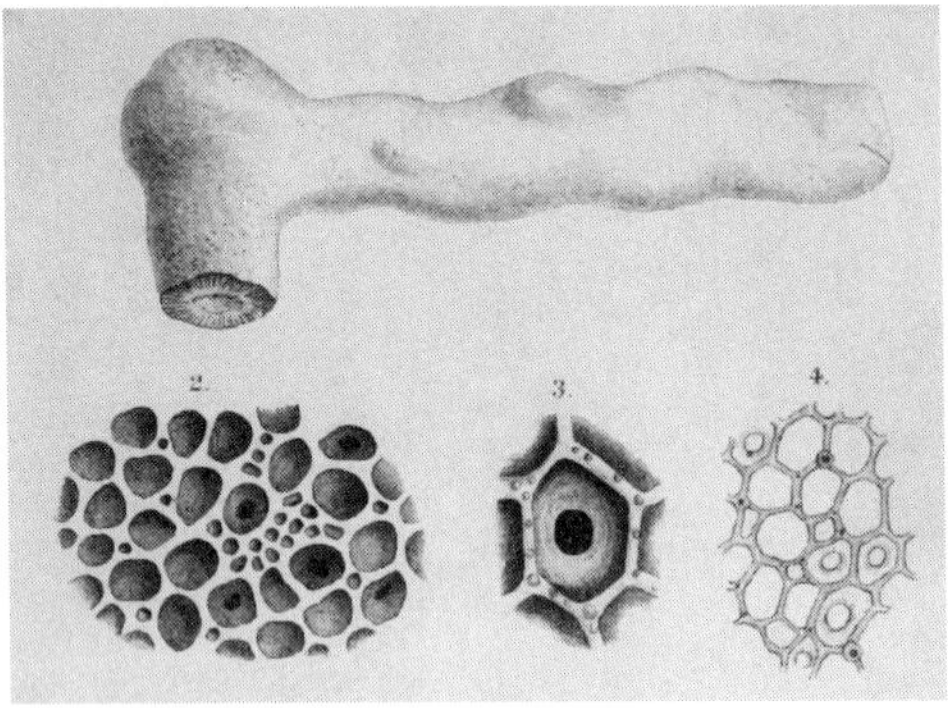

わってしまったのだ』」

ジュワンが不快そうに顔をしかめた。「そんなことがありうるのだろうか?」

グレイは肩をすくめた。「一概には否定できない。タイタンプロジェクトの研究者がトンガ海溝で発見したもの――巨大なサンゴの森のことを考えると、何かの意味があるのかもしれない」

「その件に関してストゥプカーとクローファードはほかにどんなことを書いたの?」セイチャンが訊ねた。

「それだけだ。話はそこで終わっている。意図的に編集されたような感じだ。ストゥプカーの話は不完全なように思えるし、クローファードの記述もそれ以上の結論には至っていない」

ジュワンがほかの紙を指し示した。「そこにある何枚もの絵は?」

「わからない。話の残りの部分の手がかりとして残されているかのようだ。ファークワーのような人間が秘密を暴くのではないかとラッフルズが案じていたとすれば、一部のページを抜き取って別の場所に隠したとも考えられる」

「すべての卵を一つの籠《かご》に入れておきたくなかった」セイチャンが言った。

「そうかもしれない。だが、本当にそうだとしたら、これ以上は調べが進まない」

グアン・インが話に加わった。「その絵には何が描いてあるの？」

グレイはよく見えるように紙を動かした。「これにはどこかの島と、そこに暮らす先住民らしき人が描かれているだけだ」

セイチャンが絵を見て眉をひそめた。「間違って入っていただけじゃないの？　長い年月の間に誰かの旅行記が一緒になってしまったとか」

「俺もそうじゃないかと思ったんだが、気になるものが一つあった」

グレイは別のスケッチを見せた。そこには藁葺《わらぶ》き屋根の小屋が描かれていて、おそらく同じ島のものだと思われる。

「どうしてこの絵に意味があるかもしれないと思ったの?」グアン・インが訊ねた。

　グレイはスケッチの左下を指差した。その当時の服装を着た男性が座ってパイプを吹かしていて、先住民たちと話をしているように見える。

「これはクローファードだろう」グレイは言った。「断言できないが、この話の中の誰かが実際にその島を訪れ、先住民の部族と話をしたように思える。これらの絵はその出会いを記録したものなんだ」

「しかし、それが何を意味するのだ?」ジュワンが疑問を口にした。「どうして医者がわざわざ島まで出向いたのだろうか?」

「治療法を探していたのかもしれない」グレイは答え

た。「実際、彼の記述は秘薬の発見をほのめかしている」

セイチャンが顔をしかめた。「その島だけど……島なんていくらでもあるじゃない」

「確かにそうだ。だが、文書に含まれていた最後の絵はもっと意味がわからない」

グレイは重ねた紙の間からもう一枚のスケッチを取り出した。ほかの絵のような細かさはなく、どこか子供っぽいタッチだ。火を吐くヘビと虹らしきものが描かれている。

「クローファードの記述によると、これは死体とともに発見された鋼鉄製の箱にあったストゥプカーの手書きの文書の中から見つかったものらしい」グレイは続けた。「作者もわからなければ説明もない。少なくとも、シンガポールで手に入れた文書には記されていなかった。まだ見つかっていないページの中に何らかの記述があるのかもしれない」

「なぜストゥプカーはこの絵を一緒に入れたのだろうか？」ジュワンが訊ねた。「きっと理由があるはずだ」

「これは推測にすぎないが、絵を描いたのはストゥプカーではなく、一緒にボートに乗っていた人物だと思う」

「アボリジナルの子供ね」セイチャンが言った。

グレイはため息をついた。「マシューだ。悲劇に見舞われた船テネブレの給仕係だった。彼とストゥプカーは船がジャカルタを出港した十六日後に発見された。病気が進行して二人が動けなくなるまでには長い時間がかかったに違いない。その間にストゥプカーは自分の見聞きしたことを書き記した。マシューも同じことを試み、死ぬ前にヘビと虹の絵を描いたのかもしれない」

「かわいそうに」グアン・インが言った。「でも、どうしてその子はそんな不思議な絵を描いたの？」

「ストゥプカーが一緒に箱に入れて密閉したからには、何か意味があるに違いない」グレイは言った。「少年の芸術作品を残したかっただけということなら話は変わってくる――その場合は無意味だということになるな。だが、そうではないと思う」

セイチャンが眉をひそめた。「どうして？」

「二人の記述を読む限り、クローファードもラッフルズも感傷的な人物ではなかったという印象を受けた。二人とも科学に関しては感情に左右されなかった。バタヴィア協会の会員なのだから、それも当然だろう。もしストゥプカーが少年の形見というだけの理由でそれを持っていたのだとしたら、二人はそれを保管しておかなかったはずだ」

「つまりはどういうことなの？」グアン・インが訊ねた。

「ここからは推測するしかない」

セイチャンの目つきが険しくなった。「推測なの？　それとも直感？」

「両方が少しずつ、といったところかな。ジャカルタに向かう途中では文書を読むための時間があまりなかったが、その時点ですでにあの絵はマシューが描いたのではないかという気がしていた」グレイは島での話し合いを描いた詳細なスケッチを指差した。「この絵の中の先住民もアボリジナルの人たちなのかもしれない」

ジュワンがその紙を手に取り、眉間にしわを寄せて人物の絵を眺めた。

グレイは論拠の説明を試みた。「ここに着陸する前に『ヘビ』と『虹』と『アボリジナルの人々』をインターネットで検索した。あまり期待していなかったのだが、興味深い情報がヒットした」

ジュワンが絵を下ろした。「どんな情報だ？」

グレイは検索結果を保存しておいたタブレット端末を手に取った。「アボリジナルの神話によると、オーストラリアの先住民族の何百というコミュニティに共通するある物語が存在する。虹蛇の神話だ。そのヘビの神は多くの名前で呼ばれていて、ユルルングル、トゥロウン、カンマレ、グーリアラなどがある。だが、その内容は驚くほど一致している。事実、その神話は今も続いている世界最古の信仰の一つと考えられているほどだ」

「そのヘビの神様にまつわる物語って何なの？」セイチャンが訊ねた。

グレイはスケッチに視線を落とした。「オーストラリアの先住民族の人々によると、虹蛇は人類の創造主と言われている。大きなヘビで、水中に暮らしている。人類の創造主と見なされる一方で、破壊者でもあるとされている。世界の下の水路を移動してあちこちに出現しては、罰を与えたり、あるいは保護したりする」

ジュワンがスケッチを手元に引き寄せた。「その少年は自分たちの神に助けを求める手段としてヘビを描いたのだろうか?」

「わからない。だが、もしこのページがアボリジナルの人たちにとってのある種の祈りだとすると、どちらもキリスト教徒だったクローファードとラッフルズがなぜ自分たちの記録と一緒に残しておいたのだろうか?」グレイはほかの人たちを見回した。「何か意味があるはずだ」

セイチャンが腕組みをした。まだ納得していない様子だ。

グレイは手書きの記述の最後の一枚を手に取り、内容を読み上げた。「これはスタンフォード・ラッフルズ卿によるまとめの言葉だ。『悲しいかな、我々は自分たちの世界についてほとんど知らないということを学んでしまった。そして今、我々は間違った人間によって悪用されれば世界の破滅につながりかねない秘密を守らなければならなくなった。誰にも明かすことなく墓場まで持っていく方がいいのだろうが、知識が失われるようなことがあってはならない。なぜなら、そこには救済の約束も含まれている。もし地下の神々が再び怒った場合に、そしてその日は必ず訪れるだろうが、その時に彼らをなだめるための方法がそれなのだ』」

　グレイが読み終わると同時に、外から雷鳴のような爆発音がとどろいた。それはまるで神がこの二百年前の文書の内容を認めているかのようだった。窓の外を見るとサラク山の山頂から炎が高く噴き上げている。

「神々が激怒しているのは間違いないみたいね」セイチャンがつぶやいた。

「それなら、俺たちは彼らをなだめるための方法を見つけなければならない」グレイは言った。

「どうやって？」ジュワンが訊ねた。

「ラッフルズとクローファードの記述の残りを探す」

「そもそもどこを探せばいいの？」グアン・インが質問した。

　グレイは立ち上がり、バルコニーの先の赤く燃える空を見た。「別の博物館に侵入する」

　再びタブレット端末をつかみ、創造神でもあり破壊神でもある虹蛇にまつわる数多くの伝説をスクロール表示させる。そして現在開催中の展示の宣伝文のところで止めた。

海の道：民族、土地、そして遺物

「これはオーストラリア・インドネシア博物館プロジェクトが資金援助している開催中の展示だ。インドネシアとオーストラリアのアボリジナルの部族間の長い歴史的なつながりを扱っている。偶然のようにも思えるが、ここはこの問題に関して以前から継続的に取り組んでいる博物館だ」

「どの博物館なの?」セイチャンが訊ねた。

「ジャカルタ歴史博物館。ちょうどこの旧市街の中にある」

セイチャンが眉をひそめた。「その話題があんたの調査に役立つかもしれない理由はわかるけれど、ラッフルズの失われたページと何らかの関係があると考える理由は? そいつはこの博物館も創設したわけ?」

「いいや。博物館の建物の歴史はラッフルズがこの島で過ごした時からさらに一世紀前にまでさかのぼる。だが、彼がここで暮らしていた当時は、ジャカルタの市庁舎として使用されていた」

グレイは三人の顔を見回した。

セイチャンは理解したようだった。「副総督だったラッフルズのオフィスもそこにあった」

「そうだ。もし彼が重要な文書を隠そうと思ったのであれば、そこなら安全だろうと考えたに違いない」グレイは肩をすくめた。「失われたページの捜索の手始めとしては悪くない場所だと思う」

グレイの結論をしぶしぶ受け入れたという様子で、セイチャンがバルコニーの方を指し示した。「それならこの街が焼け落ちてしまう前に始めないと」

新たな爆発音が建物を震わせ、グレイは危険にさらされているのがジャカルタだけではないことを思い知らされた――危険はこの地域一帯に、ことによると世界全体にも及ぶだろう。

そう思いながらも、隠れ家を後にするグレイは慎重に行動しなければならないことを理解していた。外には炎や火山灰のほかにも脅威が存在する。

〈この島に閉じ込められているのは俺たちだけじゃない〉

23

一月二十四日　西部インドネシア時間午前三時七分
インドネシア　ジャワ島　ジャカルタ

羅恒は走査電子顕微鏡の分析が終わるのを指の関節を鳴らしながら待っていた。つま先でも床を叩き続けている。羅はジャカルタの中心部にあるエイクマン分子生物学研究所の地下のこぢんまりとした研究室を見回した。

研究所は規模の大きな医療研究総合施設の一部で、まだ電気が通じているのはそのためだろう。建物ができたのは十九世紀のことだ。その当時から医療施設で、細菌の研究のために建てられた。こんにちでは最先端の研究施設として、バイオセーフティ実験室やガス除染室も備わっている。

〈それらを使う必要がなければいいんだが〉

施設は夜間のために閉まっていたが、中国の科学界とインドネシア研究・技術・高等教育省の間には協力関係があり、祭がそれを利用して緊急の使用を手配した。一人だけいた警備員がゲートを開け、羅たちを急いで施設内に入らせた。警備員はあわてている様子で、一刻も早くその場を離れたがっていた。

そう思っているのは警備員だけではない。

背後にある研究室の扉のすぐ外では、祭がファルコン部隊のリーダーの温上尉と激しく口論していた。温は祭と羅とともに部下たちを退避させ、中国本土に戻ることを望んでいる。どうやら上尉は湾内の岸から離れたところに船を停泊させていて、最初の津波やその後の大波でも無事だったらしい。一方で祭はこの場を離れることを拒んでおり、博物館にあった文書を失ってしまったことが不満でならない様子だった。

温の部下たちが通路の見張りに当たり、さらに数人が研究室と施設の外に通じるゲートとの間に配置されている。定期的に入る最新情報が外の状況を伝えていた。もっとも、そのような知らせを聞くまでもなかった。噴火の大きな音がひっきりなしに建物を揺らす。地下にいるにもかかわらず、パニック状態に陥った街からのサイレンと悲鳴が聞こえる。ここで作業をしている間も硫黄臭は強くなる一方だった。

分析が終わるのを待つ間、羅は施設の無線インターネットを試してみたところ、思いがけないことにまだ使用することができた――それもまた、医療研究総合施設と隣接する二つの病院の重要性を物語っている。羅はこの島の火山の歴史をインターネットで調べた。

ジャワ島だけで四十以上もの活火山がある。いちばん近くにある火山――サラク山が最後に噴火したのは一九三八年のことだったが、それ以降も定期的に火山性のガスを噴出していて、二〇〇七年には有毒なガスがカルデラにたまって十代の若者六人が死亡している。ジャカルタの救急機関からの最新の報告では、新たに島内の十二の山で亀裂や裂け目からガスの噴出が始まったという。これがより大規模な地質学的災厄の序章にすぎないというさらなる証拠だ。

祭が大股で研究室に入ってきた。頬は紅潮していて、目が血走っている。「あとどのくらいの時間が必要なのだ、ドクター羅」

羅は走査電子顕微鏡の隣のモニターに表示されたタイマーの数字を確認した。「あと一分もかからない」

「それならいい。今は一刻を争う。急いでここを離れなければならない」

羅も危険を承知していた。祭の方を振り返ると、またしてもこの男性の整った顔立ちに目を奪われる。羅が言葉を返すまでに一呼吸の間があった。「その後はこの島を離れるということだな?」

濃い色の瞳が羅を見つめ、唇にかすかな笑みが浮かんだ。

「それは君がここで何を発見するかによる」祭の視線が扉の方に動く。「それと、温上尉のご機嫌次第だ。彼は銃撃戦で七人の部下を失った」

「じゃあ、君はジャカルタに残るつもりなのか？」

「危険ではあるが、取りかかりたいと思っている調査の道筋が一つある。君の調べが成果をあげるならば、の話だが」

「どういう意味だ？」

祭が答えるよりも早くコンピューターのチャイムが鳴り、走査電子顕微鏡による分析が終わったことを知らせた。羅が椅子に座ったまま体をひねると、ウィンドウ内にファイルフォルダーが表示された。

〈やっとだ……〉

一時間前、羅はシンガポールの博物館で見つかった箱の中にあった黒いサンゴから断片を切断した。それを走査電子顕微鏡のアルミ製のスタッドに両面カーボンテープで固定した後、エアスプレーで細かいごみを取り除いた。そのせいで時間を取られたものの、できるだけきれいな画像を撮影したかったのだ。

羅がフォルダーを開くと、拡大率の異なる二枚の写真が入っていた。一枚目の写真をクリックする。画像には二つの穴が写っていた。これらは莢《きょう》と呼ばれ、通常はサンゴのこの部分にポリプが入っている。

祭が羅の肩に手を置いて画面に顔を近づけた。彼の手のひらは熱を持っているし、頬にかかる吐息も熱い。「これは潜水艦の乗組員で君が見つけた石灰化と同じようなものなのだろうか?」

「かもしれない」相手の距離が近すぎることに戸惑い、羅は口ごもりながら答えた。「確かめてみる」

羅は二枚目の画像を開いた。一方の莢の周囲を縁取る結晶を拡大したものが写っていた。

羅の肩をつかむ祭の指に力が込められた。「直方晶系。潜水艦の乗組員の組織から見つかったのと同じだ」

「そして嫦娥5号の着陸船が採取した月の石の粒子からのものとも」羅は補足した。

「やるじゃないか」祭が羅の肩をぽんと叩いた。

羅は頬が熱くなるのを感じた。小校の手が届かないところまで体をずらしてから振り返る。「しかし、これが何を証明するというのだ?」

画面を見つめ続ける祭の目には興奮の色が浮かんでいた。「過去の出来事が現在と関連

していることを証明している」

「そうだとして、この先は？　君はさっき、この島でまだ調査を続けたい道筋があるという話をしていたが」

祭が姿勢を正して背筋を伸ばした。「調べておきたい場所がある。スタンフォード・ラッフルズ卿が副総督としてこの島に滞在していた時、オフィスを構えていたところだ」

「かつての副総督のオフィスだって？　まだここにあるのか？」

「ああ。当時のバタヴィアの市庁舎は現存していて、今ではジャカルタ歴史博物館となっている」祭が羅に立つよう合図した。「歴史がまさに繰り返すことを君が証明してくれたとなれば、ぐずぐずしている時間はない」

羅はあわてて研究資料をまとめた。「なぜだ？　どうしてそんなにも急ぐのだ？」

祭が肩越しに振り返った。「数分前、アメリカ人たちもそこに――同じ博物館に向かっていると聞かされた」

「聞かされたって、誰から？」羅は訊ねた。

祭はその問いかけを無視した。すでに研究室を半分ほど横切っていて、温上尉に情報を伝えようと大股で出口の方に歩いている。アメリカ人と再び相まみえるチャンスがあると知れば、温もこの島に残ることに納得するのではないか、羅はそんなことを思った。

温上尉には生き延びること以上に強い欲求があるはずだ。七人もの部下を失ったばかりなのだから。
それは復讐だ。

（下巻に続く）

p. 299—Coral Scan
Lau, Yee Wah et al. "Stolonifera from shallow waters in the north-western Pacific: a description of a new genus and two new species within the Arulidae (Anthozoa, Octocorallia)." CC BY 4.0@https://creativecommons.org/licenses/by/4.0:
(image edited by author)
p. 343—Cataclysm
Oliver Spalt, CC BY 2.0 @https://creativecommons.org/licenses/by/2.0:, via Wikimedia Commons
(image edited by author)
p. 369—VEI Map
Drawn by author based on the template of map by Steve Prey
p. 420—Coral Piece
Public Domain. The Annals and Magazine of Natural History,including Zoology, Botany, and Geology by Albert C. L. G. Günther,William S. Dallas, William Carruthers, and William Francis
(London: Taylor and Francis, Ltd., 1883). Holding Company:Smithsonian Libraries
(Image edited by author)
p. 421—Island Pic #1
Public Domain. Corals and Coral Islands by James Dwight Dana(New York: Dodd, Mead and Company, 1890). Holding Company: Harvard University, Museum of Comparative Zoology,Ernst Mayr Library
(image edited by author)
p. 422—Island Pic #2
Public Domain. Corals and Coral Islands by James Dwight Dana(New York: Dodd, Mead and Company, 1890). HoldingCompany: Harvard University, Museum of Comparative Zoology,Ernst Mayr Library
(image edited by author)
p. 422—Island Pic #3
Public Domain. Corals and Coral Islands by James Dwight Dana(New York: Dodd, Mead and Company, 1890). Holding Company: Harvard University, Museum of Comparative Zoology,Ernst Mayr Library
(image edited by author)
p. 426—Rainbow Serpent
Wellcome Library, London. Wellcome Images images@wellcome.ac.uk http://wellcomeimages.org, page 34, headed: Et apprehendit Draconem / Serpentein antiquani(?) / Apoc. XX Two drawings:the first depicting a rainbow and a warrior standing on a cloudattacking three monsters (a bird, serpentand a demon); the second depicting scientific apparatus
CC BY 4.0 @https://creativecommons.org/licenses/by/4.0:, via Wikimedia Commons
(image edited by author)
p. 434—SEM Crystal #1
Danielgeounivasf, CC BY-SA 4.0 @https://creativecommons.org /licenses/by-sa/4.0:, via Wikimedia Commons
(image edited by author)
p. 435—SEM Crystal #2
Danielgeounivasf, CC BY-SA4.0 @https://creativecommons.org/licenses/by-sa/4.0:, via Wikimedia Commons
(image edited by author)

Rights and Attributions for the Artwork

p. 6—Map of Southeast Asia and Australia
Drawn by Steve Prey. All rights reserved. Used by permission of Steve Prey
p. 7—Titan Station Complex's rig and ship
Secured with an Enhanced License ID 1528272203 © Pulsmusic | Shutterstock.com(image edited by author)
p. 8—Schematic of Titan Station Down
Drawn by author
p. 39—Hong Kong Skyline/The Titan Project
Benh LIEU SONG (Flickr), CC BY-SA 4.0 @https://creativecommons.org/licenses/by-sa/4.0:, via WikimediaCommons
(image edited by author)
p. 86—Coral Polyps
Secured with an Enhanced License ID 2142574655 © Fotopogledi | Shutterstock.com
(image edited by author)
p. 122—Map of Trenches
Drawn by author based on the template of map by Steve Prey
p. 124—Map of Quakes
Drawn by author based on the template of map by Steve Prey
p. 125—Map of Force Vectors
Drawn by author based on the template of map by Steve Prey
p. 126—Map of Volcanos
Drawn by author based on the template of map by Steve Prey
p. 178—Crystals
Secured with an Enhanced License ID 2166599081 © Yevgenij_D | Shutterstock.com
(image edited by author)
p. 185—Concrete Ark
Jacklee, CC BY-SA 4.0 @https://creativecommons.org/licenses/by-sa/4.0:, via Wikimedia Commons
(image edited by author)
p. 232—African Blob
Sanne.cottaar, CC BY-SA 3.0 @https://creativecommons.org/licenses/by-sa/3.0:, via Wikimedia Commons
(image edited by author)
p. 233—Pacific Blob
Sanne.cottaar, CC BY-SA 3.0 @https://creativecommons.org/licenses/by-sa/3.0:, via Wikimedia Commons
(image edited by author)
Overlaid with partial map from: ID 1680806881 © Saiful52 | Shutterstock.com Secured with an Enhanced License
(image composited and edited by author)
p. 262—Argonite layering
Glenn Elert, CC BY-SA 3.0 @https://creativecommons.org/licenses/by-sa/3.0:, via Wikimedia Commons
(image edited by author)
p. 264—Argonite crystal
Rob Lavinsky, iRocks.com – CC-BY-SA-3.0,CC BY-SA3.0@https://creativecommons.org/licenses/by-sa/3.0:, via WikimediaCommons
(image edited by author)
p. 275—Hadal Zone/Titan X
Iddes Yachts for the Earth 300 organisation, CC BY-SA 4.0@https://creativecommons.org/licenses/by-sa/4.0:, via WikimediaCommons
(image edited by author)

シグマフォース シリーズ16
ラッフルズの秘録　上
Tides of Fire
２０２４年9月２５日　初版第一刷発行

著……………………………………… ジェームズ・ロリンズ
訳…………………………………………………………桑田 健
編集協力……………………………… 株式会社オフィス宮崎
ブックデザイン…………………………橋元浩明（sowhat.Inc.）
本文組版……………………………………………………… ＩＤＲ

発行所………………………………………… 株式会社竹書房
〒102-0075　東京都千代田区三番町８－１
三番町東急ビル６Ｆ
email：info@takeshobo.co.jp
https://www.takeshobo.co.jp
印刷・製本……………………………… 中央精版印刷株式会社